『十四五』国家重点图书出版规划项目

国家社会科学基金重大项目『中国近代日记文献叙录、整理与研究』（项目编号：18ZDA259）阶段性研究成果

全国高等院校古籍整理研究工作委员会直接资助项目『钱仪吉日记书札整理与研究』（项目编号：2002）成果

国家社会科学基金重大项目『清代诗人别集丛刊』（项目编号：14ZDB076）成果

安徽省哲学社会科学规划项目『钱仪吉年谱长编』（项目编号：AHSKY2020D143）阶段性成果

安徽师范大学中国诗学研究中心专项课题成果

中国近现代稀见史料丛刊【第九辑】

张剑 徐雁平 彭国忠 主编

钱仪吉日记书札辑存（外二种）

（清）钱仪吉 著

任群 整理

本辑执行主编 彭国忠

凤凰出版社

图书在版编目（CIP）数据

钱仪吉日记书札辑存 : 外二种 / (清) 钱仪吉著 ; 任群整理. -- 南京 : 凤凰出版社, 2022.10
（中国近现代稀见史料丛刊. 第九辑）
ISBN 978-7-5506-3756-6

Ⅰ. ①钱… Ⅱ. ①钱… ②任… Ⅲ. ①日记－作品集－中国－清代②书信集－中国－清代 Ⅳ. ①I264.9

中国版本图书馆CIP数据核字(2022)第176796号

书　　名	钱仪吉日记书札辑存（外二种）
著　　者	(清)钱仪吉 著　任　群 整理
责任编辑	郭馨馨
特约编辑	莫　培
装帧设计	姜　嵩
出版发行	凤凰出版社(原江苏古籍出版社) 发行部电话025-83223462
出版社地址	江苏省南京市中央路165号,邮编:210009
照　　排	南京凯建文化发展有限公司
印　　刷	江苏凤凰通达印刷有限公司 江苏省南京市六合区冶山镇,邮编:211523
开　　本	880毫米×1230毫米　1/32
印　　张	9.5
字　　数	247千字
版　　次	2022年10月第1版
印　　次	2022年10月第1次印刷
标准书号	ISBN 978-7-5506-3756-6
定　　价	88.00元

（本书凡印装错误可向承印厂调换,电话:025-57572508）

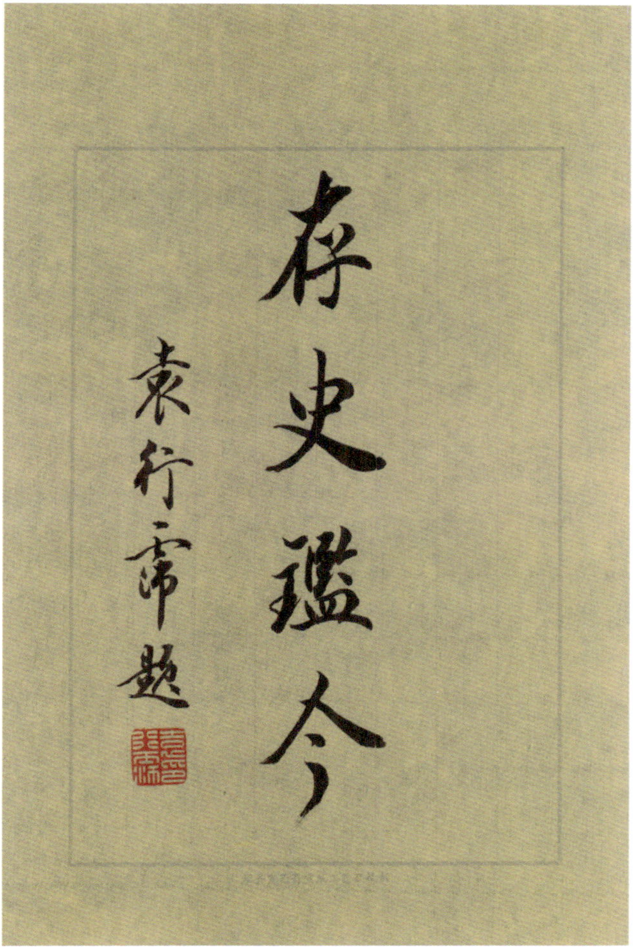

袁行霈先生题辞

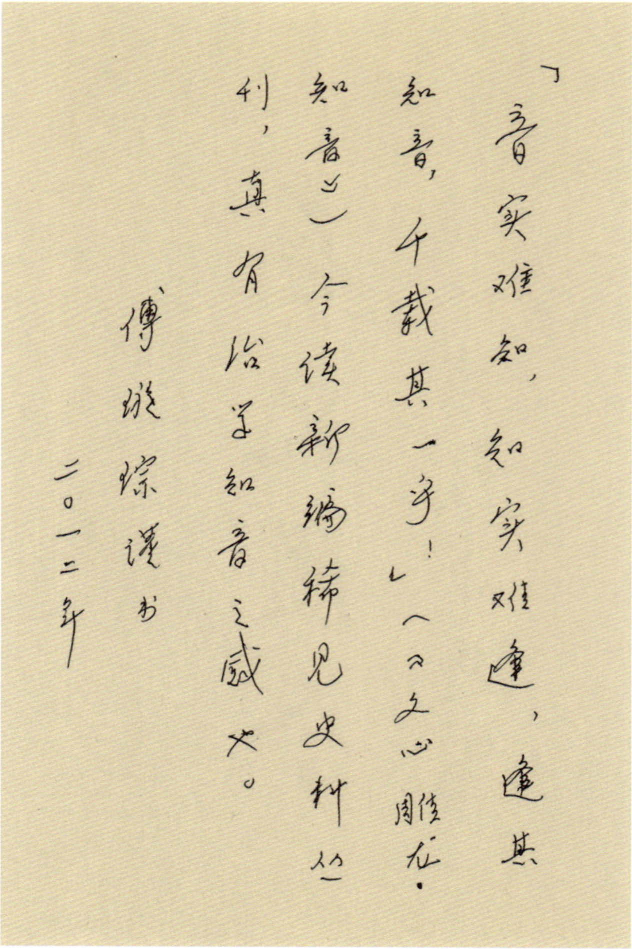

「音实难知，知实难逢，逢其知音，千载其一乎！」（《文心雕龙·知音》）今读新编稀见史料丛刊，真有治学知音之感矣。

傅璇琮谨书

二〇一二年

傅璇琮先生题辞

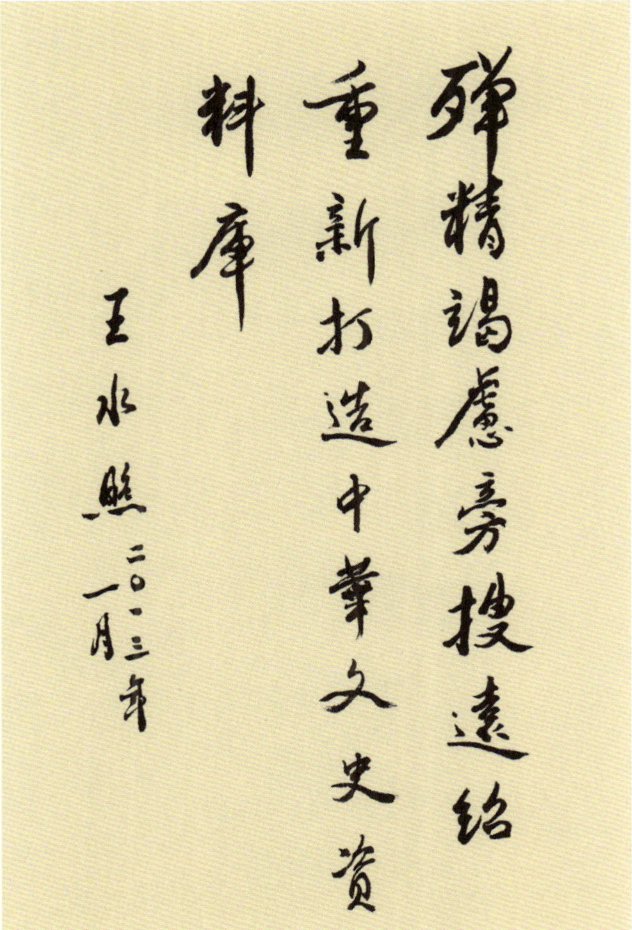

王水照先生题辞

《中国近现代稀见史料丛刊》总序

在世界所有的文明中，中华文明也许可说是“唯一从古代存留至今的文明”（罗素《中国问题》）。她绵延不绝、永葆生机的秘诀何在？袁行霈先生做过很好的总结：“和平、和谐、包容、开明、革新、开放，就是回顾中华文明史所得到的主要启示。凡是大体上处于这种状况的时候，文明就繁荣发展，而当与之背离的时候，文明就会减慢发展的速度甚至停滞不前。”（《中华文明的历史启示》，《北京大学学报》2007年第1期）

但我们也要清醒看到，数千年的中华文明带给我们的并不全是积极遗产，其长时段积累而成的生活方式与价值观具有强大的稳定性，使她在应对挑战时所做的必要革新与转变，相比他者往往显得迟缓和沉重。即使是面对佛教这种柔性的文化进入，也是历经数百年之久才使之彻底完成中国化，成为中华文明的一部分；更不用说遭逢“数千年来未有之变局”、“数千年未有之强敌”（李鸿章《筹议海防折》），“数千年未有之巨劫奇变”（陈寅恪《王观堂先生挽词序》）的中国近现代。晚清至今虽历一百六十余年，但是，足以应对当今世界全方位挑战的新型中华文明还没能最终形成，变动和融合仍在进行。1998年6月17日，美国三位前总统（布什、卡特、福特）和二十四位前国务卿、前财政部长、前国防部长、前国家安全顾问致信国会称：“中国注定要在21世纪中成为一个伟大的经济和政治强国。”（徐中约著《中国近代史》上册第六版英文版序，香港中文大学2002年版）即便如此，我们也不能盲目乐观，认为中华文明已经转型成功，相反，中华文明今天面对的挑战更为复杂和严峻。新型的中华文明到底会怎样呈现,又怎样具体表现或作用于政治、经济、文化等层面,人们还在不断探索。这个问题,我们这一代恐怕无法给出答案。但我们坚信,在历史上曾经灿烂辉煌的中华文明必将凤凰浴火,涅槃重生。这既是数千年已经存在的中华文明发展史告诉我们的经验事实,也是所有为中国文化所化之人应有的信念和责任。

不过,对于近现代这一涉及当代中国合法性的重要历史阶段,我们了解得还过于粗线条。她所遗存下来的史料范围广阔,内容复杂,且有数量庞大且富有价值的稀见史料未被发掘和利用,这不仅会影响到我们对这段历史的全面了解和规律性认识,也会影响到今天中国新型文明和现代化建设对它的科学借鉴。有一则印度谚语如是说:“骑在树枝上锯树枝的时候,千万不要锯自己骑着的那一根。”那么,就让我们用自己的专业知识与能力,为承载和养育我们的中华文明做一点有益的事情——这是我们编纂这套《中国近现代稀见史料丛刊》的初衷。

书名中的“近现代”,主要指1840—1949年这一时段,但上限并非以一标志性的事件一刀切割,可以适当向前延展,然与所指较为宽泛的包含整个清朝的“近代中国”、“晚期中华帝国”又有所区分。将近现代连为一体,并有意淡化起始的界限,是想表达一种历史的整体观。我们观看社会发展变革的波澜,当然要回看波澜如何生,风从何处来;也要看波澜如何扩散,或为涟漪,或为浪涛。个人的生活记录,与大历史相比,更多地显现出生活的连续。变局中的个体,经历的可能是渐变。《丛刊》期望通过整合多种稀见史料,以个体陈述的方式,从生活、文化、风习、人情等多个层面,重现具有连续性的近现代中国社会。

书名中的“稀见”,只是相对而言。因为随着时代与科技的进步,越来越多的珍本秘籍经影印或数字化方式处理后,真身虽仍“稀见”,化身却成为“可见”。但是,高昂的定价、难辨的字迹、未经标点的文本,仍使其处于专业研究的小众阅读状态。况且尚有大量未被影印或数字化的文献，或流传较少，或未被整合，也造成阅读和利用的不便。因此，《丛刊》侧重选择未被纳入电子数据库的文献，尤欢迎整理那些辨识困难、断句费力、裒合不易或是其他具有难度和挑战性的文献，也欢迎整理那些确有价值但被人们习见思维与眼光所遮蔽的文献，在我们看来，这些文献都可属于“稀见”。

书名中的“史料”，不局限于严格意义上的历史学范畴，举凡日记、书信、奏牍、笔记、诗文集、诗话、词话乃至序跋汇编等，只要是某方面能够反映时代政治、经济、文化特色以及人物生平、思想、性情的文献，都在考虑之列。我们的目的，是想以切实的工作，促进处于秘藏、边缘、零散等状态的史料转化为新型的文献，通过一辑、二辑、三辑……这样的累积性整理，自然地呈现出一种规模与气象，与其他已经整理出版的文献相互关联，形成一个丰茂的文献群，从而揭示在宏大的中国近现代叙事背后，还有很多未被打量过的局部、日常与细节；在主流周边或更远处，还有富于变化的细小溪流；甚至在主流中，还有旋涡，在边缘，还有静止之水。近现代中国是大变革、大痛苦的时代，身处变局中的个体接物处事的伸屈、所思所想的起落，借纸墨得以留存，这是一个时代的个人记录。此中有文学、文化、生活；也时有动乱、战争、革命。我们整理史料，是提供一种俯首细看的方式，或者一种贴近近现代社会和文化的文本。当然，对这些个人印记明显的史料，也要客观地看待其价值，需要与其他史料联系和比照阅读，减少因个人视角、立场或叙述体裁带来的偏差。

知识皆有其价值和魅力，知识分子也应具有价值关怀和理想追求。清人舒位诗云“名士十年无赖贼”（《金谷园故址》），我们警惕袖手空谈，傲慢指点江山；鲁迅先生诗云“我以我血荐轩辕”（《自题小像》），我们愿意埋头苦干，逐步趋近理想。我们没有奢望这套《丛刊》产生宏大的效果，只是盼望所做的一切，能融合于前贤时彦所做的贡献之中，共同为中华文明的成功转型，适当“缩短和减轻分娩的痛苦”（马克思《资本论》第一卷第一版序言）。

《丛刊》的编纂,得到了诸多前辈、时贤和出版社的大力扶植。袁行霈先生、傅璇琮先生、王水照先生题辞勖勉,周勋初先生来信鼓励,凤凰出版社姜小青总编辑赋予信任,刘跃进先生还慷慨同意将其列入"中华文学史史料学会"重大规划项目,学界其他友好也多有不同形式的帮助……这些,都增添了我们做好这套《丛刊》的信心。必须一提的是,《丛刊》原拟主编四人(张剑、张晖、徐雁平、彭国忠),每位主编负责一辑,周而复始,滚动发展,原计划由张晖负责第四辑,但他尚未正式投入工作即于2013年3月15日赍志而殁,令人抱恨终天,我们将以兢兢业业的工作表达对他的怀念。

《丛刊》的基本整理方式为简体横排和标点(鼓励必要的校释),以期更广泛地传播知识、更好地服务社会。希望我们的工作,得到更多朋友的理解和支持。

2013年4月15日

目　录

整理说明

钱仪吉(1783—1850),字蔼人,号星湖、衎石,浙江嘉兴人,是清代嘉庆、道光年间较有名气的学者、作家,有学术著作《三国志证闻》《三国会要》《南北朝会要》《碑传集》等,文学作品《衎石斋记事稿》《记事续稿》《衎石斋诗集》等。他还主持编刻了大型丛书《经苑》。

嘉兴钱氏家族是一个长达五百年左右的科举世家和文学世家,明朝以来,达官显宦代不乏人,而以文学作品闻于世者也不胜枚举,最为著名的莫过于钱仪吉的曾祖父钱陈群和族父钱载。二人宦业出众,且又为秀水诗派的巨擘,钱氏子孙多以其为榜样。

钱仪吉也不例外,他早就开始准备科举考试,二十六岁即高中进士,选庶吉士,仕途一度比较顺利。然而道光十年(1830),四十八岁的他因户部失察假照案被夺职,以后遂以教授为业,辗转于广州学海堂、开封大梁书院。可见,道光十年绝对是一个具有转折意义的年份,从此他告别了京师那个狭小的文人圈子,走向更加广阔的人生,体验到了乾隆盛世梦华清醒之后的各种苦涩现实,如各地爆发的农民暴动、开封黄河水灾、第一次鸦片战争等。所幸他在太平天国运动爆发前一年就去世,未能感受到堂弟钱泰吉(1791—1863)垂暮之年流离失所,最终客死安庆曾国藩幕下的苦楚。

显然,钱仪吉的仕途业绩无法与钱陈群、钱载相提并论,但是他把注意力转向了学术著述。在他的那个时代,学术上一度占据主导地位的汉学日渐式微,兼容汉宋的论调日益兴起,而钱仪吉就是提倡学习宋学,同时也不薄考据的,从这一点来看,他是“预流”的。另外,钱仪吉的另一大贡献是整理家族文献,现存的《庐江钱氏诗汇》《文汇》《钱氏年谱》等均出自其手，这为后人研究钱氏家族保留了第一手资料。

本书整理钱仪吉现存的日记残稿、书信以及部分手札。

残存的《衎石斋日记》保存在《衎石斋随笔》一书中，目前仅有嘉庆十九年(1814)、嘉庆二十年(1815)、嘉庆二十三年(1818)、嘉庆二十五年(1820)、道光元年(1821)、道光四年(1824)、道光八年(1828)七个年份。这正是钱仪吉在京师为宦时期。

《衎石先生致弟书存稿》《家书札稿》多是钱仪吉致其堂弟钱泰吉或家人的书信，写作时间在道光十三年(1833)至道光二十四年(1844)，此间他正在学海堂、大梁书院任教。内容包括家事、治学，部分涉及第一次鸦片战争。

《与苏源生书》，是道光十六年(1836)至道光二十九年(1849)钱仪吉执教开封大梁书院后，与其弟子苏源生的书信，内容多涉及治学。

《手札拾零》，系钱仪吉与友人杨以增、张澍等的手札。

外二种其一《寄定庐》，为钱仪吉夫人陈尔士(1785—1821)于嘉庆二十二年(1817)至二十四年(1819)致钱仪吉的家书。此前，钱仪吉母亲戚氏去世，他扶丧归嘉兴，陈尔士独留北京，照看子女。南北绝国，遂有鸿雁传书之举。

其二《与衎石兄述家世文字书》，为钱泰吉于嘉庆二十五年(1820)至道光三十年(1850)的书信，多涉及整理家族文献事宜。

《寄定庐》《与衎石兄述家世文字书》与钱仪吉日记、书信有相应之处，相互参看，定会有以外的收获。

以上资料对于我们研究钱仪吉，研究钱氏家族，乃至进一步了解大变革前夕文人士大夫的生活与精神状态都有所裨益。但是限于整理者的水平，书中存在的问题肯定不少，望学界朋友不吝赐教，以期改正。

凡　例

一、本书所收录的日记、书信，均按照时间先后予以编排。文字漫漶，或难以识别之处，用□代替。

二、本书讹字以（ ）标出，并以[ ]补出正字；缺字亦用[ ]进行增补。作者所避之家讳，直接改正。

三、《衎石斋日记》残稿，从上海图书馆藏稿本《衎石斋随笔》一书中析出。

四、《衎石先生致弟书存稿》《家书札稿》系黄裳藏清代稿本，现藏中国国家图书馆，已经被《清代诗文集珍本丛刊》影印。

五、《钱仪吉与苏源生书》，出自苏源生所辑《师友札记》一书，现有清咸丰三年（1853）刻本。

六、《手札拾遗》只收录公开发行出版物上所载钱仪吉手札。

七、《寄定庐》，见陈尔士撰《听松楼遗稿》卷三，此据清道光元年刻本，已经被《清代闺秀集丛刊》影印，并参考了胡晓明、彭国忠先生主编《江南女性别集》第一辑《听松楼遗稿》的点校成果。

八、《与衎石兄述家世文字书》，见钱泰吉《甘泉乡人稿》卷二，有清咸丰、同治刻本，已经被《清代诗文集汇编》影印出版。

九、附录为钱仪吉、钱泰吉、陈尔士、苏源生的传记资料，以及钱仪吉、钱泰吉的主要事迹编年。

凡 例

衎石斋日记

嘉庆十九年(1814)——道光八年(1828)

嘉庆十九年(1814)

嘉庆十九年夏四月壬戌朔(5 月 20 日)

仪吉始为日记。

接学山兄、警石弟信。前月十一日差局所寄警石示我鹤庵公词三调、廉江公词四调、半完老人词三调、寻千先生词四调,皆目所未睹,欢喜无量,感叹无量,宝藏赞颂无量。

接恕堂从父谕,赐银五十两,仆增祥带来。为潘孝廉光岳书屏幅一,潘为王世兄步瀛洲之门生,号石间,行四。又为本之书屏幅一,又书一扇,将寄警石。《买芍药》四首之二。

刘君庚携李西岩兄书来见,刘,广德州人,去年拔贡,字西园,行一。与李同州,乃谈悉西岩兄近状,为之太息。

金岱峰来,谈近时言汉学者颇有见,亦深以东原《原善》等篇为非,而讶段懋堂"二十一经之说"为不伦,与余平日鄙论颇合。噫!人心风俗之不古,可不兢兢?自守拙学,朝夕惕厉,庶无随流漂转矣乎,可惧也。

旧尝拟他日立我钱氏义田,曰绍义,以我祖旧有田也;曰成介,以义田所以成子孙之介,非特赡不足而已。顷以告云寿兄,因记于此。又尝拟他日立义学,集东坡句为楹联,录后:"念祖修厥德,读书知其人。"书此即以自勉。

今日小似不适,朝一饭,暮一粥耳。

连日芍药盛开,吾母卧室外罱列军持几二十个,每晨起,卖花人过,门者买以入,余乃删剔瓶中旧花之蓓蕾不能开者,及开而已过盛即老谢落者,呼婢换瓶水。母乃持影买者,烧灼烙其根,务透,乃易开也。又剪去旁叶之牵连可厌者、大蕊旁小蕊之必不开而夺气使大蕊亦难开者。每整理一枝,命余插拱瓶中,每旦辄数十枝,去取之间,亦慎择之而已。

二日癸亥(5月21日)

作书寄舅氏,并以先子《应山诗》寄览,又作书寄警石弟,俱未发。

江南司奏催地丁不解司库者,留中。次日奉严旨饬催。朝啖饭三碗矣,晚乃两家尝十余肴而不饭,何差?

读《邶风》"柏舟""绿兮""燕燕"。《正义》《唐石经释文》《稽古编》《集传》。

顾少宰师召饮。蒋锦桥前辈、饶二兄共睿招,同伊公子、墨卿□生之子,行二。常孝廉道沁、胡孝廉岐晚集府寮。春庐先生来,以为引卫辉府境河水达微山湖,使南旺文水足以自瞻,而东运河可无涸泽之虞。至哉斯言!亦不必拘卫辉之河,但旁近郡皆可行之。其地势之高下,则有黄河可验,不患不下注微湖也。安得上陈黼座,请敕下通达治体之大臣,相度详审,断而行之,为数百年利乎?

三日甲子(5月22日)

云寿兄属书条幅,赠赏秋江恒,因书楹帖六,一赠云寿兄,一赠学山兄,一赠恬斋,一赠复村表兄,一与本之侄孙,一单款,又书岱峰所属扇。

代母作寄舅氏札,又自与学山兄札,交赏秋江子携至清江浦寄禾。只寄此二信。

岱峰以家刻毛西河《四书改错》见赠,又一部属以赠郝兰皋,而乞郝所刻《金石三例》《列女传》各一部,即乞以与岱峰。我其微生高乎?一笑。

近人崇尚汉学极矣,然学问岂限时代乎?先儒举证偶疏,后人欲效纠绳,何尝不可,乃叫呶鸱张肆口,无所忌惮,何必如是,即于言语气象间,吾知其失所养矣。

读《日月》《终风》《击鼓》。

《题〈贞观政要〉二首》:“诏禄卿寮足代耕,羸骖脱粟此风清。一珠岂定隋侯宝,已玷生前絜白名。”“致命由来为一飧,众人国士遇何论。纳肝宏演丹心苦,若论君恩只鹤轩。”①

前奏地丁事,奉严旨,令各督抚严赶解库。

是日剃发不剃须。前月十五日犹剃须,闻之人云:“当以剃之日留须。”谓自是不复剃矣。十五日,母所择也,以十六立夏,四月节矣。留须当以三月,寅月,虎月也。

改旧作:“远山淡淡不成画,近水汤汤如嗔人。欲向碧翁笺乞与,云林多处苦吟身。”拙句,然拙也不妨,此事不可巧也。

四日乙丑(5月23日)

作寄恬斋札,属致王梦湘,伊有春雨先生所为日记,可借一观否?又属访先生之子之读书者。

署归稍乏,竟未读经,阅《四书改错》卷许而已。

《书李斯传后》:“强敌纷纷死赂遗,荥阳间楚此前师。漫言六出皆奇计,只合黄金铸贾儿。”“水动霜飞共暑寒,同心车府奈摧残。咸阳市上悲黄犬,倘念韩非死《说难》。”②

五日丙寅(5月24日)

读《凯风》《雄雉》《匏有苦叶》。《毛郑诗考证》。

伊铭谷二兄念曾来晤,以其大父光禄卿《赐砚斋诗》见贻,又以雷翠庭先生《经笥堂文集》墨卿太守新刻者赠我,即读数首,如坐光风霁月中,清和在抱,乐何如也。内有《张杨园先生传》,属本之钞寄恬斋。此当可宝,尚惜无疏也。

《看芍药有作,寄怀宝甫南归》:十六韵,二百二十四字,小注廿五字。“二月三月柳乍稊,送行四出纷马蹄。江南一碧几千里,梦中望望犹含凄。无聊十日掩闺卧,已拚春事成途泥。枝头提壶忽唤起,门外卖

① 参钱仪吉《澄观集》卷四同题之作。

② 后一首又见《澄观集》卷四,题作《李斯》。

花如取携。便提军持列数十,宛开步障横东西。红光紫点窈纠映,重棱倒晕参差齐。非烟非云散缨珞,以编以副雕衡笄。静嗤五色耀金带,快比万轴排锦绨。霄倾绿酭寿慈母,晨注白波忙老傒。瓶瓮乱翻儿女哄,瓣朵偶异符瑞稽。有同心者,有三朵一蒂圆若球者,有蕊中实若桃者。畴笺比兴状草木,声谐绰约情挛夷。紫绵白木自矜宠,此花独爱风人题。粉侯寻香肯挈阔,蜜官粘蕊烦轻赍。流莺数个且相伴,俥色恰少黄与黧。扬州旧谱甲天下,过客扁舟缘御堤。谁何一棹往观者,咫尺丰台怀渺兮。”①

六日(5月25日)

七日(5月26日)

八日己巳(5月27日)

病卧一日。接舅氏、虚白兄及石友信。

读《经笥堂文集》裁五首,痔痛颇剧,而心气得稍宁静矣。甚矣,读书真味无过于性理书也。

九日庚午(5月28日)

榜发,云寿兄又不得第,母以下惋恨竟日。

《题女史吴玖画》:“程本春庐职方。孤怀孰唱酬,羸骖得得暂旬休。宦游底事能清适,一桁青山写韵楼。”

“江上新枝接旧栽,峰青日点故园苔。余姑适吴江蒯氏,善写生,兼工山水,有南楼家法。何时采药成招隐,卜菜盘餐赌画来。”“卜菜盘餐读异书”,先高祖廉江先生题南楼画。②

十日辛未(5月29日)

寄南信于金岱峰,十二日行。学兄、四弟、虚白、恬斋、舅氏、听彝皆有信。南兄修金库纹五十两,又《宝砚诗集》二册,计七卷,又寄还恬斋《惜花集》,又诗幅对扇等,又离宫定乙小匣,每定廿五文。寄姊信由心畬处交差局。

---

① 此诗又见《澄观集》卷四《看芍药有作寄怀子寿南归》。

② 参《澄观集》卷四同题之作,此为第一首、第三首。

病未全愈，心时觉烦，读《庄子》以洗濯之。

廉江公《题南楼画卷册》于三兄日记内传钞。“欲识鹿门偕隐处，前村古木后修篁。”第一幅《古木竹石》墨笔。“年来大有安负乐，卜菜盘餐读异书。”二幅设色《卜菜》。“仙果仙禽有真趣，不劳脂粉伪传神。”三幅设色《禽果》。“世味酸泔尝欲遍，披图不禁口流涎。”四幅设色《桃、杨梅、枇杷》。“生小更无烦夜吠，斯民安堵乐何如？”五幅墨笔《卧犬》。“寻来好梦春风暖，欲窃芳心入路难。”六幅墨笔《胡蝶荷花牡丹》设色。“锦官城外曾相见，怪石寒泉岁月长。”七幅墨笔《古桥拳石》。“亲见昆虫沾化泽，请看一二想其余。”八幅设色《渔戏水草》。“依稀记得罗浮夜，疏影横斜明月中。”九幅墨笔《美人梅月》。“幽芳过眼牢收拾，此外何人共岁寒？”十幅设色《花篮》。此卷仰蒙高宗圣制赐题，仍还臣家珍藏，今在大房，仪吉未得见也。录此数诗，弥深孺慕。

十一日壬申(5月30日)

寄覆恕堂伯父信，增祥明日行，又寄保定二伯父一信交塘务，乞《经笥集》于铭谷，交岱峰以寄恬斋。

读《史记·高祖功臣年表》，校《考异》。

十二日癸酉(5月31日)

陈君应涛来辞行，亦王步瀛世兄门生也。答王札，即托其携粤。及遂时，陈君已行，潘君寄去。从化县。

盛孟岩表姑丈来，傍晚答之，未晤。为讷庵书扇。接吴丈信，欲延师。

十三日甲戌(6月1日)

答吴丈信，差弁明晨出城。母寄徐札，又元城尉吴在中其亲家徐文蔚托寄信，讷庵交来并寄。

前一日，接陈灵林表舅氏粤信，有托交运使陈君信，托严牧民兄附便携之天津。

接师衮二月中信，查便。有茗田家信，即日交雨香兄。又嵇寄蔡生甫先生信，即送去。陈世兄肇波、楚屏。辞行。接乐寿三月廿一日伯母谕并大兄信，知吕月沧母雷病没。有寄咸斋信，又奉到竹泉从父信。

谢向亭同年高才笃志，同辈推重，今年分校礼闱，颇以荐卷中多奇才异能，不得中式为恨，其最激赏者浙卷一人，今乃知为孙兰畹，盖绍兴人也。朱虹舫同为言于堂，仅取教习弟一耳。

《芙初又将假还，叠旧韵为赠二首》："上车闯尘土，倒床梦湖山。忽忽两年耳，又送南辕还。人生几离合，渐恐凋朱颜。何况同心人，落落朋俦间。张口不得语，举足何敢前！摧颓百废置，寂寞相淠桓。惟我二三子，一破穷愁悭。奈何不同室，而就歧路边。""昔闻至人言，肝胆楚越隔。山川何纷樛，投路各有适。余佩之陆离，女美可说怿。用陈长发说。"女"音"汝"。气连桂与椒，迹判潮与汐。壮游三十年，客坐不暖席。诗怀半伤逝，酒思更凄魄。所期达人心，一切无拣择。正身惟鹄求，攘臂任枭掷。"①

《读〈资治通鉴·汉纪〉四首》，其一："百全谋定敌成禽，辎重无缘尉士心。遥想屯师三十万，塞垣旁谷匿何深！"②其二："列舍分垣象泰鸿，皇居何地不当隆？如何陛士清宣室，仍见珠儿燕北宫。"

十四日乙亥(6月2日)

内子病数日矣，今日小愈。

连日芍药惟买白花，余旧咏芍药诗，有云："宋君日作看花诗，诗入花情宛宛随。教我因时小径济，红花开早百花迟。"庶几实录。

订沈孝廉敦斋朴课读英儿，王老夫子丁内艰也。沈为百泉兄及门，秀水人。始啖芍药花饼。

《读〈资治通鉴·汉纪〉四首》，其一："千人入梦未渠央，万岁闻声孰主张。妻子诛夷真脱屣，白云何处见仙乡。"其二："颍水谣从丞相奏，牂江语自使臣闻。悠悠口舌无然与，枉为牛书杀少君。"③其三："布被安知是诈廉，浣衣齐相古无嫌。安昌不语新都改，始信雒阳守

---

①②③　诗又见《澄观集》卷四。

善觇。”其四：“辕固穷经九十余，齐人多诈语何如。汲生戆直天留在，子孟勋名合让渠。”其五：“东市朝衣竟失刑，典人家国底分明。受金亦有田蚡相，主父终闻就鼎烹。”

十五日丙子(6月3日)

早过孟岩方伯斋，午乃归，何故？以亲戚别数年，今来京师已十日而未见故。

十六日丁丑(6月4日)

昨令英儿为《百里奚论》，今日又欲令作论，因忆外王父戚约斋先生七八岁时，已授四子书，读《尚书·尧典》，请于师曰：“舜、孔子，皆圣人也。舜烈风雷雨弗迷，孔子迅雷风烈必变，何也？”师大惊异，因即以此作题。英儿论成，以为二圣人非有异也，其文异耳，诚然。

十七日戊寅(6月5日)

作寄小兄札，封三兄信内。为伊铭谷书屏幅一：“扇得祥风行万里，故应荡海见回□”，不知此二句何人所作。

一世祖贵四公，何姓。妣夏氏。恩抚钱富一翁，妣潘氏。

二世祖孟宽公，讳裕，始易钱姓，生洪武十四年。

三世祖养素公，讳寔，诸生，生永乐初，卒成化初。妣周氏、朱氏。

四世祖朴庵公，讳达，赠南京刑部郎中，生宣德六年三月十日，卒弘治九年十月廿一日，六十六岁。妣杨氏，生宣德八年五月十九日，卒成化十九年九月十五日，五十一岁。

五世祖两涯公，讳珍，七十四岁。妣郑氏，八十一岁。

六世祖太常公，讳薇，礼科给事中，赠太常寺少卿，五十三岁。妣孙氏，四十三岁。

七世祖鲁南公，讳与映，甲子顺天举人，六十七岁。妣俞氏、陆氏。

八世祖紫芝公，讳升，戊午举人，四十岁。妣郑氏，比部郑公履准女。

九世祖鹤庵公，生妣吴氏。康熙癸卯举人。妣曹氏。

十世祖廉江公。妣蔡氏、陈氏。

曾祖文端公，生□□□□年五月廿九日，卒□□□□年正月初七日。妣俞氏，生四月初七，卒九月十三日。俞氏，生正月廿五日，卒十一月十一日。

祖安庆公，生十二月十三日，卒七月初六日。妣沈氏，生六月一日，卒七月十三日。

正德戊辰科临江公，弘治辛酉举人，四十九名。

嘉靖壬辰太常公，嘉靖乙酉举人，三十四名。

乙未仪制公，戊子顺天举人。

戊戌永州公，壬午举人，时年廿三。

国朝康熙辛丑文端公。

乾隆戊辰少司寇公，甲子举人。

壬申宗伯公，壬子副榜，壬申春乡秋会。

戊戌百泉兄，讳世锡，戊子举人。

丁未渔庄公，丁酉举人。

己酉漆林公，庚子举人。

中丞公，癸卯顺天举人。

庚戌学士公，丙午举人。

嘉庆己未兄子昌龄，甲寅举人。

戊辰仪吉，辛酉举人。

宗伯公曰："正德戊辰，临江公以进士起家，阅二十五年壬辰，太常公成进士。越三年癸未，仪制公成进士。又越三年，永州公成进士。终明之世，我钱氏之家已历一百三十七年。明十六帝，二百七十七年，我钱氏之家一百三十七年，则是其前一百四十年也，适在明之中叶矣。入本朝至今乾隆癸丑一百五十年，合在明之一百三十七年，我家已历二百八十七年，敬之哉，为善以延世也。乾隆五十八年五月廿一日。"仪吉谨案："今距癸丑又二十年，实已三百七年。"——此从云寿兄日记本内钞出者。

孟岩先生赠元银二十六锭。

十八日己卯(6月6日)

早间，陈扶雅来告别，偕之沈鼎甫馆斋，谈片刻归，殊惘惘难为怀。午后又病卧。扶雅为予辛酉同年中第一流人，学行高于侪辈，屡试不第，命也如何？

十九日庚辰(6月7日)

云寿兄赴保定，强起送之，益觉惘然，后又卧，服文先生之瑗药一剂：藿香、片。紫苏、七片。白芷、七片。赤苓、片。新金□、片。贝母、□□。防风、七片。荆芥、片。桔梗、片。槟榔、七片。黄芪、片。杏仁、□□。引加生姜一片。

二十日辛巳(6月8日)

病减半矣，啖饭碗许，坐室中课儿子读《周官》经，苦不能阅书，稍一用意，便觉心火上突而嗽，旧恙也。□□□□□□。

《善病》："致身郎署愧浮沉，善病经时堕壮心。岁月何曾供把玩，山川只自费高深。两年来考撰《舆图》，颇耗心力。著书半失丛残稿，倚枕徒成断续吟。我正行年潘骑省，春来新见二毛侵。余今年三十二岁，春二月始见白发。"①，首句一作"官私是事信浮沉"。

《送云寿兄南归三首》："早愁此别最销魂，又见骊驹去国门。一意云山甘寂寞，十年车马枉丛烦。承家岂必论科第，负米能无念清温？不是饥驱仍道路，敢辞归隐傍丘樊？"

"历历晴沙起暮愁，窗灯絮语记前头。冯驩身世三弹铗，杜老行藏一倚楼。京国宦途纷轨辙，江乡华屋感山丘。到来百事愁商略，独看飞鸿下远洲。"

"怕见春风上鬓丝，百千万绪柳枝垂。三年一面何憀阔，几夕论心又别离。自讼每于遭刖后，天心行见好还时。下弦屈指征程数，明月扬州正满规。"②

---

①② 诗又见《澄观集》卷四。

廿一日壬午(6月9日)

犹畏风,闭户枯坐。芍药已买断三日矣,今日又有白花,母命人携赐七朵,共一瓶,乃知迟开者香愈悠静,相对绰有远致。接岱雨信及未庵复札,知姊于三月初五日到昆山矣。

作记遍纸,戏摹伯映尊篆文为之。

廿二日癸未(6月10日)

王老夫子南归。五叔来,病不得出见,次早叔行矣。

廿三日甲申(6月11日)

寄姊信,为母寄舅氏一信,又寄恬斋数行,俱附入。

累日病不减,杂读经史不成片,一如可哂也。于陶凫香处得予所书朝考卷,携之归。《茂正其德而厚其性论》《拟汉武帝贤良诏》《疏清口海运疏》《赋得羡鱼结网得更当》。

廿四日乙酉(6月12日)

病中无聊,偶见内子扇头有余所书赵子昂《萧翼赚〈兰亭图〉款识题跋》,跋为柯九思作,约九百余字,作蝇头行书临之,犹是癸亥七月六日书,忽已十年矣,后有诗一篇,信笔缀,尚未录稿,今换数语,记于此册。

《题赵子昂摹李伯时〈萧翼赚兰亭图〉》:“八十老僧胡为乎?凿楹守此山阴书。殿前三对靳弗与,桥南一斋亡忽诸。披云步月欢有几,绝倒床头遗帛子。酒蚁心猿只暂同,白头倾盖俱难恃。忆修禊事来群贤,旷览今昔心超然。醉中信笔快一扫,此岂有意垂千年?文皇圣度果超越,风雅干戈两难阙。可怜茧纸送昭陵,乞向佳儿忍仓卒。异闻莫辨欧阳询,宋景濂跋据《刘悚传记》,谓是文皇遣欧阳询从辨才求得也。学书谁过王右军?即今赚否亦何有,相与变灭皆烟云。”①

廿五日丙戌(6月13日)

沈先生到馆。为祥二兄书扇,号瑾亭。陕西司掌印员外,今以太

---

① 诗又见《北郭集》卷三。

翁先抚军擢督雍凉回避，掌云南司印，以扇乞书留别也。

廿六日丁亥(6月14日)

作宋芷湾及上许西麓夫子书，将交恬斋携去。宋守滇，许为教谕龙游也。得文江侄晋中书，即日复交本之总封寄。夜饮画舫斋。

廿七日戊子(6月15日)

嗽久不愈，甚累，以地图属敦斋兄相助为理。敦斋深于地理之学，真良师也。久旱，时有霡霂，不得透雨，是夕雷雨大作，枕上闻之，一快胸臆。

廿八日己丑(6月16日)

嗽甚，夜饮酒十数樽，胸次稍快，盖积郁也。

廿九日庚寅(6月17日)

接李太亲翁婺源信。

《读〈晋书〉二首》，其一："何苦牙筹日夕持，酒垆长负竹林期。由来末路惩濡尾，可忆凉州却赙时。"其二："乐旨风流正始存，龙门夷甫愧词烦。如何一谢河南尹，述志居然二百言。"①

一月告尽，徒愁病耳。一事未成，徒眠食耳。以愧以惕，鉴之改之。四月小尽记。

五月辛卯朔(6月18日)

读《安平献王孚传》。芙初属写赠行诗于所画小像后。

壬辰二日(6月19日)

朱野云送到恬斋初二日常州道中书，芸台夫子差人之便。接菘丈信，并致小云、讷庵各一信，即日交去。菘丈信即作覆，交差弁明日行。恬斋信作后未寄。

三日癸巳(6月20日)

接云寿兄廿五日保定信。绘《之滇行程图》。常德府、辰州府、沅州

---

① 其二为《澄观集》卷七《如何二首》第二首。

府、思州府、镇远府、都匀府、平越州、贵阳府、安顺府、兴义府、普安厅、曲靖府、云南府。

四日甲午(6月21日)

绘《之滇行程图》。广信府、饶州府、南昌府、临江府、袁州府、长沙府。

附《之滇行程图序》。[1]

五日乙未(6月22日)

重绘《之滇行程图》清本。

作寄大兄信及竹泉从兄信,又为母寄舅氏及云崖先生信,总交王侪答投南,而倚吟来告行,虽犹未定也。又寄段伯母及恬斋信,交差局。宋信、许信及曹寄信。

六日丙申(6月23日)

七日丁酉(6月24日)

六日绘图清本毕。又作寄学山兄信及寄复村、恬斋两信,又交差局。午后,静海人来,闻四叔父讣,哀哉。七日,接恬斋高邮所发信,人带到迟也。

八日戊戌(6月25日)

接菘丈信,属订讷庵赴署教读。

九日己亥(6月26日)

松相国奏乌噜木齐开垦及通筹经费各事宜,奉旨:"军机大臣会同该部及明亮议奏。钦此。"新疆岁需内地拨给兵饷数百万,所耗不赀,开垦边荒实为足用安边之上策,而经画之始,籽粮牛只皆须官给,亦有小费,然万世之利于是乎兴,何足靳乎?至两陲入粟捐监,从前既有巨案,今皆视为秕政,然实粟塞下,赐爵实为赀郎之祖,粟为生人之本,稍异输钱,监非临民之官,何嫌铜臭?执事者必欲斥之,则边储何以足,国用何以节乎?且现以边仓积粮,□□□□□□□□□□□,可省中都发镪之半,若粟多则物有日省之

① 文见《衎石斋记事稿》卷三,略。

势矣，而不善乎？如斥其纳监，允其省镪，仅计目前锱铢之利，抑念边地乏粟，是何等事耶？

松相国今之韩魏公、赵营平也，然老矣，时不可失，□此欲为开垦，益难任使矣。

十日庚子(6月27日)

谈供事□所画天文图，因以所校图六册付之。《卤簿长寿幢》等一册、《辇图》等一册、《九曲凤盖》等一册、《□□俳鼓图》等一册、《喀尔奈》等一册、《□□□寿》等一册。

十一日辛丑(6月28日)

青州六伯父来京师。傍晚自外归，作菘丈禀，交讷庵。

十二日壬寅(6月29日)

稚圭以二伯父《大川利涉图》题句见归。

十三日癸卯(6月30日)

接南信。舅氏寄母信，四月十八日发。复村信，又潜江信、答家信。

十四日甲辰(7月1日)

接南信。学山兄、境石弟、吕月沧信，孙君廉□带来。

晨起，谒覃溪先生，谈诗良久，先生以《重赴恩荣宴诗》索和。

十五日乙巳(7月2日)

始定《会典图》门类："礼制、天文、乐律、冠服、乐器、祭器、舆制、武备、刑律、舆地。"

接复村四月廿七日[信]，知于廿二日生子，宝砚老人名之曰雄。有三兄家信，并敦本□人见示手札一纸。接五叔信，并分交各讣，寄文安信。

十六日丙午(7月3日)

寄各讣。朱虹舫、朱兰馨、蒯聘堂姑婿、徐氏姑、汪世泰五叔母之弟、朱大表伯、赵司农之两少君、宛平典史吴孝愉、冯铁渔、李心畬。

以天文各图付张补庵景仁为属稿。

十七日丁未(7月4日)

以润斋伯父《大川利涉图》属芙初题。

十八日戊申(7月5日)

晚饭六伯父寓。向亭来谈，日落乃去。

十九日己酉(7月6日)

朱虹舫、刘芙初、董琴南、周稚圭偕予集向亭斋剧论。虹舫言，昔有人行窃于子室，子不□其父为窃也，击之毙，久不得定谳。某君云："子有余财，而致其父行窃乎？"科不孝如律，案乃定。

二十日庚戌(7月7日)

又为六伯父杂摹钟鼎文字于扁。为稚圭篆书扇头十六字："惟慎无忧，惟忍无辱，惟静常安，惟俭常足。"怀宁昝先生语也，见《曝书亭集》。

二十一辛亥(7月8日)

病暑又感寒嗽，累旬未愈，今日小差，犹畏风日而常日不能无出，故乡山水，我看如何？

廿二日壬子(7月9日)

作菘丈禀，并寄云寿兄信及兄家信附去，明日交六伯父处信，使汇寄。

晚过吴省庵四兄，接范川信，有寄伯昂札，即致之，又三兄一信。

廿三日癸丑(7月10日)

六伯父引见。始修《晋十九州大事谱》。

廿四日甲寅(7月11日)

接四月廿八日复郇信。

廿五日乙卯(7月12日)

于陈硕士处接汪均之札。

廿六日丙辰(7月13日)

寄直隶二伯父信，交六伯父，使人携致。

廿七日丁巳(7月14日)

顾君琥来见，苏人也。刘芙初交回《大川利涉图》。

廿八日戊午(7月15日)

始得《朱文端全书》，喜极，买得读之。

廿九日己未(7月16日)

雨竟日，夜大雷雨，北地种谷有六十日还仓者，此时闻犹可下种也，为之心喜。菘丈前两日信来，今日作覆，差等。

六月庚申朔(7月17日)

大母沈太恭人生朝致祭，太恭人生雍正三年乙巳，如生存，今年九十矣。定会典馆事宜。接姊信。岱雨信。

二日辛酉(7月18日)

六伯父之保定，以二房议单一纸交马玉呈收，携回青州。赴馆议事，《全图》期以八月告竣。

三日壬戌(7月19日)

撰《乐律图》。点江南司稿二十件。

四日癸亥(7月20日)

校定《礼制图》副本四卷。坛庙以各筵燕之起居注官位次行，查起居注衙门。

五日甲子(7月21日)

寄嘉兴信。母寄舅氏一，仪吉呈兄姊并示复村、警石、恬斋诸君，总为一纸，长五尺六寸，又三纸寄姊览，又南兄家书，及刘君濬寄诚斋师札，俱由姊转付师衮，皆由广泰局。

六日乙丑(7月22日)

校定《冠服图》四卷。《王公百官行衣图》六、《雨衣图》三、《朝珠图》一、《带图》九，为一卷；《皇后、皇贵妃、贵妃、妃、嫔冠图》五、《服图》十一，为一卷；《公主、福晋、命妇冠图》三、《服图》五，为一卷；《公主、福晋、命妇冠图》六、《金约》《耳饰》《领约图》各二、《朝珠彩帨图》各一。

凡《会典图》之《冠服》十卷、《祭器》三卷、《乐器》八卷、《舆卫》十卷、《武备》十二卷，至是俱校定副本发缮，黄绫正本，其《礼制》《天文》

《舆地》《乐律》《刑律》,现在纂校。点陕西司稿十八件。

七日丙寅(7月23日)

张补庵以《天文图》来,午后校阅一过。

《地球圆体图》一、《太阳本天高卑图》一、《太阳本轮图》一、《太阳均轮图》三、《新法太阳用椭圆面积为平行图》六、《昼夜永短图》二、《太阴本轮迟疾四限》图三、《太阴四轮图》九、《新法太阴本天心距地及最高行图》六、《交食图》二、《绘月食图》一、《绘日食图》一、《五星本天图》三、《五星冲伏留退俱生于次轮图》二、《五星次轮上下两弧皆非平分图》二、《弧三角形图》十,尚有《平三角割圜八线等图》须续纂。以上十六种五十四图。

阅定《舆地图》。邵武、建宁府。

久未晋见覃溪先生,五月十四日晨起,修谒,蒙示《赐加二品衔,重与恩荣燕之作》四章,命和率呈二律:"鹿鸣重见谱诗篇,冰署仍闻拜赐筵。桃李久成天下士,风云长作地行仙。寻源笔海清无翳,道古瀛洲录可传。幸矣衔觞令后进,师资六十二年前。""文昌北斗重跻攀,翘首青冥只汗颜。一诏春风喧辇下,长吟初日度窗间。皖江波冷怀前泽,南曲花疏梦故山。先生偕先大父安庆府君举丁卯乡试,偕族父萚石先生举壬申会试南九曲,见《萚石斋集》。念友猥蒙勤勖似,论文应许迪愚顽。"

八日丁卯(7月24日)

阅定《天文图》二十有六、《恒星总图》《十二次纬南北》各一、《南极星》。

九日戊辰(7月25日)

以天文各图并说底本交谈璐绘写。《考成》七册,《会典》二册,大图二。

春庐先生来,以《大阅图》一册及《时宪志》八册,《律吕正义后编》一册付阅。

阅定《舆地图》。汀州府、延平府。

十日己巳(7月26日)

阅定《舆地图》,兴化、漳州、泉州、福宁、福州、台湾六府,龙岩、永春二州。福建省竣。

作二伯父禀叶莮汀属荐书院，交琴柯方伯携去也。接菘丈初二日济信云："八日赴豫。"

十一日庚午(7月27日)

又作二伯父禀，以差人来知感时疾初愈也。又作六伯父禀、沈珠泉表兄札，俱寄保阳。寄嘉兴信。寄恬斋二纸，长六尺许，本之家信附去，又寄复村大兄，索《沈公祠规约》，又寄大兄一信，一并送乐寿，由广泰。

十二日辛未(7月28日)

阅定《舆地图》：南安、吉安、赣州、未竣。临江四府，宁都州。

访刘芙初、朱野云不值。

十三日壬申(7月29日)

阅定《舆地图》。建昌、广信、饶州、抚州、瑞州、袁州六府。

过春庐先生不值。芙初交还所书扇。

十四日癸酉(7月30日)

阅定《舆地图》，南昌、南康、九江三府。江西省竣。本之朝考，取二等二十二名。

十五日甲戌(7月31日)

阅定《舆地图》。谒筠年、雪香两夫子。朱野云交还所画扇。点江南司稿十二件。

十六日乙亥(8月1日)

点陕西司稿二十件。

十七日丙子(8月2日)

阅定《舆地图》。朱野云交还所画扇。

十八日丁丑(8月3日)

阅定《舆地图》，陕西省竣，接张介侯屏山书并致吴雪樵鹤信，即付之。

《可惜用杜韵》："念起纷何属，心惊觉每迟。浮云驱不尽，明月到何时。说巽中孚象,冰渊小宛诗。抚编三太息,卅载负襟期。”①

十九日戊寅(8月4日)

本之覆试,未得列取,闷闷。接保定二伯父信,即复。填廿日。点江南司稿十七件。填廿日。

二十日己卯(8月5日)

复介侯书,寄《诸葛忠武像赞》一首。

《诸葛忠武像赞》:“隐居以求其志,行义以达其道。可以托六尺之孤,可以寄百里之命。临大节而不可夺者,必也临事而惧、好谋而成者也。”

廿一日庚辰(8月6日)

《题二伯父〈大川利涉图〉,图为己未春以吉安守署江西粮道都运北上作》:“前船鸣钲后船起,千樯日落鸦衔尾。由来贡赋实京师,敢惮崎岖历山水。荷花塘口波连天,济源阏竭七二泉。当官先事谁疏塞,朝扆忧民阅岁年。县仓输米倍官斛,津遣旗丁苦不足。方舟往返绵春冬,筋力摧颓尽皮肉。章贡西浮盈亿万,我公规画苏前困。饬吏居民有盖藏,恤下行人泯嗟怨。损粮注考数何遭,驱车西绝瓶陉高。谅无猷念系宠辱,今来屡诏垂恩褒。一卷闲中还把玩,此心常似涉波涛。”

《冯铁渔斋观明人〈碧山隐居图〉卷,即用卷中沈石田韵》:“何处可安心?山中横卷坐。幽鸟时扣门,剥啄无人过。三尺曲录床,偃仰清不卧。苍生未忘情,一醉竹个个。阴阴覆我屋,云漏月光堕。垂头或微吟,岂曰无事作?”

廿二日辛巳(8月7日)

阅定《舆地图》。铁渔和余前诗,写扇头见贻。

《题新安陈氏宗祠》:“夕月没西朝日东,事端出入安终穷。水源木本谁不念,瞬息变灭随长风。卓哉新安泉石翁,名起元。志拟金石坚磨陇。山头种树四十载,梦中识路神明通。石门溪上祠聿建,侍郎

---

① 此诗又见《澄观集》卷四。

碑版何隆隆。秦小岘侍郎为作祠记。由来百念须诚一，天意能回况人力。君不见陈家大母病渴时，冬月犹闻瓜结实。翁八岁事大母汪疾，有瓜冬实之异。”

廿三日立秋(8月8日)

《铁渔次韵见答，有慨于因果之言，复叠前韵奉章以廓其意》：“烧却黑蚍蜉，推倒木上坐。是身如虚空，何处着罪过？白牛可怜生，大地足起卧。宁知庖丁云，全者无一个。明年有春风，一叶今任堕。聊相与相羊，不止亦不作。”

以二房仪单及鼎甫寄静海四叔，令托心畬交大兄。接恬斋信。有姊信、兄信、复村信。

廿四日癸未(8月9日)

复恬斋信，明日交差局。有本之家信。阅定《舆地图》，甘肃省竣。

《闻旱》：“吾庐百里界苏杭，甚旱闻连数郡疆。四月苦晴仍六月，洼乡无水况山乡。燕齐近稍休兵气，财赋人方急太仓。大半东南关国计，鸿飞岂独念维桑？”“近岁农收小胜前，丰亨未免恃康年。夫廛孰有禾三百，米价仍闻石四千。仓贮官家原备粜，赛祈风气亦贪天。徙薪曲突功难见，教养终期卓鲁贤。”①

廿五日甲申(8月10日)

《海澄公以画菊扇头，属写近作，再叠前韵奉赠》：“勋阀五诸侯，爵次三独坐。岩疆拥节旄，宦迹浮云过。独爱东篱花，霜影对清卧。寒香谁肯寻，瘦蝶时一个。写生托便面，三载色不堕。相期岁寒盟，临风视此作。”

阅定《舆地图》。

廿六日乙酉(8月11日)

点陕西司稿二十七件。晤翁星原世叔。

《车中述怀十五韵》：“我本水乡人，出入扁舟便。五年牛马走，亦

---

① 此诗又见《澄观集》卷四。

曰充王官。炎风夏月旱,恒苦沙尘攒。连朝快时雨,濯濯清阛阓。所嗟阙潴泽,平地何𣶏沦。洄漩亦可爱,明镜生微澜。便有鹅鸭群,长鸣刷秋翰。家书前日至,舞妭数郡连。城河不通楫,水车涂泥黏。旅人田以祭,念是宵不眠。同年宰畿邑,昨来颜色欢。为言穄麦长,突过居民垣。皇仁感天应,沾被三辅先。从兹推暨广,岂有遐迩偏?长谣匪怀土,南望心悠然。"

廿七日丙戌(8月12日)

陈受笙以画箑交芙翁带还,即同朱扇恳心畲携之南呈舅氏。阅定《舆地图》。

廿八日丁(酉)[亥](8月13日)

又复介侯札并吴复信及券,又诗一册交聂君携蜀。读《读诗记》一卷毕,已十四日矣。接沈君宗度信,云阶族父婿也,信由静海来。

《心畲姊婿将于六月廿八日南归,闻到途积潦改期,率赠一首》:"归心日夜动征轮,小住为佳乐更真。秋雨那无留客暂,东风已苦送行频。短书黄犬慰家舍,高咏白驹怀古人。稍待玉山丛桂发,一觞依旧草堂春。"①

《送郑心田云龙之官连州二首》:"峻坂修澜历已深,除书乍下鬓霜侵。家财尽散全交日,河岸先酬报国心。君佐百菊溪先生治李家楼河堤有劳绩。居近义门能忍事,馆多宾驿孰知音。使君襟度吾能说,海壤淳风喜自今。""肯随末俗竞推移,义利分明掌运规。立本须从无欲使,化民行见不欺时。文珠大贝情何有,白日青天道岂疑?只是离愁消未得,一江秋水镇相思。"

廿九日戊(戌)[子](8月14日)

为单君可玉书屏幅一,鸥波行一。拔萃,君之翁。并书赠郑君诗屏幅四。

自四月朔至此,诗三十六首,改录旧作二首,文二首。序、赞各一。

---

① 此诗又见《澄观集》卷四。

嘉庆二十年(1815)《修省斋日录》

仲秋之月二十三日乙亥(9月25日)

《盛京舆地图说》成。云寿兄寄《嗜退庵语存内编》十卷。四册,吴兴严有谷既方著,少宗伯存庵我斯之父,始立诫终慎刑为类三十。朱洌泉携之通州,遣人送京,又得读《浦江郑氏家规》百六十八条,他本皆不全。及《翠璎山房丛书甲编》之三十七卷。《涑水家仪之属》十六家,丛书,为万苍翁手辑,今多散佚。晡雷雨。

二十四日丙子(9月26日)

《吉林舆地图说》成。章君淦交来周乐真照二纸。

二十五日丁丑(9月27日)

敬阅《紫云先生遗稿》,录尺牍四十三首入《文汇》,为弟三番丁本。丁卯始得是书读之,辛未覆审一过。《甘肃府州图》副本校勘讫。痔痛。

《题文姬归汉图》五六七言绝句各一首:"蓬首逐毡车,关山月正斜。不逢董都尉,归日早无家。""付遗书四千卷,居沙漠十二年。汉使惊传雁帛,胡笳凄断鲲弦。""空闻市义谢单于,乱后何从识上都。日暮登高赋《悲愤》,许昌已筑禅台无?"

《不寐》:"倚枕萧廖对冷釭,卷书仍见月横窗。孤蛩谁语偏凄紧,几犬相惊遂沸哤。眼认白毫光不定,心游碧落气难降。拙诗觭梦权消息,失笑熊鱼致岂双?"

二十六日戊寅(9月28日)

撰春庐先生之配吴宜人祭文。名玖,字瑟兮,石门人。稿别录。

《书〈杨震传〉后三绝句》:"清白贻谋计,艰危济世衷。四知三不惑，真见古臣风。”“几许黄花饲，瑶环报已多。微禽知感激，儋爵奈恩何?”“德祖俦文举，曹公忌祢衡。藩寮笺答后，早秀惜才名。”

《张纲》:“一编圯上帝王师，异代流风世未衰。可爱埋轮雄直气，教人忆中副车时。”

《寄怀恬斋二首》:“敝衣残卷绕团栾，但下床行置足难。不碍吟魂飞万里，仙湖明月共君看。”“送君逾岁积相思，水远山长莫寄辞。百遍低徊通一语，心情仍是送君时。”

《重寄恬斋》:“梓里人来话德音，平甫朱兄昨来京师，述恬斋去岁在里门时语。灯前绝倒笑难任。阶资于我真为累，意气惟君始见深。近觉万端钳在口，遥知期月水盟心。何年果践湖楼约，痴叔犹堪共竹林。”

《题伏生像》:“硎谷机翻六艺空，遗编深见壁藏功。篆蝌隶体谁因革，今古中文几异同。宛有成书疑众手，浪传残楮说重瞳。《冤词》《疏证》吾何执，瞻拜犹思为折衷。”①

二十七日己卯(9月29日)

补甘肃嘉峪关外一府镇西。二州，迪化、安西。《舆地图说》成。读《和靖诗抄》一卷毕。录先子《赠友炭启稿》。

二十八日庚辰(9月30日)

阅新写就《会典事例》正副本十余册，发回换叶者二册:《礼部巡幸》《刑部窃盗律》。以椒堂朱兄小极属予助理也。谨校《祭祀行礼图》二册。又三册尚须更缮。

二十九日辛巳(10月1日)

《简潘吾亭二首》:“矮屋轩渠十五年，朅来心迹故依然。安弦何与筝琶耳，听鼓聊随粥饭缘。万里停云情各系，一堂爱日祷弥坚。鹓雏腐鼠休相吓，尚冀清声有后传。”“宦辙频年略见班，两涂推挽总深艰。思抽蚕緖烦于发，气耸羊肠峭若山。俯仰家风廉让后，商量身事

① 《书〈杨震传〉后三绝句》《题伏生像》又见《澄观集》卷五。

狷狂间。粗疏潦倒吾诚痼,傥有刀圭乞大还。'絸',古'茧'字。"

壬午晦(10月2日)

阅新写《事例》正副本数册。谨校《礼制冠服》诸图四册。自馆携来《乐器说》八卷。

季秋之月癸未朔(10月3日)

阅新写《事例》正本一册。周司空师发下《事例》正本四册,签改者五,即时修复。曹相国师亦发下《事例》正本三册,签改二十余处,送原纂确庵徐兄修复,内有二条须寻检折中钦此。谨校《祭祀行礼图》七册。自馆携来《祭祀行礼》副本十四册。

二日甲申(10月4日)

《齐齐哈尔、墨尔根、布特哈、呼兰图说》成。读《安阳集》一卷。

三日乙酉(10月5日)

自署之馆中,竟日无所为,惟校正《吏部处分事例》一册,发写正本而已。复□师签三册。

《思菊》:"一扫秋阶万卉陈,悠然山气望嶙峋。君知怀葛为何代?我忆风霜有故人。兰臭岂无充屈佩,樽空何以漉陶巾。宾鸿声里相思切,岩谷终期共隐沦。"

四日丙戌(10月6日)

《黑龙江舆地图说》成。改定陈水部焯太翁《若华前辈六十寿序》,以稚圭所属,不敢却也。云陆朱先生以《天文图》一卷见示,校勘一过。《天地浑圆体图》一,《九重天图》一,《黄赤道图》二,《恒星图》十四。

五日丁亥(10月7日)

接心畬八月四日书:介祉姻事。赵信一,竹亭信一。

六日戊子(10月8日)

订《舆图》十四册。书吴恭人挽联一、横幅一、李君大壮,字宾石,行四。直幅三。"秋帏梦溯还乡水,画本风凄写韵楼"。

七日己丑(10 月 9 日)

周师属校阅《吏部处分事例》二册。接心畬中秋日书,又乐寿信二,本之家信。

八日庚寅(10 月 10 日)

点江南司文稿,题者三,咨存者八。寄家书,大兄、复村、心畬各一,母寄舅氏一。晓翁人便也。

《偕潘水部游陶然亭》:"亭前二客成三过,辇下重阳已七年。不定烟云催节物,无穷天地入诗篇。登高漫想楼涵镜,煮茗仍悭竹泻泉。那不携筇攀绝磴,西山相对色苍然。"

九日(10 月 11 日)

点定四川之成都府《杂谷懋功二厅图说》。朱云陆先生又交《天文图》一卷。《太阳本天高卑与本轮图》一,《太阳均轮图》三,《新法太阳本天椭圆形图》二,《椭圆形以角求积图》三,《以积求角图》一。

十日壬辰(10 月 12 日)

点定四川之嘉定府《资绵茂眉邛五州图说》。

十一日癸巳(10 月 13 日)

点定四川之叙州府泸州《雷波、叙永二厅图说》。

○○亦自○○府○流来会。府再见,云亦他省再见不言者入界内。水自○○府合○水○流来会。下言来会,上不言入府界面。大江自○○府纳某水。大川受小水曰纳。水出○○县○○流○水出○○县。○○流注之合○流来会。○○水○○二源合○流。水出○○县○○山。无山云境,或省。又○○合○来一水。无名水视此。○水自其○○流注之。不合他水视此。沱江一曰中江。随地异名视此。大江又东流,沱江入焉。沱江云云注大江。大江重出视此。与○○江会合。大川合流视此。○水自○○府○流经府○○境,二府夹一川。○流经县○○山。附见山。经县○,析○流,复经县○。经○○县○而○,两水俱○流。○溪出其○○山中,○○流注之。○水自其○○流,注之○水,自〇〇府〇流亦来会。二水俱入一大川视此。一支渠〇出。又有支津〇通〇〇。正梁亦〇〇流来会。流同。为〇〇水口。水在它府，视此。岐为二派，又分〇〇二派。界南北东西。省治及它省在前界边及海在后。〇及〇俱界〇〇府。〇〇水二源俱出府〇境，一〇流，一〇流，合〇流。〇水出〇山〇麓，〇流〇水出〇山〇麓，亦〇流。坤都仑河有三，曰〇河，曰〇河，曰〇河。入大江。四渎视此。注〇水。大川。会〇水。二水大小相若者。

十二日甲午(10 月 14 日)

点定四川之《重庆、龙安、潼川三府图说》。校《松潘厅图》稿本，并撰说。核地丁奏销册，为秋槎代庖。

《寄怀心畬姊夫》："商飙记送栈车驰，两度悲秋涕泪滋。公意云何能昳荡，我心不快强栖迟。从兄敬尔安慈母，替妇恩斯鞠幼儿。肯念旅人归未得，暂游重踏软尘缁。"①

十三日乙未(10 月 15 日)

病嗽上气。得恬斋七月十八日书。总兵折差。

十四日丙申(10 月 16 日)

点定四川之保宁、顺庆、夔州、绥定四府，酉阳、忠二州，石砫、太平二厅《图说》。得师衮八月廿六日书，舅氏寄母一，复村一。汪氏人还也。筠麓先生又交《天文图》一卷。《太阴本轮迟疾四限图》一，《太阴四轮图》五，《太阴初均图》一，《太阴二三均图》二，《黄白大距及交均图》三。

〇水自其〇，〇水自其〇，俱来会。经遍州县，不叙。〇水二源，〇源云云，〇源云云，来会〇水三源，曰甲曰乙曰丙。甲又有二源。入〇〇府界，注〇江。已画入则书。稍〇又〇流。

十五日丁酉(10 月 17 日)

点江南司咨稿四，题稿一。接三兄书，又大兄一纸，汪便。

---

① 此诗又见《澄观集》卷六。

十六日戊戌(10月18日)

买《通鉴辑览》八函。本之闻其祖母陈孺人讣。

十七日己亥(10月19日)

寄保定书四件。三呈伯父,一祝芸舫。新城典史周君沛田廿一日带往。

十八日庚子(10月20日)

撰《卢嫂陈宜人祭文》。寄宫保信,明日折差便。

嘉庆二十三年(1818)

春正月戊辰晦(3月6日)

将之南昌，午饭后发西水驿，逆风至斗门，已上灯矣。饥驱出门，重以风雨交作，情味殊劣，伏念先世力贫，不肖幸承余荫，窃禄已十年矣，至今日而始历此境，何敢稍有怨尤，惟是鲜民之生，窀穸事峻，不即奔归帷次，有何许事，忽改南辕，岂非乞食以活妻子乎？此实可愧可哀，不可告人也已。

文端公戊戌，康熙五十七年，公三十三岁。丁廉江公忧，己亥有江右之行三十四岁而无诗，行状中亦未述及，见于本集第二卷《和苏诗》注中，又见于第十三卷《和陶诗》题目中。其后三十年，乾隆十二年丁卯奉命典试江西试，六十二岁。十五年庚午又至焉。六十五岁。十七年壬申，予告归里。六十七岁。少宗伯公于乾隆丁卯从文端公之南昌，时方居药房先生忧。四十岁。其后二十七年，乾隆三十九年甲午亦奉命典江西试。六十七岁。四十四年己亥又至焉。七十二岁。四十八年癸卯，亦奉恩旨致仕。七十六岁。少宗伯之再使南昌也，上距文端公未第客游此邦适甲子一周矣。皆己亥也。文端归田后凡二十有二年，八十九。少宗伯归田后凡十年。八十六。

二月己巳朔(3月7日)

顺风，酉刻过长安坝，四更抵达临平关宿。[①]

---

① 以下抄录《水经注》卷四十“桐庐县至于潜”至“子胥文种之神也”数百字，略。

二日庚午(3月8日)

晨度关,午后到杭,谒见柏溪中丞,晤月沧明府,归已上灯矣。

《曝书亭诗集》卷十《鹿尾》:"东丹王子画,移剌楚材诗。"杨注未详,按:"移剌,'耶律'一声之转耳。"

三日辛未(3月9日)

晤祝舟堂兄,午刻至江干登舟,刘元归寄信。大兄信,味轩、警石二札,杨瑞二信交四弟。又味语、警语。

四日壬申(3月10日)

晨起解缆,行百里至富阳泊。夜雨。

五日癸酉(3月11日)

七十里至新城县港口。亦名节溪,去此西北行三十里达新城。

六日甲戌(3月12日)

酉刻登钓台,谒严先生祠,嘉庆十年芸莒先生新修,今犹无恙。祠中遗像,清严微须,左右二龛供唐方元英,宋范文正、谢皋羽、欧阳原功栗主,文正遗碑尚存。施愚山五律一首,先公每爱诵之,刻石右壁间。夜泊长旗。

七日乙亥(3月13日)

行三十里到严州,又七十五里泊香头。

呜呼,痛哉!吾母之弃不孝十一月矣。不孝奉母于京师八年,家贫口众,禄糈不足供甘旨,母体素羸多病。乙丑冬里居,适吴氏姑病于平湖亟,母方患嗽上气,闻耗惊,急唤舟往省,姑姑已不能言,逾日以事归。姑濒危几月余。

《发江干》:"烟云态几新,复此大江滨。潮啮频移岸,沙长重问津。浮生迷道德,拙宦负君亲。十八年何事,青山解愧人。"①

《江干写哀十断句》:改存六。"灵輀记奉潞河浔,汶济河淮宛鉴

---

① 此诗又见《澄观集》卷八,题作《二月四日发江干》,首联作"扁舟如梦里,萧瑟越江滨"。

临。此日孤舟回首处，满天风雨墓门深。一作：'此日江干舟待暮，回乡风雨墓门深。'

"奈是桐庐又富阳，南行旧梦怕思量。便应一恸回车早，底用摇摇使断肠。'桐庐富阳，摇断肚肠。'舟人谣语。

"开帆此际正朝饔，逆棹前时见夕峰。事事分明眼前在，旁批：'历历眼前春梦在。'不须醒我定山钟。

"桐君犹是数峰横，峰际白云如我迎。欲挽亲年迷大药，余生何忍题长生？

"泷前峰后不知栽，昨雨今晴只益哀。十八年来何限泪，那无恸哭过西台？

"晓山隐约溯流迟，恰似欢迎乍见时。人正东归水东下，廿年从此不伸眉。太恭人自闽归，辛酉十月度钱塘。不孝中式乡试，时在杭州，买舟西迎至严州，时在辛酉十月。明年春，先公捐馆舍。

"伤心骨肉那坚牢，恨积幽明首重搔。昔也同舟今几在，高天落日一长号。

"牵裾浑忘压篷眠，梦醒愁看落月圆。一夜滩声风雨骤，此身如系闸河船。

"山山宫别路邅回，日日烟云旋阖开。步步寻看真不梦，亲客除是梦中来。

"碧树青峦涕泗余，叩门乞食此生初。问君那不寻归棹，元日梅花有墓庐。"

八日丙子(3月14日)

午间到兰溪，泊万寿宫前，夜至横山，宿万寿宫许旌阳庙。

九日(3月15日)

到龙游，晤杨南溟同年鸿。江西清江人。谒许西麓夫子，泊舟处距城三里许，饭于县署，归已三更矣。东风雨甚为累。

十日(丁卯)[戊寅](3月16日)

许夫子、杨同年来答，即解维，夜泊苏木滩。考《县志》，苏木滩即

《水经注》"苏姥布"也，然杨诚斋已有《苏木滩》诗，则其名旧已。

十一日(3月17日)

巳刻到衢州，晤李九观察秉铨，假县志于吴令鼎辅，前令姚君宝煃所修者，得鹤庵公所撰《王君宸晟小传》，惜节录，非全文，归途或可访其后裔觅得原稿乎。又得裴山兄所作《范德仁传》。

沈广文方镜，号寄云[①]十年不相见，往晤于县学舍，此是鹤庵公旧治，徘徊客寮中久之，不忍去。于崇圣祠门外西壁间见竹垞朱先生所撰《重修西安县学碑记》[②]，盖先生手书上石者，时在康熙三十一年[③]，时王君训导钦撍会稽贡生。先公于康熙三十五年任教谕，三十七年引疾归。当先生至西安，偕先公暨鹿明府祐，后官河南巡抚。[④] 游鹿鸣、烂柯诸山，有诗，见《曝书亭集》中。

烂柯山在县南二十里，不及往。是日午饭后大风，舟不能行，乃独游鹿鸣山。山仅一篑，有东岳庙，路楹松竹，皆新种，差无可观。朱诗所谓"移席愦王宫"者[⑤]，访之不可得，怅然而返。《碑记》："时康熙三十有一年冬十月既望，南书房旧史秀水朱某记，赐进士出身、文林郎知西安县事颍川鹿佑立石，教谕海盐钱□□[⑥]、训导会稽王钦撍同立，县尉中牟牛昌、武林厉楷镌。"

十二日(己卯)[庚辰](3月18日)

至牛头山。

---

① 据姚宝煃等修《(嘉庆)西安县志》卷二十四《职官》可知，沈方镜，归安举人，于嘉庆十五年任西安教谕。

② 参朱彝尊《曝书亭集》卷六十五《衢州府西安县重建学记》。

③ 眉批："考《府志》，修学实康熙三十年，明年朱先生到此乃为立石刻文耳。"

④ 眉批："鹿字有上，号南皋，行取礼部主事，迁御史。"

⑤ 参朱彝尊《曝书亭集》卷十六《鹿鸣山晚眺二首》。

⑥ 此处避鹤庵公钱瑞征讳。《(嘉庆)西安县志》卷二十五《宦迹》有其小传。

《自西安至常山道中作》:“三衢仍峍兀,双港带纡环。乍似趋闽峤,俄看右玉山。老惊翻碓速,贫耐上滩艰。风雨如相感,飘骚几夕间。”衢州。①

十三日(3 月 19 日)

到常山。②

《戏为叠韵折腰五字诗,写黏江船窗间,以俟后来君子一笑》:“女与语龃龉,台惟知棋诗。续竹仆局促,炊廖姬赍咨。缶有酒狗溲,逵之碑龟皮。谡己以耻士,其谁为师夷?”

十四日(辛巳)[壬午](3 月 20 日)

冒雨登陆,午饭草坪驿。傍晚到玉山,谒家门。宿所居楼在塔山南,下临滩水。陆明府翥鸿为予具舟。丁酉举人,官此廿年不调,字华浦,云南昆明人。

《常山登陆有感》:“不知衢港几洄沿,忽哄人夫在濑边。襆被囊书独往昔,弋江霞岭异山川。帷堂梦去四千里,舆轿随行十八年。《汉·淮南王传》“舆轮而逾岭。”此地旧无经过迹,如何风景也凄然。”

《二月十四日雨坐草坪驿》:“匙饭杯羹宛在一作“病榻”。前,昏昏去岁到今年。孤儿身落千山里,细雨邮亭一怆然。”③

《望金鸡岭》:“金鸡岭有贯公迹,岭下白云如我迎。影挽亲年迷大药,余生何忍觊长生?”

《玉山旅夜》:“四更众籁尚喧豗,兀坐徐看落烬煤。滩响最怜春枕急,阁窗何取面山开?江湖满地吾故放,风雨连天事可哀。差快轻舟明日唤,顺流一帆下惊雷。”“帆”,去声。五六始有沉着之意。④

十五日(3 月 21 日)

发玉山,小舟如瓮,逆风枯坐,殊增凄闷。行五六十里,宿中家渡。

---

① 此诗见《澄观集》卷八《双港》。

② 后有夹行小字,漫漶难辨。

③④ 此诗又见《澄观集》卷八。

十六日(3月22日)

午过上饶,广信治。夜泊河口。属铅山。

《观〈一峰草堂看花歌册〉缀三绝句》:“棠花一夕醉,五老当年诗。持校流传本,传本相校。此中几字师?”“十年京师居,不识一峰址。归读吴家诗,一峰在吾里。思亭移居郡城,同人雅集,分和诸先生韵。”“新染照颜碧,故枝刺眼红。伤心一寸草,难忘是春风。图为屠琴坞同年补作,与予先后居忧也。”

胥山樵《瓮中桃花》:款云:“仲舒兄以乙酉冬惠予佳酒,酒尽索瓮,瓮为游兵所击,作此报之,以发一笑。”樵自为五言古诗□。“寒宵得酒欢易醽,瓦注一挥谁更要?诘朝打门惊索逋,着手生番聊发笑。自来宣和诸谱之所无,瓮中生桃醉模糊。仙源只此瓮天是,花下更须提一壶。君不见桃花乱落如红雨,酒不到刘伶坟上土。瓶山之瓶到今空复空,画师醉过几东风。”

十七日(甲申)[乙酉](3月23日)

晨起改旧作,巳刻过弋阳,申刻过贵溪,夜泊英滩。

“寒宵得酒便醉倒,瓦注挥之何足道!怪君恋恋此一瓻,鼎孰真赝能辨为?枵然大也置无用,赠尔春风塞虚空。宣和以来诸家谱录创所无,环中象外看模糊。仙源只此瓮天是,幻影完得金汤俱。君不见桃花乱落如红雨,酒不浇刘伶坟上土。瓶山之瓶到今空复空,画师沉醉几东风。”后半入神之笔,前半改定稍有气矣。

《弋阳》:“半月登临路未央,独游容易倦津梁。荡胸亟拟观彭蠡,挥手今才下弋阳。箧减敝裘春已觉,坐听柔橹昼何长!最怜板筑劳椎斧,赭尽连山尚凿荒。”①

十八日(乙酉)[丙戌](3月24日)

东此风雨,巳刻过安仁,申刻过余干,夜泊木樨湾。

《弋江舟中小诗五首》:“宛宛春流送,饶江又弋江。且无下彭蠡,

---

①　此诗又见《澄观集》卷八。

迟我下归艭。”此第一首。“于役五千里，浮家二十旬。仙岩如好在，高枕卧嶙峋。”贵溪。“俸薄俭常足，官卑清自尊。遥知今令尹，未肯坠遗言。”宋贵溪令赵彦彬座右书此二语。“背指华峰碧，心怜余水长。栖栖行远道，何处彩衣堂？”安仁山。“叠阜丹黄笔，平林奄画溪。乍晴烟未敛，风影荡玻璃。”

“小雨尼人如有意，青山于我太无情。”

《弋江道中》：“十二台前春水生，萍江西下锦江清。‘萍’，一作‘弋’。溪烟翠寒疑无路，山寺红开喜乍晴。过岸回看连树好，掠舷竟去片鸥轻。关河廿载劳薪泣，劳生极。如此沦涟试濯缨。”

“乡心不断清江水，吟梦才醒古戍花。”

十九日(丙戌)[丁亥](3月25日)

午后过瑞洪，夜泊曹家洲。二更微雨即止。

《过西安县学署》：康熙二十五年，五世祖鹤庵公官于此，尝偕颍川鹿明府祐重修学宫，竹垞朱先生为之记，并序公所为《忘忧草》，俱见朱集中。“朱宫翠碣峙[①]孱颜，甲子重周乍一攀。碑刊于康熙三十一年。宛有清风行草木，早闻时雨靖刀镮。详见《乡贤事实》。叩门乞画知谁氏，觅句忘忧定此间[②]。驷影乍移[③]何[④]速去，[⑤]更寻仙梦踏春山。”[⑥]结二句旁见词遁，须改。

《鹿鸣山》：山在西安县西一里，先公尝偕朱先生游燕于此，朱诗所谓“移席愤王宫”者，今无之矣，仅有东岳庙二楹，守僧指屋后隙地，谓皆旧时祠观处。考《县志》称，山麓有“天开一水”碑，访之亦不得，怅然有述。“跫然舍筏灂溪

---

① 眉批：“‘峙’，一作‘照’。”

② 眉批：“一作：‘烟云乞写知谁氏，觞咏忘忧定此间。’”

③ 尾注：“一作‘未移’。”

④ 尾注：“一作‘还’。”

⑤ 尾注：“一作：‘小坐归来休怅望。’旁批：‘小坐留连思斜日。’”

⑥ 眉批：“一作：‘出郭更寻遗迹去，当年蜡屐遍溪山。’‘出郭’，作‘郭外’。一作：‘更向郊垧寻往迹’，一作：‘更向郊垧觅遗迹。’”

浔,斜照松篁拥寸岑。一水天开竟[①]何许?双林径转不知深。谁拈瓦砾论兴废,略按图书悟古今。莫向青霞看仙弈,人间覆局浩[②]难寻。”

《水上》:“昼静频推枕,春浓久废诗。劳劳殊自哂,愦愦耐人思。啼笑花前悟,行藏水上知。篙师一以进,只解片帆吹。”此诗正月中旬所作,改录于此,首尾未定。

德大伯伯、关弟祔。六娘舅、继之大兄、郎山、汤老广——鉴兄未□。此一行以商窀穸者。农部公请入乡贤祠、中丞公、草庐公,三事亦须缓。

酌助莲石之子,访问春雨先生之后,写《李恭人诗稿序》,图分编。修万苍山墓,访商洛先生祠。定厚甫之后,求孔彰伯《谱稿》。三兄八两。

海盐、澉浦、八字桥、九曲里、东栅口。拱辰北行乎?捐监难。平湖、马桥、乌镇、长兴、袁花、黄湖。《太常公集》板必须修。抄《淡音序》。买新印《十七史》一部、《四库提要》一部。

庆余、廿。沈氏妹。十。此行得以□□以外,吾事济矣。

以上七行,二月十九日瑞洪舟中记。

《太常公年谱》《文端公年谱》《宗伯公年谱》,皆当谨撰集。侍御公遭沧桑之变,平生文字毁弃无存,欲撰年谱,惜无从访寻事实。商隐先生足迹不出乡里,而著述甚富,且有已刊行者,今皆不可得见,是亦欲谱而不能也。仪吉所欲为谱者,尚有亭林先生、二曲先生也。竹汀先生何以无年谱,须问竹孙曾有人撰集否。

过鄱阳湖汊一角,欲作诗不成,但诵少陵“春水船如天上坐”一句耳。

《埤雅》:“鸬鹚捕鱼,谓之鬼鸟。”范珏诗:“养得黑昆仑,不须出弹铗。”

---

① 尾注:“一作‘当’。”

② 尾注:“‘浩’,一作‘已’,一作‘总’。‘拥’作‘汤’。‘莫向’作‘底用’。”

"金蚕作态眠初熟，银蒜闻香细更清。记得苏台明月夜，蛾眉纤手奉长生。"吴煊诗。长生者，长生果也，俗人不察而求长生于蛾眉，是与狐谋裘，与羊谋羞也。此是未见前人题咏，故录之。

始卒以《六轮经》，辨生肖所忌，曰"批书"。

《尚书疏》《穀梁传》，须读竣。《文端公集》，须黏别本。《清芬》前后集，可宝矣。编《会要》。乞校安庆公、农部、大兴、学士公□□。黏《南北诸史》。辑《家传》，阅地志。戒诗，不妨读，不必作。学小楷。

扬州至庐州五百里，苏州至芜湖六百四十里。过宜兴、溧阳、高淳，过东坝。芜湖至庐州，陆行一百七十里。南昌三百里至九江，九江九十里至黄梅。属湖南黄州。又五百三十里至庐州，过潜山、桐城、属安庆。舒城。属庐州。扬之庐也六七百里。汤侄二，蒋妹二，亭兄。徽州府六百里到杭州。水路。

六公公六，德大妈二，拱辰二，四顺一，吃酒兄一，继嫂二，俞侄二，成乔侄二，全弟八，以上卅。庆姨二。任世叔。兰祐，醴泉，行八。广饶九南道驻九江。

廿日（丁亥）［戊子］（3月26日）

溯流而上甚艰苦，到南昌已上灯矣。泊滕王阁下，携灯上岸，观屏间所刻覃溪先生书王子安序，不及登阁。

"帆樯似草轻千里，浦溆如云散一川。风景□合。""自知亲远生长苦，谁信家贫气益豪。""一夜水禽声在枕，二更山月影移窗。"我于八月十三出京，十一月初七到家。初九修西水驿前，十一下乡，十五归。廿二赴黄湖，十二月初二归。初五下乡，初七归。十四下乡，十七归，暂居宝砚。二十入城，廿四下乡，正月初二年后归，养病数日。初八始表谢族戚。十四赴吴门，十六到黎里，十八到昆山，廿二归，□东二次。三十日赴南昌。先后居广平四十日。

沭阳十兄信、五妹信。印柬。程定夫信。四弟、八侄妇、朗山夫人。湖天海月楼。庐州札。舒城令。青州论。南宫保信、吕语、仰山语。芸台先生、吉哉语。九江信。直隶书院。

“有诗徒自缚，不酒岂能狂。”“三年风雨如同梦，万里关河为访君。报亲心。”“曾疏云壑拜松门，小志今看插架存。更与风流传后进，一缣烟雨住江村。”思亭以芸台先生所赠蓝深《竹垞图》见示，先生往使浙时，访曝书亭遗址，重修之。陈仲鱼明经投《竹垞小志》以记其事，今乃以斯图赠思亭，可感也。率题一绝，即用竹垞外集中《赠蓝秀才》旧韵。

心成室。三字作小扁付靓，隋僧智果论书语。

“海陵妙笔弃何门，戴禹孙缣也箧存。载上画船摇桨去，荷池梅里木桥村。”海陵曹岳亦有《竹垞图》。戴葭湄苍《烟雨归耕图》，藏于裴山中丞所。禹鸿胪之鼎《小长芦钓师图》。荷花池、梅会里、乌木桥村，皆先生故居。“痴想一船浑载去”，第三句拟改如此。

“潞卫江淮归路长，起居如在此心伤。墓门风雨今谁守？况忍南行又富阳。”①“桐军采药不须回，骨肉销沉万念灰。昔也同舟今几在？那无恸哭过西台。”此首并省，不佳。我诗无率尔操觚者，子孙知之。

廿一日(戊子)[己丑](3月27日)

晨起，登滕王阁，即入抚署，侍二伯父竟日，敬观纯庙赐先司寇《王蒙云林小隐图》，上有圣制小行楷书七律一首，画法简淡，去元人未远，宜尔也。又观鹤庵公书《千字文》行楷，时在康熙丙寅，是岁文端公生，即以赐廉江公而传文端公，而少司寇公亦生于寅，文端公跋著其意以传司寇公，今二伯父以五弟庆善生于丙寅，为之跋，将以授之，一时命策已传至百四十年，六世之久。祖泽绵长，弥深敬惕。乾隆丁亥三月十日司寇公生朝，文端公为赐。

二伯父在吉安任时，某观察以私意诬南昌府造大斛收漕，严旨革审。会观察署廉访，伯父署粮道，白其诬。观察去官，令还原官。观察，时相私人也。

平阳三年岁饥，办粥赈，全活数十万，受粥者必持钵或篮，稍有身

---

① 眉批：“此作第一首。”

家者不屑为，无冒滥，一利也。得钱不他用，得米可转售，粥无此患，二利也。枵腹辄大饱，不死亦病，粥无此损，三利也。粥不可用苦水，须用甜水，且须加倍用煤，乃能糅厚。平阳南关外粥厂煮粥，每不得厚，叩之枯井水也。即日相地凿一井，得甘泉，一时以为神助。

平阳于、王二姓富甲晋中，前守以求贿谪戍，伯父至，不名一钱。会饥，中丞同公兴查灾至平阳，召二姓令捐十万赈饥，不肯应。或告中丞曰："钱守可任也。"即以属伯父，乃召二姓语之，曰："前守之贿，汝将与而未出，例当出。官中亟欲全汝名，使汝即以此捐赈，汝未悟乎？"皆顿首索命，共捐八万。十一年亢旱，求雨不应，忧甚，夜梦神告曰："我姚姓，汝知我，日暴雨淋而不顾，何也？"色怒甚，觉而悟曰："姚者，尧也。"遣人视郭外尧庙，正殿坍漏，即日捐五万金修葺，旬日工竣，往展拜，登车云集，到庙门，大雨一日沾足。同不乐伯父所为，遣笔帖式某至平阳访察，众口皆曰："清官。"至当铺亦曰："吾郡当规，岁千金，今守来七年未取一钱。"某大悟，即以白同，同亦悟焉。

介休老妇元旦开户，为人勒死，前守令获犯数人，以原报是日失□镯，而犯人俱不知镯所，狱不得定，逾三年犯瘐死三人矣。成中丞宁以属伯父，即日至介休，访得其家乳母，密召之来，问："有镯乎？"则曰："有，一大一小。"明日问死者之子，曰："汝母有镯几发？"曰："二双。"曰："然则失一发，犹有一发也。"对曰："然。"则曰："今各典之有镯者已遍觅，皆非汝物，汝以家所存镯来，吾乃可为汝觅。"及镯至，乳母曰："信也。"乃以乳母言只有发镯，质之尸，亲俯服。又召问囚，入城隍庙，□审五夜，乃供云："其子与我曹浪游，母辄禁止，是以杀之。除夕入其门，藏炭房中。"查原案，其家小婢供除夕炭房有人声响，案乃定，而正凶已瘐死，从者戍，不用一掴掌，不戮一人，廿日事定，成公乃奏调太原也。

"大小凭谁论隐居，山林城市两忘诸。但心闲者斯无碍，所逐安之自有余。绿树岩前疏复密，白云窗外卷还舒。叔明安在彦晖往，苍弁清苕秀故如。”[1]彦辉,崔氏,钱唐人,后家吴兴赵氏。此原文。此安余斋之所由名也。安余斋在慎西堂大厅西间,余辛亥春至壬子春读书于此,今厅已圮,而斋亦衰。日前晤王夫子诚斋于昆山,为言乃怅然也。

廿二日(己丑)[庚寅](3月28日)

陈春谷表姑丈别来数年,幸相值于此,是日由南昌返扬州矣。午饭讫,走晤袁方伯、福观察、陶会翁,又谒俞氏姑母,见胡氏妹,而砚农观察适邀古渔太守,周、郑二明府饭,四公皆访之,不值矣,归。热。

廿三日(3月29日)

《扶鹿图》《寿字松竹梅》《桫椤叶罗汉》十八叶、《无量寿佛》一叶、《韦驮》一叶。作札致定夫观察。诸公来答,皆不出晤。龙姑夫来。

“习劳警惰志须立,守俭安贫心自清。”鹤庵公书联语。“无欲勿刚德乃大,藏身以恕居之安。”二伯父撰联语。

廿四日(3月30日)

敬观文端公书《三槐堂铭》并纯庙御批,后跋云:“苏轼《三槐堂铭》并序,其言‘世之论天者,不待其定而求之’一语,唤醒古往今来多少愚昧,然其旨趣尚未显著。恭读皇上御批,以《易》理释之,曰‘言家不言身,言余不言即’二语,吉人闻之,心安理得,凶人闻之,或亦少萌悔悟。圣人之词,其利溥哉?乾隆二十五年五月朔,臣□□□[2]恭录并识。”

邵伯温曰:“王晋公祐事太祖为知制诰,太祖遣使魏州,以便宜付之,告之曰:‘使还,与卿王溥官职。’时溥为相也。盖魏州节度使符彦卿,太宗夫人之父,有飞语闻于上。祐往,别太宗于晋邸,太宗却左右,欲与之言,祐竟趋出。至魏,得彦卿家僮二人挟势恣横,以便宜决配而已。及还朝,太祖问曰:‘汝敢保符彦卿无异意乎?’祐曰:‘臣与符彦卿家各百口,愿以臣之家保符彦卿家。’又曰:‘五代之君多因猜忌杀无辜,故享国不长,愿陛下以为戒。’帝怒其语直,贬护国军行军

---

① 此弘历《题王叔明云林小隐图卷》,见端方《壬寅销夏录》。

② 原空三格,为“钱陈群”三字。

司马，叶州安置，七年不召。太宗即位，谓辅臣曰：‘王祐文章之外，别有清节，朕所自知。’以兵部侍郎召，不及见而薨。祐笑曰：‘某不做，儿子二郎必做。’二郎者，文正公旦也。祐素知其必贵，手植三槐于庭，曰：‘吾子孙必有为三公者。’已而果然。”

陈群[1]祖洎父母皆力行善事，祖寿至八十五，疾革前二日，梦五世祖语曰：“汝一生长厚力学，功名未显，汝二孙前生乃太丘孙陈群也。”遂召群易名，今遭际圣明，父子同为卿贰，日夜惶悚，思所以报主上、慰祖先者，寝食不遑，录此以与子若孙共勉之。

张垆每进畿，对问迈功先生。磁字画镜嵌。翠色泥金龟，或磁字象牙画。修谱二百，刻三百，四处分任辅弟办之。漕盐畿辅水利。衙官亦属督抚，不敢与州外为难，而漕督以下诸费又绝矣。清江监□到□，仍有缺米，是具文也。食盐者不皆有地之人，归地丁不如归税务。砚云衡工报效淮商四百万，而加价至一分五，兀积十余年，商所入已千二三百万，是与长莲码案同也，且此四百万当时无银，悉出盐库，与之令商，竟不归。

午后出门，承廉访、光，刑部出身。砚农观察、古渔太守、周八明府、郑三明府俱晤。晤龙姑夫。惟王晓村不值。拜客归，即侍谈至三更。伯父入内，尚须阅案卷也。

红色玛瑙笔洗一个带京。裁陋规，则动仓库。词讼赃□，止肯入已，岂能辨公？

廿五日(3月31日)

晓村太守来，晤谈片刻。龙姑夫来致柏翁语。

廿六日(4月1日)

敬观南楼老人画数种，又廉江公诗一首，云：“菱未花时槛外过，酒边又听采菱歌。水光面面看无际，秋思匆匆去已多。欲与高人同七夕，我犹师事况于他。从事风雅归真解，旗□□□意若何？”

湛露承霄，乡云绚采。瑶庐爱日，珠树长春。

---

① “陈群”二字，原为“○○”，径改。下同。

饭于柏田先生署,归已定更矣。观磁字、青色白地。宜黄女儿布。

廿七日(4月2日)

接本之本月四日京信。阅书院卷。生监正课百三本,附二百十本。童正廿五本,附七十本,皆取录者。

“攲枕泪盈眸,远梦悠悠,异乡几夜数更筹。明日人前欢笑处,泪急心头。　　风雨亦知愁,瑟瑟飕飕。春光做得似深秋。待到月晴花事好,谁共登楼?”①

《题从父云阶先生〈瞻榆草〉》:甲戌。“廿年万里一筇轻,是处溪峦识性情。吟草大都随手弃,墨云还觉荡胸生。依依烟水严光濑,历历河山尹铎城。阅世已深游渐倦,归与春及欲躬耕。”时将南归。

九如意、烟壶、红色玛瑙。荷包、杭纬、恽寿平扇面、磁字、不用白地。济南龙语。荫澄木惟柏田先生识之,陈八翁阴澉之子。在湖广补府以名世,托其带奉,今交粮船寄京,用则留之,否则深夫代携之。此木亦系沙坊,在水中久。

廿八日(4月3日)

柏翁来致语:“考城令刘某修城,冒销二万余,江常公必景欲杀,江令中丞查抄刘家,请与李某偕,得其籍焚之,又得其家书,其子京于今日要紧□迹,悉已销毁以示景之,乃信之,实则非也。”“妇告其夫奸子妇,得私妾子,中丞曰:‘翁老矣,犹有苟合,妇必不贞家。’闻得奸夫数人有贸布者犬密,遂以其子贸布者所生。翁及子妇俱活。”“丁未巡城墙,得曹君论人事,凡卅余人,悉焚其籍。”

常棠《澉水志》八卷,宋绍定三年,实四十四页。须问梦华抄之。《汉书校释》《六朝故城图考》六。《五岳图考》,以各谕札交南昌。吉安吕太守,广丰文明府,南岳刘、浮梁刘二明府。

廿九日(4月4日)

录《六朝故城图》四。欲作赠史若川诗,未成。

---

① 此调为《浪淘沙令》,原书无题。

“老桂芳荪，祖德留兹七十载；清风时雨，官箴本自九重天。”中丞自书，刊于抚署二堂。

寄吴丈信、庐州信、家信，初二折差便也。

三月戊戌朔(4月5日)

清明，雨竟日。龙六先生致柏翁语。作长沙札、九江札，一贺一谢也。将以五月壬寅行，未知其竟如此，命竟如此也，噫！

二日(4月6日)

谢福观察兆，并拜诸君，过龙姑夫，坐少顷而归。

细花一对余四对，茶碗，小茶不照，亦带看数枚。宜黄女儿布四匹，次五匹，次六匹，桃红三匹，建菊六盆，费力已矣。

过杭时买物。杭纬、杭扇、绒、线、丝□、剪、绒线绳、黑玩物、纱裙、单衫、棉纱背心、夹背心、棉夹马褂。

三日(4月7日)

小拜匣三只。中丞伯为设数香，令诸弟同饭。

五月初二日[①](6月5日)

始买读理学宗传，买旧本《玉海》、番钱廿一个。《亭林集》。三个。《文章类选》四十卷，明初人所辑，或去其序，以伪为元板，又缺后五卷，我危得之，审布而后归物主。

补记：朔日至宝砚，送戚春塘铨还德清。戚为写学士公太恭人遗像，追摹百一，未能神似。又从思亭处借摹竹汀、稚存、渊如三先生像。宝墨斋主人徐姓，送所装裱字画，鹤庵公书诗册一、文端公楹帖二、“泠风送余善，高酣发清讴。”施南公书《朱子家训》一、曹先生《半完圃

---

① 原缺系年。“六月十七日”条云：“赠侍讲公之没于广西州试院也，在戊午六月十七日，今二十年矣。”据钱仪吉、钱骏祥《庐江钱氏年谱续编》卷四，可知侍讲公即漆林先生，卒于嘉庆三年六月十七日，可知此日记为嘉庆二十三年所记。

团歌》一、裴山兄书一、《明堂图》四。

初三日(6月6日)

谒六叔祖,观警石所藏文端公书册二,内金笺楷书《大阅恭纪诗册乐》尤精妙。乐顺堂藏陈太夫人画册,前有鹤庵公题"纺余闲课"四字,署款曰"髯老人"。写扇赠吴志千,书贾,湖州人。

初四日(6月7日)

元明之续涑水《通鉴》者,陈氏桱、王氏宗沐、薛氏应旗,今其书具在,今日得一本,题曰《新刊宪台校正宋元通鉴》,巡按福建监察御史开州吉澄校正,无撰人姓氏,凡廿一卷,非陈非王非薛,异已!《万姓统谱》,吉澄,开州人,嘉靖甲辰进士。味轩云:"撰宋元《通鉴》,尚有刘剡。"考《明艺文志》、焦氏《经籍志》,俱无其人。予买此书二千八百文。《王荆公集》,雁湖李壁注,初印本,三千文。旧拓《黄庭经》二个。

初五日(6月8日)

买《赵半江集》,名宽,吴人。二百八十文。宝砚老人所藏旧人尺牍,内有名沾者与潘次耕札,称亭林为"先师",而潘题其端曰:"既足,盖其字也。"其人未详,暇日阅《亭林诗集》,有与李生云沾诗,凡三见,未知即其人否也。

傍晚,偕吾兄吾弟谒范少伯祠,祠在金明寺后,南临范蠡湖。

初六日(6月9日)

获见东原从祖题《戴隅村晨窗开卷图》,诗云:"幽窗修竹间疏桐,独坐频参静候功。雅意欲超尘物外,书声时在石泉中。抽香晓露辉芸案,得句秋云剩碧筒。似此披图抒素抱,当年元镇子猷同。"戴后人尝以示大兄,录稿幸存,当补于《清芬集》中。东原公为金明寺僧书经三卷,昨日惜未访求,闻至今尚存也。

《半完圃读书图影》[①]:"吾闻半逻乡,长卿有佳句。至今千百年,

① 将以此赠林一兄,照写于此。

莺声犹满树。子湘钱子着桐冠,筑□[①]焚香卧兹处。书屋数间名半完,饮酒登高兼作赋。四夔文学俱宁馨,朝夕横经侍巾履。紫云突兀散芙蓉,金粟支离杂烟雾。高二鲍□写为图,解衣磅礴意蘧蘧。风云静□[②]归毫楮,半幅山川狎玉凫。看取行庖供六甲,黄帕笼头读道书,居然溆浦一方壶。丁巳孟夏曹国柄题于芙蓉别墅。"

侍六叔祖饭,散已曛矣。为黼明胡四兄书扇一、条幅一,夜雨颇凉。味轩检《明诗综》,赵半江仅选诗一首,以予所见,佳者殊夥。

初七日(6月10日)

序《杏溪遗诗》,三兄所属也。吾同姓,名绳祖,尝受业于小鹤丈,没已久矣,遗腹子裕昆十六岁,将刊先集而乞序焉。

初八日(6月11日)

陶于斋熊飞来晤。书贾,春圃、郎仙、典三,皆其叔也。

初九日(6月12日)

陈友石兄来,下榻乐寿堂之西厢。至十一日晨起,偕往洙泾桥,晚归至青龙港,别去。

十二日(6月15日)

得见东潜赵氏《三国志补注》草稿,价昂,力不能得,因手录其校正史文者数百事,至十九日夏至。始竣。

二十日(6月23日)

买《医林指月》于于斋,番钱二。余觅《古今医统正脉》有年矣,于斋云:"有之,取于杭,月杪可到也。"余又买《山堂考索》、三十八。《玉海》、二十一。惠氏《经说》、三。《明儒学案》、六。《义仓图》、五。孙刻《华阳国志》《续古文苑》以及孙颐谷、梁曜北所著书,又有《河防志》《河防纂要》《文章轨范》《读书法》《愤助编》之属,凡二十余种,皆在此日前也。

---

① 此处疑脱一字。

② 自注:"原缺。"

廿一日(6月24日)

作谕与英儿,未寄。

廿二日(6月25日)

偕四弟过鉴古堂,买《尔雅补郭》《困知纪》三册,百四十文。读书。

廿三日(6月26日)

过宝砚,归而大雨。所见于此,前后不屑屑记也。

廿四日(6月27日)

读《汉书》冯奉世、野王、逡、立、参传。上党潞人。自初九以后皆补记。

"白文非赞所能尽,而朱文之妙,逼真秦汉铜章,视弱霖无多让也。凡物惟朴斯古,古斯雅,图章更宜,然俗子不知,以做作为雅,有目者望而却走矣。汤义仍云:'真色人难学。'五兄深会斯旨,未许余子问津也。此启天谷五兄大人。愚弟淳顿首。

"多日不晤为念,近觅得封门三块,质颇重,又得寻常青田石,大小五块,虽不佳,然愈于寿山远矣。不敢举以五兄者,无厌之求,君子所恶,物聚太多,造物所忌也。高明以为然否?愚弟淳拜手启天谷五兄大人。

"《续集》二十八卷,所存不多,因见汝实肯用心此,不愧吾家读书种子矣。我自幼力学,间亦荒弃,但荒到浃旬,必竦然惊魂动魄,自怨自艾,痛哭流涕。竖起脊梁,誓不少与外务,奋发兴起,如是在善,至今年将九十,而仍如是。噫!此所以致有今日也。诗文各有奥窔处,非用攻苦,如何得有日进处?汝想,自临江公、太常公而下能读书,在子孙不下二十余,以半完老人之雄健,相石之博赡,耕葛之秀润,益翁之聪明,桐巢之刻苦,近来如受之之强记,而未能力近古人,无他,志不专,趋未纯,或自足而骄气生,或苟安而无远虑,或平生遇不着大有学问极正气之师友,或多疾病而作辍,或行事伤阴骘而鬼神蒙之,所以千百真读书出不得一个一丝,到底无所不晓者,那族尊中之远,在汝不能知，亦不能为汝之公矣。只就野堂之自满，不能用苦攻，终于无成，如东原之父、受之之祖，皆实可惜，汝若能自立，必要在诗文内寻一坐位，可与复孙、补孙昼夜讲贯，鼓之教之，况沈先生亦颇有上进之志，人三为众，何不可之有？我二儿立志学好而偏执，不想读书大局，其携豫章到京，倒也不妨，而一个大有长进之孙而不能守好先生，及于诗文中透顶之，祖父不欲令其时时领其旨趣，以引进于正大光明之域，真可惜也。留此，俟其归，与之看看。”

潘先生致天谷从祖札四，文端公示礼耕从父札三，末一札云：“己丑十一月七日，时已二鼓。”香岩兄合装为一卷，仪吉借录三件如右。潘为黔人，于先文端为馆前辈，故录于前。

廿五日（6月28日）

读匡、张、孔、马传。阅《湛渊静语》毕。

雨二日矣，今日阴，不雨。[①]

廿六日（6月29日）

寄心畬昆山书，接心畬昆山书。廿三。

重阅《静语》一过。[②]

廿七日（6月30日）

晨起，默上日所通书，又续录百许字，续之。[③] 五大房大弟以时疾卒。

廿八日（7月1日）

陶于斋以《辽史拾遗》求售，十洋。又《艺文类聚》。四千文。

廿九日（7月2日）

早起，谒拜石叔。连日读王商、史丹、傅喜传，薛宣、朱博传。今

---

① 以下抄录《湛渊静语》若干条，不录。

② 以下又抄录《湛渊静语》若干条，不录。又抄录《姓氏急就篇》若干字，不录。

③ 以下抄录《姓氏急就篇》至“庶类别”，略。

日又辍课一日,时日可惜,奈何?以《通典》残本付李姓修之。

六月初一日(7月3日)

读翟子成传。接到陈友石书、紫毫笔廿,又京信一件,又佩笔十。[①] 今日又空谈一日,甚无谓。

翟义母练与义,俱死王莽之难。瑲,《广韵》注:"《晋书》:'瑲,钱。'"异哉!《晋书》似有钱瑲其人,岂倒误耶?《黄氏日钞》,原缺三卷。八十一、八十九、九十二。

初二日(7月4日)

读《外戚传》,未毕。寄家书。消风散三组,乐顺之仆带去。

初三日(7月5日)

警石以谷原比部评点《竹垞先生集》见贻。《通志》一百廿八册,《通考》一百册,点数不误,我所旧藏者。酷热不能读书。

初四日(7月6日)

接五月十二日家书,即作答一件,由查处黄湖信。顾师嘱遇事留意,如笔墨事多在蔼人庶子处,可向商也。韩太守收札。吴件去在十一月间寄京,二月十九日已接回札矣。

初五日(7月7日)

又寄家书一件,由汪处。友石之仆齐姓,回山寄答札,劝其分水陆二起北行。寄札虚白兄,并拟管坟契底一纸。陈茂安,新取名也。

初六日(7月8日)

《西河合集》百册,《五礼通考》九十册,点数不误。阅《望溪文集》,竟日毕。

初七日(7月9日)

过马友石,同观荷于镇海侯施公庙右水阁上。庙在端平桥阁上,扁曰"帆影",朱颍双所题。又接五月十二家书,汪处。又汪晓堤书。

---

① 以下续抄《姓氏急就篇》以下"绣缯罗帛绨葛越"至"旗罕函介剡革渠",略。

有昆使寄信心畬问讯。

初八日(7月10日)

寄家书于晓翁，并札致晓翁。五月七日京信未到。晚过四弟观白莲。自初三日后阅《西河合集》，粗读一过。此公之学，但深于《左氏春秋》，余皆记视而博，乃恃其口给，无所忌惮，虽三礼不得免焉，于紫阳之书，何足怪乎？初六、七日午后雨，是夕夜雨。

初九日(7月11日)

晚归自东门，接四月廿八家书、司寇丈书一件、晓堤书。五月初七日。[1] 晓堤以《龙井见闻录》属为校定，又寿序一篇。

初十日(7月12日)

改英儿所寄《臧文仲传》，寄中丞伯父书，交于氏姊之仆，李姓。人皆以小李呼之。又东堂族父书。冯默庵家信。大兄、三兄、四弟均有谢札，附去笔十支。亭玉兄所交粮串等，俟有妥，便寄呈，此后尚有十九年分嘉秀漕米，共十石九斗有零，今年必当清讫也。书柜十个造成矣。

十一日(7月13日)

交明京中会款于一斋处。姚广平百两，补平四两六钱，补色一两。朱京平百两，补色七钱，原缺二十三钱。朵山六十六洋六百文。六十千之数。宝泽六十金，先付四十番钱，俱再算。有素不相识之钟姓居马弄者来索旧逋三十年矣，不知真伪如何耳。味轩来，闻思亭归矣，尚未走访，以暑甚也。

《南史·王彧传》，王锡之子涉、湜，《梁书》"涉"作"泛"，《后周书·萧詧传》附王漩，王锡之子也。其弟名湜，是"涉""泛"二字皆"漩"之误。味轩撰集《王谢世系》始举正之，偶以告予，亟记诸册，备忘也。

十二、十三日(7月14日、15日)

阅《龙井录》，暑甚。

---

① 以下抄录阮元《儒林传稿》目录，不录。

十四日(7 月 16 日)

查恭人忌日也,午后接蒯氏姑书并写赠《梅》一幅,又接心畬书。

十五日(7 月 17 日)

答钟君,出东门,至戴处,归途晤汪春圃。

十六日(7 月 18 日)

阅《龙井录》。祈雨七日矣,是日以翻坛前一日,郡县皆不出已,午间大雨稍止,申刻又大雨,城内外俱遍。明日谢神,遂罢屠宰之禁矣。凡祷雨一处不应,更移一处,此谓之翻坛。明日将移,今日亦当出祷,钟太守竟不出,两令亦不出矣。以《道德经》还思亭。阿胶五斤也还之,留一斤。

十七日(7 月 19 日)

赠侍讲公之没于广西州试院也,在戊午六月十七日,今二十年矣,家悬神帧,瞻拜竟日。

十八日(7 月 20 日)

外大父广济府君忌日,祭后,即偕吴思亭兄饭于宝砚斋。

十九日(7 月 21 日)

订《宝砚斋诗集》。此后非要事不记。

廿日、廿一日(7 月 22 日、23 日)

廿二日(7 月 24 日)

于思亭所得读渊如先生《冶城集》。《芳茂山人诗录》卷六七。

廿三日(7 月 25 日)

阅周栎园《书影》竟日。

廿四日(7 月 26 日)

赠侍讲公生忌也。

廿五日(7 月 27 日)

接袁方伯书。是日,虞氏嫂忌日也。

廿六日(7月28日)

以四十元及钱归一斋。清讫。得司寇丈书。[1]

廿七日(7月29日)

刘元送还《书影》于芹香堂。过马友石。寄京信。伯如寄大寇丈。

廿八日(7月30日)

寄蒯姑书，出北门，过叶翁、马兄。寄昆信。

廿九日(7月31日)

得京寓六月十日书，即作答，又寄于术、笋干、二篓。扇于京师吴纪便。连日从思亭订《宝砚集》。

---

① 以下抄录周亮工《因树屋书影》卷六"坡公书《鸡鸣歌》"条，不录。

嘉庆二十五年(1820)

八月二十七日(10月3日)

《借居会典馆，晦日移出》："变礼展丧期，至孝申众哭。夙夜必窸纯，出入苦更仆。幞被趋外廷，联袪同里塾。谓程职方、朱侍御。如何三星门，止作两日宿。焯哉轩辕文，有待仓史录。简编宏铺陈，舍馆豫将作。入东华门迤右，过金水河桥为三星门。门北东西二屋俱为会典馆。今内务府大臣奏以为会典馆、实录馆。依回离宫阃，展转恋禁柝。迟明亟趋朝，大事再更朔。"①

神武门之此过桥为景山，山前为北上门，东门曰山左里门，西门曰山右里门。门内为景山门，入门为绮望楼，楼后即景山，有峰五景山，后为寿皇殿。寿皇殿后东北曰集祥阁，西北曰兴庆阁，殿东为永思门。门内为永思殿，又东为观德殿。观德殿东为护国忠义庙。本《宫史》。

山阴王朝芳，未入流。慈溪方鸿模、监生。周佩，从九品衔。萧山蔡宗魁，从九品衔。归安董谔从九品衔。五人，陈雨香属为出印结。

二伯父信至，附岳方伯龄安谢予礼一。大人世侍生。

九月甲寅朔(10月7日)

二日乙卯(10月8日)

答历城家书。阅文荫堂课文。夜与延弟谈。洗砚。

三日丙辰(10月9日)

八妹属予以家事。

---

① 此诗见《定庐集》卷一。

四日丁巳(10月10日)

得芸士书，长洲李明府携至。李行五，号葛峰。

身丁之出钱也，盖自汉四年，初为算赋，民年十五以上，至五十六出赋，人百二十为一算，为治库兵车马。其后又有口赋钱，民年七岁武帝时三岁出口钱。至十四，人二十三。二十钱以食天子三钱者，加口钱以补车骑盖马，自十五以上出算赋，则不复出口钱。元帝用贡禹之言，七岁至二十乃算。是自十五至十九岁，赋钱犹二十三，减于前矣。

更赋者，过更钱也。人三百入官，以给代戍边者。汉法更有三品，卒更者正卒一月一更，践更者当直者出钱雇贫人，月二千。此皆役中都官者也。过更则戍边三日，一曰繇戍，一曰外繇。成帝时卒治河者为著外繇六月，言比与繇戍而著之籍。

五日戊午(10月11日)

得榕圃七月廿日书。蔡芳若兄一字缋睢。邢佺山太守長子，字思斋。又得方君观国书。同年卢氏令时亮子，以知县分发山东，少卷轴气。

凡颠扑损伤，胸中闷，或唾妨饮食者，服苏合丸，或以酒，或以苏木汤下，愈。《准绳三然》。管桢昨坠马，试之验。

六日己未(10月12日)

七日庚申(10月13日)

历城书至。两件。由提塘一件，廿六日发。

治反胃方，“用一大附子，去其盖，刳中使净，纳丁香四十九粒，复以盖覆之，线缚之，着置银石器中，浸以生姜自然汁，及盖而止，慢火煮干，朝抄一钱匕掺舌上，漱津下之。若烦渴，则徐食粥糜，忌油腻生冷。”《夷坚志》丁上。

八日(10月14日)

答历城家书。作恬斋书，未寄。

九日(10月15日)

得沾生甥五口保阳札，附其家书一函，托周霞轩元仁寄之潮州。阅日交去。

十日癸亥(10月16日)

陈静庵还《开元占经》一册,以《京城》《宫城》二图见借。寄协揆丈书。

“保身于身所大欲,德人于人所不知,守志于志所未得,轻世于世所不惊,乐生于生所聊托,惜福于福所当享,敦让于让所不堪,祈天于天所未定。”四明薛先生岗《天爵堂笔余》。“昼坐当惜阴,夜坐当惜灯。遇言当惜口,遇事当惜心。”

何超《晋书音义》云:“宁康,一本作康宁。”《晋书·孝武纪》:“宁康二年十一月己酉,天门蜑贼攻郡,太守王匪死之。征西将军桓豁遣使讨平之。”钟人杰本“蜑”作“蛋”,何超《音义》:“蛋,徒旱反。蛮属,见《文字集略》,或作‘蜒’。”恭加上尊谥:高庙“奋武”下“钦明”二字;孝敬宪皇后“庄肃”下“安康”二字;孝圣宪皇后“诚徽”下“仁穆”二字;孝贤纯皇后“仁惠”下“懿恭”二字;孝仪纯皇后“慈仁”下“瑞裕”二字。

山海关;北海。吉林;长白山、松花江。锦州;医巫闾、辽太祖。四川;江渎。陕西;华山、吴山、黄帝、周文武成康王、汉高文宣帝、后魏文帝、唐高祖太宗宪宗宣宗陵。山东;泰山、太行山、少昊、尧陵、阎里。江南;明太祖。浙江;会稽山、禹陵。河南;嵩山、济渎、太昊、颛顼、帝喾、商高宗中宗、汉光武、周世宗、宋太祖太宗真宗仁宗陵。湖广;衡山、神农、帝舜陵。广东;南海。直隶;金太祖世宗、元太祖世祖、明宣宗孝宗陵。山西;恒山、霍山、西海、河渎、女娲氏、商汤王陵。以上由各本省副都统总兵内派员就近祭告。

十一日甲子(10月17日)

历城书至。四弟初八日到彼。

杖期子振麟蹇遭庶母皇清贻封恭人某恭人云云,振麟遵例成服哀,比讣闻,齐衰杖期子杨振麟泣稽首。

恭录《圣德神功碑》为第一册:本《文献通考》《盛京通志》《御制文集》。仪亲王、成亲王、惇亲王三,睿亲王四,惠郡王五,定亲王、庆亲王第一班,肃亲王第二班,礼亲王麟趾、郑亲王乌尔恭阿、豫亲王裕兴、庄亲王绵课、怡亲王载芳、克勤郡王尚极、顺承郡王伦柱。宗人府转传九月九日赴乾清宫祗领遗念。

十二日乙丑(10 月 18 日)

答历城家书。

“能知足者,天不能贫。能无求者,天不能贱。能外形骸者,天不能病。能不贪生者,天不能死。能随遇而安者,天不能困。能造就人才者,天不能孤。能以身任天下后世者,天不能绝。”魏冰叔禧《日录》。

十三日丙寅(10 月 19 日)

大行皇帝《御制诗初集》卷六、卷十四俱有《万万寿节恭纪诗》注,云:“皇父于康熙辛卯诞生避暑山庄都福之庭。”此注于《高宗实录》告成后,有司复行刊改,今外间传播之本俱无其语矣。内府藏本未改,大臣前蒙颁赏之本,亦未改也。

十四日丁卯(10 月 20 日)

“怀人两载赋《停云》,仙李腾辉接岁星。鹤和凌霄调绿绮,龙文韬雪重青萍。题襟明月三声悟,点笔青山万里经。赢得彰荐传日下,读本一字一心铭。”

“忆晤榕城竹石环,住才匝月送君还。登临每话游踪历,模楷时闻老辈攀。末大梗楠承露渥,心超尘滓共云闲。千秋璞稿真堪继,金栗风流此玉山。”

“莺脰湖波翠可怜,每行桂棹泛沦涟。一瓻肯借牙签俯,十日频叨绿酯延。闲共佳儿商翰藻,醉闻贤□拔钗钿。琅嬛别后仙心在,自愧风尘漫策鞯。”

“澮沱秋光月镜舒,慈颜有喜奉觞余。松涛冈畔添吟榻,香满楼前载麹车。未得一堂偕燕贝,只凭千里鞁鱼书。期君秭萼还台省,潞水春生迓版舆。”

《汉书·艺文志》“游文于六艺之中”,杨士勋《穀梁疏》引《汉志》作“游心于六艺之中”,唐人所见本为可居。

十五日戊辰(10 月 21 日)

寄瑞中丞书。大人世侍生。答秀琨玉峰书。英梦堂先生侄孙,广东盐大使。梦堂与先宗伯交契,玉峰自称世侄。

录《轨象以颂其章》一卷。《隋志·天文》。《破字要诀》一卷。《五行》。“缴耳”“缴鼻”俱见《夷坚志》。

十六日己巳(10月22日)

百官释服,孝袍即日焚毁,此后元色袍褂帽缀缨矣。各帖前此用檀笺,今日始仍旧用红纸,信签同。礼例,廿七日释服,今展期至五十一日,礼之变也。

湿甚泄泻,胃气不升,用东桓升汤除湿,汤意加厚朴、广藿祛寒,一服愈。《内经》:“病在中,旁取之。”东桓用紫胡助甲木风以升胃气,而胜积湿者,理不可易。服后头微痛,亦即止。

十七日庚午(10月23日)

吴氏姑生乾隆辛未九月十七日,如生存,今年七十矣。

十八日辛未(10月24日)

接汪经农清苑书,即复之,又沾生书,托寄粤信。

“事病姑竭力五十年,孝德无加传里党;训贤子为良两千石,母仪不朽在衡湘。”——追挽朱氏祖姑联。

十九日壬申(10月25日)

寄吉哉书于潮阳。观音寺街安盛号,面交温姓。汪信又自加一纸。寄心畬书。十月八日到昆,十一日收予札。未庵贺札,江南印账单。得孙妇信。寄乐寿信。李福、朱对、朱信,俱自昆寄。

服六君子,加枣仁、黄芪。昨日起审其权衡,而后可以从政。必审之于事,毋审之于人。审之于事,事立而人思奋。审之于人,人有所恃而事数更。

语云:“人贵自立,此以自勉,勉人可也。”有教人之责者委焉,曰“彼不自立,吾勿任咎焉,奚可哉?”

前汶上令王五舅之子澄,行三,伯母舅。汪十三姑父世栓,号竹农,娶于李,我祖姑第二女也。大表姑适陆,三表姑适陈方伯孝升,号与先公同。之子骐。

应答之客徐前辈、松，星伯。曾光祖、住惠州馆，□□□七。彭世兄、梦远，甲寅顺天中式。朱学博、东华门□□□杨宅。俞大兄、诵芬，乙卯庶常改部。大耳，婺源馆。李六兄。象鲲。中山西单牌楼鸭子庙北机织巷中间发栅栏□北。

晓屏夫子之光骏，已没，子以诚承重。次光骥，次光骐。

二十日(10月26日)

集抄《二十八宿山经》一篇。余大兄凤喈札问严德沛考事，翌早答之。

廿一日甲戌(10月27日)

寄竹亭书。缪银五十两，又息十二两，交鲍三。平湖孙三锡、朱占考供事，余为出结。孙翰林院，朱詹事府。又寄澄丈信。

廿二日乙亥(10月28日)

集抄《未央分野》一篇。大捐停止矣。寄清苑丞汪经农书。

廿三日丙子(10月29日)

廿四日(10月30日)

寄吴丈书，以吴家信中属潘处姻事也。

廿五日戊寅(10月31日)

得历城家书。问信、赵老四信、伯中堂信。四弟寄益翁公《花卉册》至，作于雍正乙卯年，政六十。得心答九月七日书，有友石书。

廿六日己卯(11月1日)

答历城书。饶世兄戊子，湖南。先□官刑部主事思泉，于今年五月卒，今日领帖。期兄先振、先曙，子迪贤、晋贤。

廿七日庚辰(11月2日)

接吴丈书，即作答。前廿四信留荻思处未寄，明日同寄工次。

廿八日辛巳(11月3日)

奉堂派八旗现审处办事，故事旗各二人，满洲一人、汉一人。予值正白旗，并谕清厘积案，限两月竣。

廿九日壬午(11月4日)

答心畬书、妇信。从禾寄。寄大兄书。四弟一纸，味轩一缄，冯霍生甥寄远帆一信。接吴丈书,又历城书。闵信。

三十日癸未(11月5日)

答历城书,闵信。又答吴丈数纸。樾亭弟以拣选广西土州同,引见,未用。

十月甲申朔(11月6日)

查阅现审积案,八旗共一千数百案,予所管正白旗百七十余案,查核卷宗自是日始。远者乾隆五十二年。又得吴丈书。

二日乙酉(11月7日)

冯甥归保阳,札致经农。

三日丙戌(11月8日)

接历城书□□。

四日(11月9日)

答吴丈书。六伯父请病,捐还原官奉,由吏部议定,准驳一月汇奏一次。旨依议。两日雨。香山吴明府香竹,文照,戊申孝廉,石门人,与芙翁友。赠二十韵。

五日戊子(11月10日)

寄答历城书。春雨二信。接仙耕姊夫苏家桥书,即答之。菊孙语。

或以"愚公移山,是诚愚也"。予应之曰:"是诚愚耶?夫古之能立事者,未有得之于愚者也。"《日知录》:"天下事尝得之于疏而失之于密,岂独盗贼然哉?"人皆智而我愚,人皆密而我疏,得哉失哉,思乎行乎?

六日己丑(11月11日)

七日庚寅(11月12日)

八日辛卯(11月13日)

六伯父致百七十金印结费,及助四弟之款。芙初招同吴明府、邹世兄、子孚、以诚。方立遇龙泉寺,设蔬食。

九日壬辰(11月14日)

交徐贵送伯中堂信。

十日(11月15日)

接吴丈书、经农札,致《毛诗》。夜史三兄渭纶、兰圯。来晤,次日答之。

十一日(11月16日)

以千二百交鹤峰,存百。接历城家书,翌日作答。有六伯父信,即转致。又接陈范川前辈《宝晋书》,元伯信、仙舟传郎信。即答之。元伯答函,即封致。

十二日(11月17日)

答吴丈书。

十三日丙(戌)[申](11月18日)

以陈札送仙翁处。

十四日丁(亥)[酉](11月19日)

以积案数目呈煦斋先生,谕从容办理。得吴丈书。

十五日戊(子)[戌](11月20日)

过春松先生谈。

十四、五间,心畲由布标寄到信件,次日即覆之,面交吴莳真兄,云:"即日南还也。"——补记。

十六日己(丑)[亥](11月21日)

接南信、大兄、三兄、香年兄、亿侄六言诗,八月廿八发。曹纹六十六两五钱、兑准京平六十九两。冯姑妈信、沈静斋家信。

十七日庚(寅)[子](11月22日)

接历城家书。九望、香年兄。又南信,学兄、循陔。以大衍助周二世兄,交陆小雅。谒金门先生。伯母八月杪微痢,今已愈,吕语。

十八日辛(卯)[丑](11月23日)

答历城书,并致覆香年兄二纸。岳方伯赠百韵。东便寄岳信、伯信、冯姑妈寄东信。豁免赔款清单。

十九日壬(辰)[寅](11月24日)

答岳方伯,闻明日行。接沈式如表兄八月廿日山盱厅书,并赠十六金。任山盱六年矣。

《题瓶菊》:"圃栾历落数枝斜,相赏于今匝月夸。寒伴砚山清伴影,瘦携诗卷淡携茶。乱蛩篱下仍秋梦,一雁霜前又岁华。赖是天必慰岑寂,已遇小雪对黄花。"①

今人以所不能行,劳人以所无益,则智者沮,而贤者惧。

二十日癸(巳)[卯](11月25日)

署归,适诚斋夫子来,侍谈一时许。夜阅噶普唐阿案。喜则多所爱,怒则多所憎,是志动气劳,则谋事不能精详。醉则多口失,是气动志。屹然湛然,志气凝一,是真不动心者。

廿一日(11月26日)

为陈友石续呈寺丞阅富升案。十九日,关氏控案今日发下。

廿二日(11月27日)

晨起对雪,读宗伯公诗。午后,白衣庵樾亭寓斋谈半日,接历城家书,又吴丈信。晓堤信由雨香,冯甥信由讲泉。重谦持庵,行六,钮钴禄氏宏毅公额亦都之后,漕督成某之子,严侍桂葆之姊夫,二兄,一没。一弟幼。持庵与予同值正白旗。

《寻野梅》:卷四十八。"篱落微茫几树梅,不扶童子独寻来。一筇老矣松坡雪,双屐倏然石径苔。相对早春惟落泊,无言尽日兴徘徊。山空到此知茶味,香远从之谢酒杯。"首句是早春,第五句承明,正以春早尚未见梅,故不惜筇屐之劳,独寻于松坡石径间也。老矣不扶童子独寻来,此真兴复不浅。若少壮而为是言,有何意味?第三句紧接第二句,第六句写寻见后情景,静极畅极。

《见野梅》:"扶杖侵寒独向春,淡云疏日忽向亲。穿篱枝折多经雪,傍涧花开不为人。下有江兰亦香草,夜来明月是前身。盘陀石上

---

① 此诗又见《定庐集》卷一。

莓苔坐，未许寒渴画幅巾。”首句未有所见。二句说见，乃有神。第四句说梅本不求见于人，高绝，又是野字注脚。

廿三日(11 月 28 日)

重阅定那明通案。遇尹竹农。枣林兄。

《大学》之所贱恶云云，似是气动志。畏敬哀矜之类，其气下而结；贱恶傲惰之属，其气上而浮。

或曰：“农则获粟，商则获息，仕而久不志于迁，何仕为?”余曰：“仕者得其政，若农之粟，商之息也，故曰君子乐行其道，若之何志迁也？是农不安于沾体涂足，而商为盗窃之利也，可乎哉?”

廿四日(11 月 29 日)

答历城书，《荫生原题处分章程》。作吉哉书，明日寄。钱：九月廿九起三分，结三十两，短平八钱，原本四，经农三。共用一千四百卅两四钱八分，收一千三百五十三两。

《冬夜简稚圭三绝句》：“相思才隔几重垣，□□谁知日遇门。去每匆匆归又懒，不曾入坐领清言。”“散衙容易夕阳斜，灯火诗书兴岂赊。日日晤君君未觉，忍寒高影自黄花。”“巷南巷北雪未销，七十五步怜迢遥。稚圭告余云：‘昨访君，计行七十五步。’小诗抵作寒宵话，粘壁长应慰寂寥。”

廿五日(11 月 30 日)

寄粤信，接山盱厅答书。收到搢绅系□。过春庐丈谈。侍诚斋师书斋读近作。

廿六日(12 月 1 日)

答吴丈书。《荫生题咨豁免章程》。寄庐州书。卢分款项。得到陈书于五柳居，又《介石堂水监》六卷。

廿七日庚(子)[戌](12 月 2 日)

阅忠安案，定九先生派查河工扣平。同王大兄琦庆、伊恩。偕持庵入内呈噶普唐阿栗于廉少农。答历城书。

廿八日(12月3日)

晨起入朝,归已晚。向亭过谈,稚圭赠词二首。接心畬本月十一日书。增卿答札。取五于万隆。扣去百两有奇。

廿九日壬(寅)[子](12月4日)

接恬斋九月廿一日书。沾生信。

三十日癸(卯)[丑](12月5日)

晨起读《孟子》数章有会。生吾所欲、有事君人者、人皆有所不忍。知州、三十六。知县、百四分卜。监知、廿六。员外,已四十。从九□□。

凡人之伪为者,吾不知其所以乐也。答沾生信。借《工部例》于蒜山翁所。

十一月甲(辰)[寅]朔(12月6日)

寄给心畬书。只一函。过杨葆卿、沈芷塘谈。

各藩库实存银两岁底具奏,并造册送部,始于乾隆辛卯。嘉庆十六年会工部覆议李道长可藩奏工程平余,直隶省岁修河工、山东省一切工程,按库平一两扣三分六钱,江南河工每两扣二分三钱,湖北修理军装每两扣一分,河南、江南、广东、甘肃、陕西、湖北、山西等省一切工程,均扣二分,其在京支放各工程仅扣二钱,未免过少。嗣后扣二分,令银库年终汇数具奏。

又嘉庆十一年咨准直督裘现办千里长堤等工,遵新例,扣二两,其永定南、运河北等河,岁抢修银,每百扣市平三两六钱,乃仍旧例。再查各省支发岁抢修银,如有明定章程,仍循旧例,否则查照豫衡家楼之例,一律核扣,年终报部查核。

乾隆丙子,奉旨史贻直钱在家食俸,又梅穀成在家食俸。现在吏部注选教习知县一百七十员,教职知县六十四员,请于明年三月以前赴部拣发六十员。南三东二北一。

二日乙(巳)[卯](12月7日)

樾庭弟过谈。

三日(12 月 8 日)

得吴丈书,即作答。汪四十金。观德殿满百日祭礼成,即剃发。寄恬翁书数章。

四日丁(未)[巳](12 月 9 日)

扣平及河工各款呈明定九先生。晚饭于藕耕所。樾亭弟贻茶叶。雨前逢比翅。

五日(12 月 10 日)

葆卿处借到《工部事例》,中大兄山掌握司印。以烈山□承□泥滩案付雨梁。以《同怀制义》赠王大兄琦庆。接历城家书。

初六日(12 月 11 日)

目疾。

初七日(12 月 12 日)

六伯父引见,奉旨:“钱某着准其捐损,照例以道员用。”答历城书,又接历城书。冬至,荫生请觐。

八日(12 月 13 日)

答山盱厅沈表兄书,致吴丈书,还葆卿《工部事例》。

九日(12 月 14 日)

答历城家书。

十日(12 月 15 日)

中大兄见过。芙初、琴涵、稚圭、蔗农晚集寓斋。

十一日(12 月 16 日)

兰右邀饮不得赴。

《送芙初》:“娱亲还旧林,岂不恋华簪? 落落匡时略,依依去国心。风多黄叶路,春上白云岑。后夜相思处,芙蓉江水深。”

十二日(12 月 17 日)至廿四日(29 日)未记

接瑺中丞札,娄生弟札,邱世叔送到。历城、吴信俱廿四到。大兄、四弟信廿二到。沈鼎甫、王先生字信各一。廿四日得向亭延师之约。方妹携九甥归。

廿五日(30日)

答历城及吴丈书,六伯父廿日签安徽□日请训。历城寄文请荫二件,未及。

廿六日(31日)

寄大兄书。星□寄四弟信附去。

《夜读五总志漫题》:"列宿遥相笑,互换气易穷。未能从许我,何敢望圈公。闲拥马通火,冷吟驱背风。相要千载上,此意几人同?"①

廿七日(1821年1月1日)

廿八日(1月2日)

接历城书。

廿九日(1月3日)

寄答历城书。白折册发五。又作答心畬。仙舟先生寄陈范川信,自昆山来。

十二月初一日(1月4日)

以安贵、福敏二案呈堂画讫。寄昆信。名方甥曰鑖台。

初二日(1月5日)

定江南司《河工知照咨稿》一件,呈定九先生。

初三日(1月6日)

前咨稿呈堂画讫。族大人是日在观德殿同人白事,自此上门而此瞻仰景山木石峻茂,致足乐也。

心手目口,一而神也,二则纬,三四则纷。方妹还归场桥家。

初四日(1月7日)

讯韩柏案。韩柏、袁廷谟、傅广太、杨□德、翟根良、陈浩然俱释回安业,一乐。

---

① 此诗见《定庐集》卷一。

初五日(1月8日)

定更容案。几三十年矣，封印期近，付吏拟稿，恐致迟误，乃自为草底，交吏誊真，竟一日之力，约五千字，目昏心懵，不得已也。张三锡，平湖人。考内阁借事。

“心平气和而无撄，无贰无虞真体性。耳聪目明而不流，勿忘勿助渐工夫。”“渐”，一作“定”。

初六日(1月9日)

定方天宝案。贡差到。

初七日(1月10日)

晨起口占云：“上气连年惯，今夜又岁阑。事烦不暇嗽，转得一冬安。”

初八日(1月11日)至十三日(16日)

十一日，贡差回寄信，又寄回荫生咨文。庄鸣梧、周间骐馆。

十三日，寄粤信，附沾生字。寄菱洲信。二数归一数，又利五十四两。上年五月廿日，本年二月廿二日。又扣还借三十两，又前垫利九两，又差盘费用四两四钱，共用一百八十八两四钱，仍存廿五两六钱，现又代付百金之息。自二月廿一起，至十二月廿一止，计三十两，除用存项外，仍垫四两四钱。

寄历城书三件、金陵、又赵加、程加。徐州二件、一交役，一由东。吴丈一件。

十四日(1月17日)

病。

十五日(1月18日)

寄乐寿大兄一纸，由宝泽。答广州信一，又十一叔信一。

道光元年(1821)

道光元年冬十一月甲子十七日(12 月 11 日)

阅山西司送馆案十件。俱牧场开垦。

索沈氏自固庐公以下谱系于表兄铭。过琴涵,未值。是日召见,先于初八日、十一日寄乐寿信。十六日寄长沙信。又于十六日接介侯十月朔信,以新刊丛书见贻,十月十日发,鲍沧碧丈带京。

乙丑十八日(12 月 12 日)

讯韩富兴案,戴连成。朱大兄能作请封,出具印结。接长沙信、二伯父护抚。十月六日皖信。还《明统志》于学城,《明官制大全》于集古。李手。

是日,稽核堂印差竣。一年更替。寄天津信二。云潭鹾使、香溪缪二丈,俱托方立兄。以银一两,乞买薄荷油及小虾米。过春庐丈,核对地图。董有而程无者,牙鲁藏布河、报旺阿尔布坦。石士索去《听松稿》三册,昨朱大兄取一册。沈表兄云:“固庐公诰封中宪大夫,非赠也。”

丙寅十九日(12 月 13 日)

在署俟韩案内之徐国祥,申刻不至。寄长沙信。一火。有钱三兄信牌,十八九日可到。一新宁张令德尊带去。以长沙寄那司寇、顾夫子二书,交徐贵。致札季世兄。夜饮于沈学士寓斋。盛二世叔兴绮、朱水部壬林及朱根同集。过丁云浦,不值。

自京师至昌陵,过半壁店,经房山,涉涿州界,而不入城,路较近,惟房山有石亭河,秋令水涨造桥难,是以取道涿州稍远。

皇史宬在东华门外南池子,所谓“石室金柜”也。柜以木为之,灌以铜,每柜三格,每格二函。每卷前有监修大臣衔名,《高庙实录》监修四人，庆桂、董诰、德瑛、曹振镛也。庙讳贴黄，用红黄绫朱书恭填“钦派大学士填讳”，其大内、盛京及内阁各一分，贴黄均空格，每卷亦无监修臣名。此为红绫本，封面及函皆以红绫为之。

丁卯二十日(12月14日)

讯哲徐氏案内之德通，张季氏案报呈之吉勒根阿，又图特布案内要证韩文亮，据报并无其人，强情虚畏匿也。又伊兴阿案之李天成未到。

湘阴典史沈君迎恩湘浦。来晤云，舫西先生之出服侄孙也。

“蒲柳之质，日强而耆。而、如，古同字。死中木活，自为戒辞，须以无欲，咸以寡思，二者之累，倾其镃基。当晨勿怒夜勿语，方饥毋久立。饱无俯，枕须平，衣且暖，灯前书勿观，劳后饭宜缓。老夫得此恐健忘，写与家人将我管。”

以《听松稿》二册赠达大兄林，一册赠周缉斋学光。

戊辰廿一日(12月15日)

苞儿眼痈又发，三更复。讯李天成，责十板。阅山西司送馆案十件，同前二十件，交吴供事，复取二十案来，未阅也。现审处查旧案，阅七案内可销者三案。尚谦已交吏辨稿，又宋刘氏、永德。酌销者二案。保亮、陶斌。灯下又阅四案，可销者一案，瑞麟。酌销者二案。王景暄、舒祥。

“遇可厌之事，须安心乐意；遇可厌之人，须平心静气。”两语甚粗疏，我意欲如是。

恩大兄成续娶，贺以二金。刘韩门兄潮，有两面之识，宦没京邸。同人佽助，余书四两，约以十日内付之。

沈鼎甫处送到谕一篇。朱大兄属土供事印结。十二两，次日收。徐钟林詹事府。

己巳廿二日(12月16日)

覆阅馆案二十件，在此册之前十月所阅山东江南等司案。以十八件仍交吴供事分别应纂与否，各粘签于稿，以二件携归，再阅山东司。其山西司二十件内十二件俱系牧场地租。一案谕旨，十一案租数报销。亦已夹单，二签。交吴供事分别纂办。以现审可销者三案，交吏照签办销，以酌销者二案,保亮、陶斌。夹签商诸春松先生,又三案不能销者,交吏收贮。又取回三案,灯下阅之,可销者二案。佛诚、吉泰。凡十五年以前案,尚有五案未阅。谕一篇,茹泰送还鼎甫前辈矣。夜过雨楼。田虚斋病,商为请假。昨夜竟然达旦不瞑,今日仍治事如常日,理如是也。懒散之弊,恐天理不流行,此近日见地稍进处。

庚午廿三日(12月17日)

讯韩案内之戴连成、保住、徐国祥及韩,皆录供。戴言,置地时有中证,台大限于四日内,寻获同赴部。廿八日早。票传李天成廿六日,周四同日俱到部。周四系坊押,寻交李天成之人。今传至,当堂释放,乃无弊耳。

江南故太仓牧朱景昌赔款几致免,而又追辛巳改正,然若辈愈可虑,奈何。问虚斋疾。

吴模捐衔请封,今日始有照,迟一月矣。捐纳房吏以余之姻戚,有意沉□弊混,可笑。

接稚圭书,主试徐君瀚携至,寄奠予妻三十金。又琴南处公札一。到之数日,酉刻索观,始见之。

接汪经农雄县书。内有冯双帆札一,寄粤信一。以吴模之事,连日访阮小云不值,今日途遇,始面交旧印信结二,属渠换付。孙玉以昨夕丑时没,予给棺费大钱二十五千文。朱寓晤虚斋之九令弟健斋洤,又见文正公之曾孙老二。

月选官,因病不能过堂,于廿四日过堂,之先具呈告病,归于下月验看,如下月仍未病痊,即行开缺。

辛未廿四日(12月18日)

办德舒,按张达图特布、按萧尚仁二案竣。廿二日,取回之三案,先还该吏矣。佛诚等。致朱健斋札问疾,知虚斋昨夕发厥。遣英儿奠孙玉。阮结交到。口授英儿致心畲札,并寄执照三张。一布理,一请封,一原来监照。向规每照银六钱,送信时给付,到彼但付酒资耳。借雨香百金。

凡窨冰，掘地堑深，炽炭烧绝地脉，方水泽腹坚，募凿冰置窨中，固封以土，及伏而取之，不烧绝地脉则地暖，不封以土则风解，二者俱不成冰。

今日受寒，小有头痛。

壬申廿五日(12月19日)

阅昨晚送看之十七案，可销者八案。自属稿者，一案。刘张氏。

寄经农书，交吾亭。适吾亭招饮，携去也。同坐有龚定庵，奇士，闻纂《朔漠图志》，有《唐努乌梁海》等诸表，信不可少之书。还受笙诗二册。

《公羊注疏》，宋本在洪孟慈所，九行本，前有徐彦名，以校今疏，颇多脱误，且有《春秋纬》数条，今本删之，定庵云："徐为六朝人，非唐人，及见《全纬》。"而予未之详也。宋本《唐文粹》在孙古云处。

两淮运使署有鬼，纱帽袍笏，时见形，皆以为江都相，不知汉江都非此。见《述学》。或云弘光末，董公某从史阁部殉于此，俟考。

观清川所得柯堂先生及裴山兄字迹，合装册。有裴兄诗一首。

癸酉廿六日(12月20日)

办销三案，又舒祥一案，自为稿。讯特屯布案及伊星案之李天成、天德、广善。

来二兄庆携刚亭书至。寄奠三十金。予助兰亭四两。堂派本司正主稿。

甲戌廿七日(12月21日)

讯特屯布案内之中保二人，取供。十七案中之九案不能销者，交还该吏收存。秋渔过别，赠十六金。吊贺六兄母讣丧。二两。哭虚斋之丧。廿五日戌时没。接粤信而交邓姓。自致玉峰一，发帆托寄一。接吴和村书。

乙亥(12月22日)

两日来苦嗽。是日冬至，家祭后，兰雪静庵过谈。阅竹亭与味根书，知承翁赠之妾，为之快慰。自今伊始，不言人过失。

丙子廿九日(12月23日)

销案一件,吉泰。又办张季氏一案。行查。过秋渔未值。灯下作长沙信,托秋渔带致。接缪氏姑信。经厅于公人便。

丁丑十二月朔(12月24日)

贺春松先生台除之喜,未晤。销案二件。夜阅馆案五件。作长沙信一纸。明日交沈湘浦。

戊寅初二日(12月25日)

阅馆案十件,签明交吴供事,又前留阅山东司二案,亦发还。其前所阅各案,未经签明,亦均补签交吴供事分贴。杨表侄来借银,未有以应。过山东司,阅奏底。

己卯初三日(12月26日)

阅销案三十件。闵先生托寄长沙、安庆各信。接到介侯书,十月二十日。张仲嘉庶常兆衡带到外碑二,一为乾宁二年昌州刺史韦君请为太守司空京兆公建;韦为扶风男。一宋元祐时《赵懿简公神道碑》,范淳夫先生撰,蔡京书。韦碑当有下截,列属官一百六十余名经寄。感冒数日未愈,今日又痔痛,昆石过诊。自今伊始,言语间不轻引经传。

庚辰初四日(12月27日)

办销二案竣,以三十案内之二十三案标签,交吴供事,分别纂例。又取回十八案连已阅之七案,尚存二十五案未交。过蒯氏两表弟。

辛巳(12月28日)

盛京内仓正副监,旧由二部题请补放。先一日送题本到阁。

是早同满大兄庆。尚书房谕达山西司□□。入内领下题本,随同引见。事后,仍将题本连绿头签交批本中书处。

接六叔父覆函,并春松丈处一信,又有沈珠泉信、陈表弟文骕信。陈弟现在臬房办桥,信由宛平署何公熊送本。答喀四兄、博大兄及费世兄。遇芸浦,以皖信二件托寄英公、张舅。

壬午初六日(12月29日)

定《平余奏稿》。《减半平余则例》库藏,门有谕旨。琴南招饮未赴。

癸未七日(12月30日)

定《地丁奏稿》。接心畬寄奠信。未庵、仰山兄、游兄俱各有信。缪香溪翁寄还银一两,以食物二种见赠。吾亭来,值余在署未晤,留词二阕索和。

甲申腊八日(12月31日)

徐辛庵过谈。

乙酉初九日(1822年1月1日)

办特屯布案竣。

丙戌初十日(1月2日)

入内画二奏一题等稿。讯吉成案,未录供。接长沙信、昆信。

丁亥(1月3日)

入内画稿。酌改囚粮题案、杨毅咨案,又坍粮等案。

戊子十二日(1月4日)

办各销案俱竣,现审惟戴连城十四传讯,余均已如限办理。又接长沙信、获抚奏事之便。五弟信,知二妹十月十日去世。又景南十兄信,即作后交人回便。

己丑十三日(1月5日)

入内,归途过署,小坐即返,以家忌□紧也。过吾亭略谈。还雨香百金。

道光四年(1824)

正月十九日癸未(2月18日)

接恬斋信,鄂润泉行三。廉访带来。“每思前辈寻常语,爱读生平未见书。”文端公书此,墨迹在恬斋处。“阮籍口无臧否语,陈登胸有敬恭人。”陈石士处楹帖,下句未知所出。

二十日(2月19日)

文昌会馆团拜,以饭银为公分。

廿一日(2月20日)

借吾亭百金,还雨香除夕所借者。借九八二色,还者半九八、半九七,而雨翁云:“此止九六也。”临潼田姻翁又有信,求名师。

廿二日(2月21日)

润泉廉访使先一日来,是早往答之。东城,盔甲场。奉《新乡安庆公祠记》,属其访问祠宇无恙否。

廿三日(2月22日)

吊勿庵宗伯之丧。“文耀抚台垣,□盛事郊祁,甫及卅年悲游水;仁风洽乡国,刻旧姻雀李,那无一恸望燕云。”“世事纵纷投,浑焉若忘无城府,仙游惊一瞬,兀然如睡出人寰。”此顾晴芬少司农挽勿翁句也。勿翁十二月十四寅刻早起,啜粥阅儿课,升舆至东华门,危坐酣睡,家人大呼不应,遂长逝矣。

月杪借朵山钱十千。

二月初二日(3月2日)

成七山以润丈所赠见付,还琴南十金,付董息五两有奇,买参须十七两,须数。高丽参四两,参数。同创兰辈所买者,俱托功甫寄苏,初八日行。

初三日(3月3日)

接南信,次日即答寄。虚白墨三件,味根、香年俱谕札,毂士札,寄参须二钱。心畬札。□□□□□。三兄札。□□□。

四弟札,托做被二条,请顾兄还被子于乐寿。味轩札,属其商送元霄赴陕之人。大兄札。永思亦全,后有妥便即寄。两侄孙天花,信来大孙三朝。

初四日(3月4日)

景南兄步轩来,属其带信鄂夫子,并呈《义仓图》。五六间寄覆陕信。告之元侄,暮春将出门,秋说尚未有安人确议。

初三以后,嗽甚,食辄呕,又恶寒,四肢酸痛,屡次未愈,初十日呈何于日。

道光八年(1828)

孟秋之月己亥朔[1](8月11日)

点陕西司稿十七件。

二日庚子(8月12日)

阅定《舆地图》。冯铁渔以《续通鉴》二百二十卷见贻。

三日辛丑(8月13日)

阅定《舆地图》,广西省竣。

四日壬寅(8月14日)

嗽作竟日,不能饭。

五日癸卯(8月15日)

点江南司稿九件。寄嘉兴信。母寄舅氏一,寄姊一,寄蔗味老人一。余寄大兄一。并烦心畬携致。

六日甲辰(8月16日)

安庆府君忌日。心畬南归。接嘉兴信。又大兄寄、五叔祖□□□寄。六月十五日,师衮交差局寄京,内舅氏寄母信一,大兄、四弟寄予信各一,虚白兄信二,又岱雨一信在心畬信中转付禾中。六月十二日日得小雨耳。又《蔗味老人论》一,又岱雨寄缪信一,即致。

七日乙巳(8月17日)

读《读诗记·召南》毕。

---

① 系年原无,据干支记日知为道光八年。但所收诗《次韵李心畬南归留别》《述德寄呈舅氏馥林先生六首》均见《澄观集》卷四,系年在嘉庆十九年(1814),二者冲突,暂编在道光八年,以待考证。

《次韵李心畬南归留别》:"人海烟驰岁易更,北辕未几又南旌。眼前一别如天远,秋杪相思但月明。吟社玉山凭结侣,归心江水可寻盟。闭门洁养谁能尔,愧我栖迟岂徇名?"①

八日丙午(8月18日)

阅定《舆地图·广东省》竣。答树声大兄余庆保阳书。

九日丁未(8月19日)

阅定《舆地图》。

十日戊申(8月20日)

阅定《舆地图·湖南省》竣。谭璐以《天文图》二册、《服制刑律图》共一册绘毕送缴,尚有《天文图》五册及《恒星总图》未绘。

十一日己酉(8月21日)

《述德寄呈舅氏馥林先生六首》:"余斋杖履独婆娑,室有真禅病不魔。所居室榜曰'小乘禅'。行坐卧中千想灭,画诗书里六时过。未妨簪菊随元亮,底用拿舟学志和。早晚熙怡弄孙子,春风安乐邵家窝。"

"肯缘尘鞅累冲襟,蔼蔼灵椿阅世深。万事不留风电影,一编时见水云心。清芬只爱图传砚,俭守堂名。奚求术铸金。闻道东南连郡旱,新霜可免鬓丝侵。"

"当时忆远积函封,小阮恬斋。书来特语侬。出户鸠扶多喜色,迎人鹤立想秋容。举三孙正笑言哑,别六年余亲串逢。便合当筵欢一釂,归期且莫问萍踪。"

"荪翁仙久梓翁摧,春雨斋荒没翠苔。吾里讵于风雅阙,寓公真见总持来。云龙东野谁酬唱,主客西江妙化裁。只有师川惭赋雪,关河函丈首频回。"

"一巢众笑拙鸠营,大抵迂疏少宦情。海上何嫌遇风引,泉源只觉在山清。宿逋稍稍添书帙,高咏寥寥见友生。谓刘芙初、董琴南、谢

---

① 诗又见《澄观集》卷四。

向亭、周稚圭四同年诸君。总荷栽成天地德,敢忘黾勉答升平。”

“连章累札荷垂询,近况因之寄慰真。入夏老亲羞健饭,频年羸妇肯持贫。史书结撰聊遮眼,郎署浮沉愧致身。早晚秋风动寥廓,那无乡梦落湖莼?”①

为母致书七姑,交祝庵表弟。又致霞林表舅,交郑心田翁。

十二日(8月22日)

点江南司稿十二件,陕西司稿三十六件。

十三日(8月23日)

读《读诗记·邶风》毕。

① 此诗又见《澄观集》卷四《代书上余斋先生六首》。

衎石先生致弟书存稿

道光十三年(1833)——道光二十三年(1843)

道光十三年(1833)

其一(七月廿六日,9月9日)

常山一信,递至王伯期刺史同年转致,不知能无浮沉否?此后久未寄信于吾弟,而出门至今几半年,亦未接江乡一字,焦念不可言。兄之踪迹意绪已在大兄信中,不再及。一路南来,道途多阻事,而正念不忘清旷之气,一无所淆杂,是以虽涉暑而不病。初到此,亦如是,久之而胸次觉不恬畅,虽不致躁竞,亦不免生人己得失之见,已而悟习之移人也。劳则生烦,亦是气动志,一时之病耳,若志动则一路清落矣。平日无定力,可笑,亟自猛省,今又旷然矣,旷然之心胸,虽困不病,虽病无虞。此数日来,作杂文数篇,课儿讲《左传》,萧然自得,弟勿以念可耳。诗文稿实以未定之本,尚冀稍有寸进,不欲遽出,不惟无剞劂之资而已,尚有一二差可信者,又乏知己商定一底本,此为憾事,今俟北还再商之。若携至宛丘学舍,破除两月功夫,为尽阅而酌其去留,庶几一快耳。

弟《汉书总类》曾动手否?兄之《通鉴总类》因置衣箱中,道为雇山者一并窃失,昨得南昌信,忽已珠还,殊出意外,所失者三箱物,还十之七,江西不为无政,此可慰耳。此间屡获盗而非其人,若窃案则千万不获一,或苦难事主,大抵百姓托命于州县,州县不实心,大吏虽贤无益,故为大吏者必以用人为先,用人不怕有坏人,而怕风气之坏,风气一坏,中材皆为下流,何处得人而用之乎?挽回风气,非内外上下一二十年之力不能得效,此实阅历之深言,弟以为何如?癸巳七月廿六日寄于羊城寓舍。

道光十四年(1834)

其一(四月廿八日,6月5日)

一年未寄书,固由疏懒,亦以旅人踪迹,弟自当知之。劳人心事,则又非毛颖所能代悉也。每于京寓信内,述禾中各房平安为慰,但未知吾弟近来精神若何,气分稍充实否,《汉书总类》之作已属稿未,侄辈读书有精进之功否,均念切也。东南岁苦霖潦,吴头楚尾,滔滔皆是,而海塘之患,又吾乡所独,当事者未必洞悉情形,又苦无繇役之资,闻小小补苴,不识尚能安顿目前否?兄暂且托足,身定而心亦得定,《诗草》灾梨六卷,续当寄览。有祝子凤梧生者,蓉绪广文丈之孙也,常来谈晤,因得敬录大兴公尺牍一纸奉寄,此所述史烈妇事,有恬斋之文,想弟自知之。

祝贞女字徐未嫁,夫殁守贞母家,欲为舅姑及亡夫营窀穸,织纴刺绣,积钱若干,一旦遭胠箧尽失之,又积钱若干,又大病尽用之,自后病久不愈,终日抑郁,蓉丈慰之,曰:"俟兄归,必当为妹料理。"答书曰:"妹所以朝夕营营者,为遗骸计也。今手口所积,一空于盗,再耗于病,兼以疾痛满身,势难再积,人生所志无成,不如速死,但恨多活此十余年耳。"其后二年,一旦自经,盖徐氏无情理,而祝又贫甚,蓉丈尚有一弟,苦守于家,先贞女没。蓉丈旅食频年,亦不暇顾,以有此事。

曾见赵鹿泉先生《清献堂集》有一文,痛诋贞女之夫兄弟已,兄弟是亦有说耳。先公以寻常通问之札,意在表彰贞烈,存心风教,吾弟可敬撰一跋,而史、祝之事即附见焉,此可传之文也。百泉先生云"古文最难得题目”，知言哉！幸不负斯题也。

兄近体甚佳，梅开应度岭，腊底当相见耳。甲午四月廿八日。

其二（六月十日，7 月 16 日）

（按：此前有缺页。）各语另从京寄。《崇明老人歌》甚妙，常喜诵之也。偶有二玉，寄为两侄比德之佩，乞转付之。甲午六月十日广州寓庐。

其三（七月十五日，8 月 19 日）

前月寄拙稿，匆匆数行，似九月中可到。来书并《学职考》《崇明老人歌》皆妙，而尤妙者在王吉戒昌邑王之四语，愿与弟交勉之。而大侄文理有进，二侄又喜弄笔，皆所乐闻。兄老矣，所爱者养生家言，所望者子侄继起，文字虽略刻，其实工拙亦无关紧要耳。兹闻折弁即行，附此一纸京信中，余详大兄信，想可览悉。甲午七月十五。

其四（道光十四年）

先世文字，有所见闻，即日遥为披示，喜甚，慰甚！清安堂中笔墨，宜及早钞录，闻家人辈时有窃失也，至嘱至嘱。此间仪孝廉克中以文端公《田园杂兴》诗册见惠，后有少司寇十诗，惜有缺字，此册明年携南，拟为清安老人补祝，恰与《生夏》诗册作配也。《笠泽丛书》，慎余堂有一单刻本，极精，兄前于三兄在彼处馆时，曾往看见，披读一过，其文高古，且有奇采，今则久不见此书矣。

来札所询，须看上下文，乃可揣测其意，昨已与曾勉士言之，渠有《全唐文》可借，俟借到即可读，得之再奉答耳。《秋泾集》附后录兄《新乡诗》一首，并添小注。大兴公讳号、履历俱见卷中矣，俟刻竣，有便即寄览。前于夏间托祝世兄园花信中寄弟之札，内有大兴公信稿一纸，已收到否？甲午。

其五(九月十四日,10月16日)

连读佳篇,如《崇明老人歌》及记游之作,并来札述王吉之语,窃以吾弟心气恬愉,又留意养生家言,深为引慰,及先接味翁信,知旧恙又作。今大兄信来,知一病又一月之久,殊属不解,以吾弟近日见地高旷,似心疾总可渐除,大约中有郁痰不清,有触而发耳,不知近日已大健未?眠食何似?若自觉心中热,即宜常服清润之品,饮食中如百合、秋梨及精致冷荤下饭,皆可清胃,胃清则痰不甚郁,可以却病延年,世以原味为养生者,误也。

所需拙稿,已寄二册,此外尚未付刻,实以事多懒费心,钱少亦吝费财,鼻烟兄是外行,而厚翁一无嗜好,独喜此,容当为吾弟求之,遇便即寄也。此间水灾甫定,而夷鬼肆扰,今俱办妥,星轺按事已竣,亦即行矣。比日雨旸时,若晚稻可望七八分,江乡民间积困,素盼丰年,不知如何?海塘事尤时在念。甲午九月十四灯下。

道光十五年(1835)

其一(六月十三日,7月8日)

不记何时曾寄信,却忆更番接弟书,慰慰。《甘泉乡人迩言序》,必有以报,但须略迟耳。《三国志》杭注,秋间归时当带到,不敢托人,恐有遗失也。即如现在回禾之沈品珊,为恬夫人族弟,亦曾游关中,其人固君子也,而君子之子,大异乎君子,以是欲寄小物而不敢,恐子攘之而为父累也,只可将所刻之稿托其带禾,此则失之,亦无害于事,如不失去,八月中弟可收到,而前此钞晋之费宽矣,呵呵。宾甫得巡厅,近况稍好,妹常来行饭,属问候家中各安好。此信到时,子方当有采芹之喜,而随攀桂之班矣,望望。近常为苞儿改起讲,间作二段,所以有此佳调也。乙未六月十三日。

其二(六月十七日,7月12日)

警石吾弟大喜,子方采芹,闻之大快。我安庆公支下文字之祥,二十年来久郁不发,得此风气一开,若曹兄弟辈科名鹊起,而我两人可以著书以老矣。大兄信中,知子方文笔甚好,非偶尔弋获者,秋期在即,伫望鹏抟,岭外归舟,中途得信,乐更何如耶?玉山两甥之入泮,乐与此同,皆旅人忘夏之赖也。

四老大娘,均此贺喜。兄入泮时,吾母适在二伯母处闲话,农部公写字通知吾母,有此四字称呼,今以移赠弟妇,何如?乙未又六月十七日。

其三(九月九日,10月30日)

闰月京信之便,带有一缄奉致,计此时已达清览。兹奉手书,亦是闰月所作,五千里不谋而合,亦同心之一验也。弟湖上逍遥,好友谈心,与佳山水相映发,其乐但酒边灯畔,语及鄙人而喜者,不免念及三兄而哀。凡事缺陷类然,浮世实无可乐耳。兄得三兄耗自范川处来,不禁长恸,至今念及,忽有所失,亦竟未能援翰以写也。子方此号较子万出一头地闱作如何,能即徼幸一中,岂非大快!秋内完姻,明年此际,吾弟可有含饴之喜矣。四水子立后之举,吾弟有此心已二十年,今喜成就,此真可乐之一事,孝友为天心所契,迓吉正无量耳。

兄栖迟岭表,忽已三年,夏间告辞厚山宫保,将以七月启行,至七月十八日往晤,知已为筹画,几及道德之数,属稍待至中秋前后,可以辏集,不图廿四日宫保得病,十日而薨,封圻失一重臣,岭峤失一慈母,而失知己于垂别之时,东坡所谓"上以为天下恸,而下以哭其私",安得不有泪如悬河耶?宫保事业彪炳,而仁厚之气还诸天地,亦有何憾?而两年来,有许多深谈未竟之处,最为可惜。病中账房上房不及数十金,身后一无所有,皆中丞委首府料理,公私所负三四万金,其清如此。兄之行计,固不足道耳,犹幸尚未就道,得视其含敛,但不能俟其长子来粤为定行状。户部员外,名端黼。以报知己,此衷殊歉然也。去夏,借观厚翁甘藩以后奏疏七十八本,总一大包送来,兄录其要者为两巨册,他日当为文记之。而所为筹画者,俱各散矣,兄几有不可进退之势,犹幸竹轩先生亦相爱重,稍为集腋,不过千金。竹翁孤介之性,从不肯管他人之事,今为兄谋,人人以为破格,亦甚可感也。

兹定于此月二十日启行,舟舆之费,所用不轻,所余无几,而频年节缩脩脯所入,尚有赢余,似京债可以稍为补苴,然计明年婚嫁又接踵而至,真无可如何也。饮啄分定,做一日和尚撞一日钟,此中固大行不加,穷居不损耳。大兄、吾弟俱不必代为恨怅也,惟阿荷榜后,欲令回家娶妇,初意兄归,正可料理。盖行橐稍充,或可就江淮小席,如东林之类。即有屋可居，否则暂赁数椽里居一半年，亦不至绝粮之厄，今初念已乖，而稚圭两年来殷殷相劝为大梁之游，兄懒于北走而未之从，辰下则难定矣。江南如钟山大席，不过名世，如皖城敬敷尚不及此，兄得之，只可随行数口之食耳，不能留也，恐度岭到南昌，即欲定明岁北行之局，或岁杪到家，一转以船为家，则未定耳。如是则荷儿到南婚娶，无驻足之地，意欲于宛丘学舍舟中，分住一舱，此最妙也。若无空屋，即乞于学廨旁边赁数椽以娶，大约满月后，即须挈妻北走耳。

至未娶之前，无疑在弟处居住，务督其三、六、九按期作文，一期勿旷，因其浑身本事，只有几篇烂墨卷，再一生疏，无可为也。至改文费心，吾弟断不可用心，但令常做，则笔熟而有气，可以望售，近来本无所谓题理、题神也。前有信寄京，属其榜后南下，究竟迟早若何，兄亦不知，即吉期或今腊，或明年二月，兄今无从遥制。其婚娶各事，欲托弟妇费心料理，正在子方娶妇之后，驾轻就熟，一切依仿而行，不妨俭陋，且正要俭陋，已令英见措大钱三百千文，陆续由查处会寄应用，吾弟收明安放手头，陆续开发，意欲以为限，力不能多也。家中无一物，即新官人长袄亦无一件，现令媳妇开明需备之物，请四婶费心，代备一切。至某物几钱，某事几两，将来示一大凡之数足矣。弟不可用心开细账，此等琐屑，不值劳神也，实在不足，亦即示知，再行续寄可耳，拜托弟妇，拜托弟转托弟妇如此。

礼毕兴，礼书纲目似繁重，易窒文思，开卷《士冠礼》，即须看《仪礼注疏》，不若熟理《小戴记》，就陈氏《集说》，略讲大意，有不可通者，翻翻《注疏》，然治经不如治史有益于文字，看《史记》不如《汉书》，看司马公《通鉴》，不如《记事本末》，此就现在读书欲兼举业者言之也。若果欲通经，非看《注疏》，看《说文》《尔雅》诸书不可，弟试酌之。阿英从前早看注疏，讲《说文》，未免文心因兹窒滞，然是笔路本窒，否则博观正可以精取耳，然英之困于场屋，实非战之罪，乃运未通耳。此在弟信中，不妨老实说，勿为外人道，谓此老溺爱不明也，呵呵。

弟之文稿序,夏间即在腹中,尚有一二未熨帖处,尚未写出,亦以今年笔墨忙,应酬亦忙,兼以常有吐泻之疾,脾胃大减,精神易疲,以致百事懒废也。老矣,学不加进矣,闻吾弟评较古书,亦瞻望勿及矣,而教引后生,似尚力能为之。此间粤士颇有相信者,今当去而赠行,有古文数首,亦有骈体,颇可观,此吾弟之所喜也,稍迟钞出奉览。新开下岩端溪。所得砚,今以一枚,属此间名士曾君钊,号勉士。撰铭赠吾弟,刻于砚背,冬间可带到也,先此奉闻。乙未重九日。

"东海之云,兼为大文。南海之石,发为光泽。惟石之静坚兮,惟文之永年兮。曾钊为警石先生铭。"

其四(十二月初一日,1836 年 1 月 18 日)

九月十九日在广州发京信,附寄一缄,语尚详尽,不知何时入览?新年惟弟、弟妇双祺集胜,侄辈各安吉为慰。阿荷闻已偕娄生弟南还,日内想侍左右,诸祈教诲管束之,兄至感至祷。婚期是否冬春间,用项想阿英汇寄无误,诸祈弟、弟妇费神料理,亦至感至祷。兄十一月初七日始到南昌,稚圭同年为商大梁一席,其说已定,须待关书,而自此至大梁,取道安庆、六安州,水路直达朱仙镇,不过二千余里,若回家一转,多走道途,又有王营车路十余天。兄劳人草草,甚畏风霜,咫尺里门,不能一过,怊怅无已。

在粤两年余,今年只算病了半年,度岭北还,实为庆幸。到此又病了二十日,近始稍健,皆衰老劳顿所致。若住定一席,静读数年,当可略好,吾弟勿过念也。出山则竟作罢论,其志已定,师友间亦未有非之者,前所铭砚,已交东五学使带京,交阿英寄呈。《甘泉乡人迩言序》,久在胸中,尚须宽限一月交卷。乙未嘉平月朔。

道光十六年(1836)

其一(元日,2 月 17 日)

今日丙申元旦也,敬惟伯母大人寿履康强,百事如意,大兄大人起居康泰,诸迓吉祥,四弟、弟妇双祺集庆,以下均各迪告,允符遥颂。仪吉踪迹,已详前两信中不赘。昨接京信,阿荷吉期,京中尚未卜日,若禾中远为寄询,不免耽迟。辰下如已成礼,大妙,否则务于二月内成礼,一则早日到大梁至要,一则胡妾病时有起倒,不可缓也。新亲处总以鲍牧堂兄为定耳,乞四弟即为切致牧兄速办为望。京信中又云筠麓催亲甚急,春杪苞须入京,荷儿不可不即来,可谕知之。此外,会银及各语均由京令英转禀,亦不更及。小雅明日行,再附此二纸,冗甚,不多语。丙申元旦。

其二(五月四日,6 月 17 日)

紫芝公遗文,又得数首,亟须增入《文汇》,能同诗篇并录一册寄示为祷。公喜言禅,此是真实见解,必不肯曲徇门面,而商隐先生每于此等处,欲为尊亲者讳,仪吉所未喻也。弟裒录鲁南公以下四世著述,是何集名?兄所编辑,乃是《遗民录》之体,以人不以文,故第一篇乃是《赠刑部公墓志》,虚斋先生所撰者。大抵人为一卷,有遗诗文则附录,无则阙之,多则敬择关系忠孝之大题录之,其在后二卷拟录三位伯父之诗文,漆林先生较多,自为一卷也。《诗汇》各底本俱在京,今春始寄信往取,尚未寄到,长夏亦拟读家书,以次审酌,庶几有成耳。

小米所借《三国志补注》,已于四月交陆小雅带杭面致,小米兄附笺谢之,小雅正派精细之人,想必致到。小米所评记有限数条,现在《学海堂二集》所补几二百叶,其实尚未备也。将来《二集》刻成,早与粤士言之,必须多寄几部来,一到即觅便寄弟阅之,盖此实兄之外集耳,呵呵。

此间博览词藻,未能及粤人,而士风整肃,书院中点名给卷,键户作文,迥与吾乡不同,此则难得也。新乡有杜生世铭,号心斋。者居然能作诗,昨增课诗赋,如杜生者,屈指不过三数人。我告杜生:"见好诗已大乐,见好诗而为新乡人,尤大乐。"渠因言及安庆公祠堂,近年仍于正月演剧,邦人祭祀,久而不衰,良可感也。拟欲办名宦之事,稍缓一年半为之。天气久晴,甚热,作字多而神倦矣。丙申天中前一日。

其三(五月十日,6月23日)

久未作札,亦盛望来简而不得,殊以为念。前接二月廿五日手函,乃大喜慰。子方与阿荷信,看其笔意,已清妙乃尔,尤为狂跃,吾弟善教之,后起中赖有此也。晓廷到此半年,庄敬安和,颇有恬翁之风,吾亦甚乐之。脩脯稍充,日节缩之,将为若翁谋窀穸,可见其用不错也。兄新正病目,误治经时,至今尚未全愈,晴日晓窗,乃可阅文写字,眠食前此亦甚不安稳,旬日来稍好。劳苦之命,得稍安即生病,分固宜尔,而医之诊脉者,皆云"根抵颇实,可以有寿",吾弟勿念也。岱翁所属别纸奉教,并乞转道想思之切。蒋母拟为作家传,后一月必脱稿寄览,但拙书断不可上石,此尚须熟商为安,将来百金之赠,以半还淡如,五十三钱。以半留存,为禾中杂用,亦无暇刻书耳,何如?丙申五月十日。

其　四[1]

自京自禾,连接手翰,忻慰无似。荷儿在家,几及半年,吾弟教诲

---

① 此信未署日期,据第二段"自到江西""到此又身定心不定"等可以断定,作于道光十六年,"此"为大梁(开封)。

饮食之，又为费心料理尘俗，既省且速，又极周匝，并牧堂一谢札，俱承代缮，不用兄一毫心力，而荷夫妇今已到大梁矣，心感何如！荷禀及一切，并询知弟近体康适，旧恙销除，不更为患，慰甚，慰甚。并知弟妇安好，新侄妇俭顺承欢，子方昆季刻志学问，良深喜慰，而寄来文一册内，如《北湖行状》，不图造诣之至于斯也，又可想见吾弟胸次涵养久，而实得以文则传世，以身则延年，尤非常之喜，难以言语形容者。此册内间有数字欲商，并室中周，随后检核分明，即行沏覆，序则久在胸中，接落数处未定，是以迟迟写出。

自到江西，一病几殆，此番来道途之苦，夙所未经，到此又身定心不定，现在诸事粗为安贴，正欲读书，乃可定此序以寄，必不过夏也。明知弟盼望已久，而不能速成，歉疚之至。《学髓》为养疴第一妙方，但未知吾弟果能一日坐定三次否？果能行此，正不必定以悔过自新为念。心中洒洒落落，空空泠泠，乃有极妙之境在焉，然非胸中实在静定，断乎坐不住，若坐不住，亦无别法，只管强使之坐，由暂而久，愈久愈定，由勉而安，愈安愈神。兄之言，诚似出入二氏者，其实二氏之真者，正未可麾诸门外也。

至谢山之铭，即本《二曲集》中，其第一卷为《学髓》，第二卷即为《悔过自新录》，此“过”字即于虑中求之，为静坐中正本清源工夫，自是入圣阶梯，若能无动念，常惺惺地，则此时性体乃是反本。始所谓体认天理。此与悔过不同，此语如未了了，可看《近思录》之道体，正是初学入手工夫，非猎等也。道体、天理，一物也。所谓观喜怒哀乐未发时气象，皆是物也。闻弟读《学髓》，有喜庆中之喜庆，匆匆附此数行，以为商榷之资，弟试详之，以为何如也。

道光十七年(1837)

其　一①

《庐江诗汇》之辑，明年志在必成。充泉回家，属其钞录椒岩先生诗，此至要紧者，又如蕖塘先生亦应有诗稿，吾弟曾闻之否？云寿三兄诗文，敬恳大兄大人，务属子仁兄弟钞录寄汴，至要，至要。为语子仁："人事如棋，人生如梦，事当为则速为之，勿失机会也。"

恬翁所作，现亦属充泉钞来，《文汇》亦须重审一过。前弟所寄文字，俱应补录，此番所见《四子合编》，未知钞得否，堪舆之学亦可编入文类。明晚香先生《教女英华集》论诗，中丞兄办振事宜，皆体例相同也。如未钞得，能设法钞来，为望。章、何二君，向所未知也，又白。丁酉。

其二(十一月廿一日，12月18日)

警石吾弟览：前月查便曾寄信，兹于枫亭处交到九月廿六手翰，读悉一切。新诗张诸壁间，用韵无痕迹，甚妙。《别下斋》已刻数种，惟《茗斋词》是外行，开卷十六字令调误，仲论之序，后段有情味风韵。前之"兼刊五家"，"刊"字疑有误，或是"列"字，请弟更一思之。

子方兄弟文，尚未细看。蒯四弟本云："自河北回来，尚可作一日谈。"兄连日因儿辈不到，心不定，乍到，事又多，未能捉笔。蒯弟忽来告别，云"明早即行"，势不能尽所言。惟子方袭墨调，鄙意不以为然，

---

① 此信是对本年钱泰吉四月二十一日信件的回复。

宜令读书，读古文，读天、崇、国初文为是，后次有便，再细谈一切。二侄出考，亦可知甘苦，其笔意开拓，晓廷云："何不请教梦庵先生耶？"

岱翁属撰《尊经阁记》，岂有不尽心作一篇看得过之文以交卷者？但阁在何时营建，何时废耳，刻下如何修筑，其地在署何处，岱翁祀经术诸儒，现有几人，如何立定规制，并岱翁另有见解否，均须详示，方好下笔，乞弟便中转询寄知。

此刻是十一月廿一日戌刻。儿昨日到，今日说说话，吃夜饭毕，惫甚，剪烛书此二纸，即送蒯弟处。丁酉。

其三(十二月廿九日，1838年1月24日)

仲冬廿日一书交蒯三弟，云："腊月中旬必到"，昨又从京差寄回子方兄弟之文，计人日前亦必到矣。

兄自此月朔，敬读先世诗集，今匝月而明诗已录竣，而《半完诗》《应雅吟》亦粗定目录，凡先代翰墨，片纸匝字，皆有关系。鹤庵公、廉江公遗事，于《半完》《介石》两集题中得之者不少，今别纸录出，以备稽考。因思弟前书，有"偶庄先生《废莪山房诗集》二十四卷未钞"之语，此集必须钞寄一看，并前欲钞之地理书，堪舆。望早为觅钞晋，设法传录全本寄来。其笔资如大兄处无可支取，即乞示知，赶紧寄南也。

兄目疾近似见好，此殆天牖其衷，得以及时自效于先人，断不敢迁延岁月，使异日有失时之悔，吾弟想谅此苦心也。再《诗汇》现有录句者，因《全唐诗》本有此体，而如临江公《自题生圹》二语："一世荣枯归逆旅，百年毁誉待乡评"，鹤庵公流传之句："袍笏呼来先拜石，管弦挥去独听松"，以及廉江公题画之句，皆为录入，至妙，至妙，而《清芬世守册》中之题句，兄处转未有底本，乞即为录寄一纸，速寄来，是祷。今但记"欲识鹿门偕隐处，前村古木后修篁。小犬不曾惊夜吠，斯民安堵某何妨"数句而已。又《夜纺授经图》中题跋诗文，亦乞觅人写一本来，至恳，至恳。将来《清芬录》必须钞一部，候兄处《诗汇》粗定，当钞一本相易也，此是后说，所望《授经》题跋乞先寄也。想弟意正同此耳。

度岁不借债,不典衣,又不须拜客,萧然无事,仍日读先世遗书,与儿辈说先人旧事,大梁城内,殆无二家,不知读旧书斋风味略似否?呵呵。草草书此,俟便寄禾。小除夕。

道光十八年(1838)

其一(正月三日,1月28日)

前已作信未寄,近日仍编集先世诗篇,甚望吾弟之益我所未见,情我所未闻,感盱曷可言喻?昨夕得一法,欲敬辑我先人祠祀,为《庐江钱氏祠祀略》一卷,大体已定,曰官祠,曰家祠,曰祭仪,凡分三目,将来同《艺文》二卷并行,读书、从政、立身皆具是矣。

鹤庵公、廉江公祠乡贤,其事实前已钞录在此,今俱编入矣。紫芝公亦祠乡贤,事实未见,《家谱》中有此语,想本诸《府志》耶?又节孝祠亦应编入,乞吾弟将《府志》中《乡贤》《节孝》二门,俱钞出寄来,至要,至要,且望速寄为感。至《艺文略》讹漏之处,经吾弟订正不少,务望详录一纸寄示,以便重加编定,感甚,感甚。

偶阅《家谱》,介石先生溶名下,注云:"原名士琛,一字印庵。"不知此语何本。从前旧谱数册,皆归弟处,尚有自京寄弟,拟作家谱清单数纸,彼时兄处留底单,尚在箧中,今查单内,系中书公名士琛,万历庚子举人,此单所本,记又一小薄本,不过三四张。此小薄本,乃狭竹纸,拙书所写,某公皆直书名,不称某公,所以疑为科第匾也。内列先世科第,并有少宗伯公添注字,似是显忠祠科第匾之底本。此本似亦归弟处,此中书公,查谱内竟未得见,未知何故,乞弟再一详查,示知为要。或介石先生本名士琛,因避重而改名,亦未可定。中书公何以谱内略去,抑篇页有脱误耶?再《钱氏济美录》二本略中,乞一查共几科,如明末诸公,若中书公、真长公、倜庵公诸试卷,似乎册内无之也,此本恐各房亦无有收存者矣,吾弟前寄京各诗集,现在均一一摘录,年来尚有看见诗集否,有所见即飞示一字,何啻百朋耶?戊戌新岁三日。

其二(二月十九日,3月14日)

杨竹史带到嘉平十六日起至廿三日所作之手简,慰悉一切。弟肝疾又作,甚念,甚念,服厚朴等温通之剂,亦是治标,未免伤本,愈后益宜万分将养,伏案久则气滞,是占毕人通患,而有肝气多疾者尤苦之。中年心力,不可不樽节爱养,所欲为者,次第为之,久自见功,且勿欲速也,文端公所谓:“不怕狠,只怕准”,正是此意。

弟跋廉江公遗诗之作,洁净可录。适合云云,拟改“凡七人,遂以‘竹林’名其社”。而文园公既有如许诗在内,亦宜酌补数语。《万竹堂诗集》流传不可多见,闻有刻本,戊寅兄所得,有残破二三十叶之写本,乃是丁亥及戊子年之诗也,内有寄我文端公一诗,云:“玉堂人物羡冰清,此玉堂字乃是品题之语言,勿泥。侄慰堂前教授情。”词气间似公尝开业焉,跋内不必及,聊为弟言之耳。《诗汇》自限之期太速,及今功甫三之一耳,大约三十卷内外,末附诗余二卷。有词亦望寄来,此间只有《江村买花》也。《碧云词》如何,若《江村词》毕竟有派头,甚好。廉江公诗,求即寄,此时正钞到此卷也,兄处所有遗诗,今钞一目寄去,以凭核对。《四子合编》当即付钞,录竣即寄还也。秦南公诗已为至宝,巨源公时代稍近,而自药房公以下,未尝问及之者,忽得此,亦天幸也。本之可与言,拟即寄示之耳。兄自京宦以后,久无所得,弟网罗旧闻,厥功不小。至修谱偶有疏略处,独力苦心,岂无一失,来信何词之抑然自下也,可敬可喜,更加修订,随时记于本上以赠后人,亦大功德也。昨读郑太夫人补末传,似侗庵早已归宗,不知他有可考否,亦偶然见及言之耳。《秦溪渊源录》现在不知如何体例,便乞寄知。

淡如甥久不得消息,今闻归来,甚慰,作本色人毕竟站得住,而处贫之道,亦不可不练习本领,所谓民生在勤,勤则不匮。今欲行医,不知手段如何,此间汴中良医实不可得,但此道从来不敢轻荐,因关系重大也。若遇事习学,原不必定何行,当即如家乡之收租,其诚伪工拙，相去天渊，果能精明于帮助东家，非精明于私橐，岂不人人欲得之耶，今不知淡如老实中能精明否，乞示及，如果出门阅历已久，略有应事之才，当为想一出路也。

《临安尊经阁记》春内必成，《学海堂二集》杳然无信，仪征催粤人，犹未得也，《说文》段氏工夫最深，此当看之书，卷帙重大，或择要看之，二徐万不敢望也，但穿凿亦不免耳，此用功深者，即用心太过，自来如此，不足为病。兄之《文选字类》并未成书，《碑传集目》现交英儿重编，俟请托当钞寄，《听松楼稿》带去一本，此内亦有误未改，故不欲多为流传也。朱卷在京刻，有不妥处。一般历吾弟处，不可不求教诲，勿多示人，为属。戊戌二月十九日。

其三(八月廿三日，10月11日)

弟文寄看者，近在二三年，远或十年未看，今乃竭两日之力，看出十二篇寄还，旧作简净，近有数首，淡而能腴，此是欧、曾以来文学真消息，盖吾弟至性过人，又得力于静者，久非兄所及，更望和平其心性，畏慎其起居，以延年益寿，进修不已，卓然自成一家。可信。戊戌秋仲廿三日，阅毕并识。

道光十九年(1839)

其一(正月四日,2月7日)

四弟足下:两奉手示,得悉一切,寄到先世遗稿,俱照单收明,惟前此信中有廉江公《纪事诗》二十首,未得寓目,乞属淡如甥录出后,便寄汴为感,又苑风公诗亦未见也。兄去年欲定我钱五百年之年谱,命英儿写次,仅及明代,此一月覆加审定,已到乾隆中矣,拟至丙戌刻族谱而止,其中遗闻轶事,颇有证明,而家风之升降,言外可见,足为法戒。惜近日事多,心又不定,不能昕夕考纂,速底于成,然今年必当粗具一稿,以俟后定耳。《曝书杂记》,实事求是,又能时见至性,兄读之甚惬意,昨饮钟泉斋,已赠渠一册矣。《喻[①]林一叶》,侪峤先生所辑,学士公亦同看,有刻本在兄处。恬斋所辑稍多,曰《喻林一枝》,此字须改。己亥端四日。

其二(三月三日,4月16日)

大兄大人、四弟今赐览:自正月下旬至二月末,已四寄书矣,兹因韩春卿兄便,寄到新拓文端公联语三付,一呈大兄,一寄弟,一赠味轩亲家老表兄,此系仪吉旧藏,兰如兄为觅人刻于梨板者,神气尚不走失,试看以为何如耶?五百年之谱,先有明代四卷,亦未为定本,今钞出大纲,共二百数十条,其分法不暇录,且体例亦未甚定耳,照此款式,诸可想见,仰祈兄大人鉴诲,即寄四弟同刊定,有误即示,实深心

---

① “喻”,原作“榆”,据钱泰吉《曝书杂记》卷一改。下“喻”同。

祷。两院长幼俱安，今将开馆，诸生来谒者接踵，终日少暇，今年外县赴省肄业者，斋房两层大屋住满，并讲堂官厅游廊俱住满，甚且席地而卧，而各店赁居不能进院，及外县文到而人未到者尚多，老书办云："目所未见也。"其盛如此，则阅文亦更多，而精神愈不能固到，往负诸生远来之意，颇为可愁。当事酬应亦不少，费太守刻二曲先生《四书反身录》，中丞倩作序，甫交去而廉访又来求代笔，类此牵率，甚无谓耳，因便略及近状。三月三日。

其三(五月二十日,6月30日)①

四弟足下：月初交吴仆一信，到归德而箧中之物为术者所算，化为黑金，仍回便易银而去，不知月内能达禾否。兄日来稍暇，即辑次吾家五百年之年谱，于旧事时有证明，则胸臆为之一开，想弟正同此情味也。前寄到诗集各种，惜咏物多，叠韵多，则可以见性情者少矣，然题中往往获闻旧事，拜惠多矣。

廉江公戊子己丑纪事之作，幸属淡如钞一本见寄，为望。旧藏太常公与沈石山尺牍一通，近始考得，名谭，字石山，后为石云。沈为仪制公亲家，公女适沈启原，《谱》误刻"源"。有子曰自邠，官修撰，修撰之子曰德符，即作《野获编》者。弟曾见此书否？吾所自出之至体面者，不知近时联姻诸沈，是其一家否？早晚欲作一跋，而握笔遣词，意况大不如昔，可叹也。儿孙辈合早连镳北上，诵"老鸦无语守空巢"之句，辄为惘然。五月二十。

其四(七月初三,8月11日)

四弟、弟妇：大喜，昨知子渊入泮，子方亦试列高等，吾弟苦心教督，渐有大效，以吾宗近年局面，非后有实力负荷之人，将有不敢言

① 此信未署年份，据《衎石斋记事续稿》卷六《太常公与石山沈先生书墨迹跋》断定，作于本年。

者。负荷甚难,侄辈孝友诗书,互相敦勉,以冀昌我后人,是所至望。闻子渊尚未联姻,日内想有人议及,幸勿联姻富室,总以慈善人家闺秀耐勤苦而有卷轴气者,乃为上耳。论人材曰贤曰能,往往不得兼也,如子以贤为贵,亦无取能员耳。意到纵谈,弟当不为讶其无因也。兄诸妇亦是无意中所定,差免大谬,正愿弟之同之也。己亥七月初三。

其五(七月十九,8月27日)

北榜无名,切望南榜,此间见浙题名,正不知何日也。家运转移,自在人心之聚散,浮名非盛衰所系,举世所趋,兄亦何敢为迂谈耶?百泉先生云:"志于道德无人矣,志于功名,岂古人之所谓功名哉?则亦无人矣。志于富贵似无,然以今日时势,何处得真富贵请君享用哉?其实则志于吃饭而已。"此真一语道破,今兄一身漂泊,儿曹如此蹭蹬,真不知何以为他日吃饭张本耳。若云真起门户,此辈庸庸,何足语此?子渊获隽之卷,评数语寄回,近恙谅已全愈。二侄之号,兄本疑之,因向来取号太多,岂可一人包揽,不许他人父字其子耶?今乃知非吾弟所取,又承见委,自当奉送一枚,稍缓拟定寄到也。

廉江公记事诗,务乞即属程甥钞寄为望,《废莪》《灌园》两集,校录甚不易,近来又易心烦,八月内每当即不可耐之时,则读《穀梁传》,思《春秋》笔削之旨,差足排遣一切,盖临之以圣人之言,生其敬畏,杂念自退听耳。己亥秋七月九月十九[1]。

其　六[2]

清安老人之变,弟始于兄来信中,知患病不轻,续于京信中知之,

---

① 此"九月"或衍。

② 此信未署月份,据二女之亡以及清安老人诸事暂编于此。此为致其大兄钱希宪之信,四弟为钱泰吉。

不胜凄痛，闻五弟同两弟出京，狼狈异常。此番似不得不即出京，迟则债务逼迫，不能行也，然稍迟自须张罗，非京中要函不可，又不知何以处之。五弟幞被以外无一物，虽西华葛帔，何以逾此？到家更作何筹画耶？弟欲语甚多，而捉笔实无片暇，稍迟再寄信平湖矣。二女之事，实出意外，病象与其母略同，而寿更不及，幸有子耳。弟初得信，自然难受，然父女远别，末了一着，非父哭女，即女哭父，世界苦恼，大抵如斯，何敢有所怨恨耶？远蒙兄大人暨四弟连札劝慰，手足情深，垂念谆切，弟又何敢不自爱惜耶？此女实贤孝，性情之原似其母，而明达过之，然亦同归于尽耳。所以有一等人，一味横行快意，固不失为达者耳。己亥。

其七（十月初二日，11月7日）

大兄大人、四弟同赐览：此“赐”字并非与弟客气，统于所尊，礼当然也。前月二十边，由祥符寄弟处各信，未知能如前之妥速否。英儿、荷儿、梠孙廿五到汴，即令大儿写子仁侄所要苹华同年之信，“苹华”之号，子仁误书“蘋花”。并子明兄弟所要汪太守之信，而清安诸弟凄苦之情，日在念中，每执笔作伤心语，辄不能竟，今日千气万力，始能写成，一总寄至四弟署中，请先为看过，即寄大兄尊前，敬求兄大人即为分寄，是祷。

昨吴小枫处便人带银十两，未知已到否。沈兰生疮，到此即不动，养病数月甫愈，到吴宅又发。小枫给盘费，令其趁黄河船而归，初一起身。绎之带有家信，兹不另寄矣。绎之一切谨慎，遂长者之教，大兄、四弟均可无念，其经书每部首尚能熟理，中间即渐费力。翟、杜二师，北方口音，背书亦不免费力，然未尝不背也，但所背未必靠得住耳。昨小枫云“我能教他”，初听之似乎可笑，然细想极为有理，盖此间本地人既极劣陋，且口音不对，即无以为启发之地，而南人之处小馆者，亦未易得，且皆存客气之心，已娶亲之大学生必不肯严为约束，即袠城之从翟师，此番先生中了一盘，功课全行荒废，可见托人之无益。我说小枫处先生甚好,因听见渠家学生读书,字字分明,小枫云:“此我所教,并不关先生事。”验之果然。小枫无事不结实,况本有学生在彼,即其现所教学生,字字分明,似乎绎之有所不及,是以前日公商,大约冬内即在吴宅读书。仪吉自当随时用心关照一切,兄大人及四弟来书,皆屡屡言之,故以奉告。已亥十月初二日。

其　八[①]

月前于兰如表兄铭处,得沈观察公《居官内省录》一种,似可刻入蒋氏丛书中,以广其传,吾弟以为然否?款式须改正,应指写者,一概顶格平抬。兄拟作一序,续寄到也。《尊经阁记》已成,稍为点定,年内必寄无疑。

其　九

四弟足下:昨甫由邹松友九兄处,加书寄一信,兹有的便带银二,书寄大兄处,其人不到禾中,是以托其带至弟处,银、二书同在一包之内,并外一信,又李一件,乞即转呈大兄收明为荷,匆匆不及多语。

“溥”之义为“广大”,字之自应收敛向里,乃合古义。《中庸》溥博上文,好字面极多,兄意或作子密。朱子诗:“旧学商量加邃密,新知培养转深沉”,此学者所当时时在念,从此扩而充之,乃足以称广大之义。弟以为何如?已亥。

---

①　此信未署年月。《尊经阁记》作于道光十九年十一月,详见《衎石斋记事续稿》卷一。又据道光二十年二月十九日“去冬作文不少,即《尊经阁记》亦早在箧中”云云,可知此信作于本年十一月之后。

道光二十年(1840)

其一(二月十九日,3月22日)

警石吾弟足下:前数日呈大兄信,寄弟处转交,因便寄还吾弟大文一卷,稍附管见,未知何日到。兹因有要语寄充泉一札,又寄弟处转交,因附拙作二首请教,务望加之削正,他山之诗,不可无以为报也,盱望之至。

去冬作文不少,即《尊经阁记》亦早在箧中,近来见解,自然比前稍进,而手笔则老而益弱,是以有作而不敢遽出者,如张积石《句容修学记》,去春清本,至今未寄,幸渠不来催,即拟负诺,犹为藏拙。许夫子志铭,屡改不定,昨寄蕙塍者,转是其初本,因改而未妥甚众,恐蕙塍急须,此夫子之事,不敢耽误,只好如期交卷,而初本尚明晰,遂以寄禾,今犹悔之。《阁记》一出即上石,是以迟滞愧赧而不敢出也。

今所寄二文,前一首以中丞伯父行状,"不能稍力先祀"此数语,而"一生清节,晚年居贫,写语录文字以养心",其大致亦略见,盖记事之文,事明而止,非横发议论可比,是以交卷尚易也。后一首是旧作,尚未尽忘者,是学震川一派,然震川之文,愈淡愈远,词不多而情味甚厚,此岂末学所能仿佛万一者?亦以此等题,即系震川题,不能不如用意用笔,而鄙见学震川固应如是,若求简洁,至于枯槁无用者,不可为善学,弟以为是否。

写至此忽忆及一要语,当禀明大兄,即乞吾弟阅后转禀大兄,不另纸起草矣。弟欲为儿辈求亲□家结一姻,以为亲情往来,维持稍久之计,怀此念久矣。前在京晤式如观察,曾问其子女年岁,时式翁河道太阔，亦未敢遽定，自与兰如兄盘桓，亦常言之。去年始谈及式翁有女，年十五矣，并知式翁身后，德配五氏姨，二大妈之妹。善用钱，早已罄尽，而姨亦亡，如夫人崔氏，谨严有见识，沈氏颇推重之，女即其所出也。因恳兰翁寄信竹墩，为袺儿求亲，新正已见兰翁之郎来信，云："随后定见。"即寄信欲托兰翁在汴就近主婚过帖，大约可成，或沈氏有来禾问信亦未定，谨先禀知大兄之前。

凡为儿女昏姻甚难，而娶媳尤重，袺儿蠢然一物，此间亦有提亲者，实未敢率尔以应。去秋梦醽令爱，莲翁自出主意言及之，梦醽颇以为可，其时已与兰翁谈过，弟意欲得老亲，尤为偿却数十年之夙愿，是以属莲翁覆以俟竹墩回信再言也。充泉之女，说亲者系二世兄之子，丁酉举。初生在楚抚署，稚翁即寄兄知，八月初三日也。兄以先学士公生日及阿文成公生日答之，属其善为保护，后来命名，又是兄之手笔，曰庆夏，岂知当为吾家婿乎？凡事有一定缘法，大抵如是，静而观之，极有味也。庚子二月十九。

其二(二月廿二日，3月25日)

警石吾弟足下：今年屡发信，皆执笔而乐，又极窘，乐乎与弟笔谈，窘乎《尊经阁记》之未成也，今日则有乐而无窘矣。《记》文别录上。首句"山之阳或阴，或左或右，或巅或麓"，次句"前临下，或冈阜，或城市，或别有新异之物"，弟尝登阁，为我点定之可也，但不欲言塔寺，此《记》阅三年之久，二千里之远，郑重寄到，乃其拙如是，虽云不窘，亦不能不窘也。幸有吾弟先为刊定，再呈岱翁，此又吾之所乐耳。

五百年之谱，现写清本至康熙年，然是兄之规模大意，英、枏父子笔之书，欲从头审定，而凡应检之书，又皆在儿孙处，偶定一二条，实未能即录副，此须夏间赴试者去，书俱搬回，乃可勘定，日内拟先将提纲抄一册，似可寄至，然亦在春杪，勿急盼望，心悬之不安也。正谊堂，此间所藏甚少，照此刻汇刻书目，将为见全书者所笑。往在京曾睹一部，去其复重，约增多三十余部，议价已定，欲现钱不得而止，至今悔之。《碑传》之目，从前淡如甥写一“归”韵之人名，后来续添甚多，拆开重订，而又拆开，目亦涂改，杂乱之至。去年所钞亦数百纸，儿媳辈皆效力焉，至今尚陆续钞誊，未有已时，良工不示人以朴，况工之不良而朴亦未成者乎？今吾弟欲观之，原无不可，惜道远而欲清出一底，属人钞则无此暇日，盖一家汲汲于所著辑者，头绪甚多，笔墨日不暇给。兄衰日甚，亟欲观其成，意绪如此，勿以为讶也。亡女之事，不敢着想，冬来为人为己皆有作，转不及此，实怕伤心，并他文亦不成耳。所示三贡公讳士琛，其名无误否？《银管录》，明人为多，无陈君，今所钞者名士矿，文见《拙老人集》者，考其时则合，闻其地则非也，而从前以此陈公为廉江公友者，实有所据，至今想不起何书，可恨之至。京寓各省志俱略备，此则无之矣。所得晋藩《元文类》，是大字否，兄藏本尚在京也。《学海二集》，总未见寄到，粤士久无信，日内将从春明公车者寄询之。竹村《仪礼》是家学，贾疏粗略增订，不难也。《诗》疏最精，硕甫所以敢为之者，小学工夫深于《说文》，以之订《毛诗》之训，故差可耳，不必震乎其名也。《礼书通考详节》皆可看者，然陈用之说经，不是从源头上来，但取其一事见诸经者，荟萃一处耳，然又不如看《五礼通考》矣。凡讲一事甚费心力，至极繁琐，而终至明白，则此工夫乃不为徒用，若东西缀辑新语，似乎无所不有，而实则一无所有，即《通考》所编各事，已不若本史中之源头清澈，盖皆有一时之风气，一时之时势，看了全局，虽难而易记，若更节之，则只可为策料而已。今说此，似乎大言，其实明一事，了一事，古来事势大旨，亦非甚难明者，而经中之大疑义，亦并不多，得一本以贯之，总可通，如《说文》者，虽甚繁而至捷，今又在考试，幼辈又以墨卷为急，兄之言亦非一时之言也，留意及之可耳。今又撰《阁记》，就鄙意居今日读书者当如是，不知岱翁合意否，祈示一回音。盖交卷既甚迟，则交后之皇皇然，又情之所必至也，呵呵。于公修志，若不派钱，则工拙迟速，始勿论焉，原不必以史笔望之也。若派钱则歇作矣，何如？至《钱氏家传》，则切望吾弟秉笔，兄恐无此力矣。或为全书曰《庐江钱氏家传》，即兄所已为者直钞入,亦是班马旧例也。

拙集将来欲称《星湖居士集》,天星湖。首卷《进呈诗》一首,下则诗集某集某集,次则文稿某稿某稿,次则《皇舆图说》,次则《钱氏年谱》及《艺文略》,《祠祀略》终焉。或未即死,他杂著有成者皆列入,如《续良吏述》《台湾郑氏始末》之类,而目录之前,门人有能依《谢山集》,前为《世纪》一篇冠之,尤善,《纪》中可不必多及前人事迹,但云具《年谱》中。大致如此,亦不知有日遂愿否。信笔涂鸦,意到即书,亦可知其甚乐矣。庚子二月二十二。

其　三[①]

昨日斋课。"对曰有政子曰其事也"九字题,顷见一破题云:"贤者不敢讳其实,圣人亟欲正其名焉,凡孔门弟子,有过能为斡旋最事佳事",亦为妙文。子方、子密,以此生所见为何如?以前各加课正课卷俱发出,清闲无事。沈泊泉来,双湖司勋甥,而同姓,以司勋一本王氏也。托其料理衣儿聘妇之物。泊泉去而早饭,于是听蛙语之公私,酌狙芧之朝暮,容谈既终,书亦发遣,倦而就枕,读欧公文数首,栩栩然化蝶飞翔。有同游者,绿衣锦缘,翅若燕尾,其即可读书斋所放者耶?"前后惟斯二十余",字字为谎语,亦梦语也。

觉来日已过中,答莲溪、河朔书已,晚饭时矣。饭毕,取沈司勋诗序,将改定之而吾弟书至,读之忻快,不可言喻。所示郑太孺人之葬,始离而后祔,兄未之有闻。晚香翁所记云何,祈即录示。青龙桥与药圃为二地,兄固疑之。忆从前同卫大兄到青龙桥,似出齐家桥不远,而药圃则在化城矣。而谱中各从本文书之,胸中实未能了晰也,亦祈示我。

① 此信未署年月,《尊经阁记》全名为《临安儒学重建尊经阁记》,写作时间为道光十九年十一月,详见《衎石斋记事续稿》卷一。第三十二既云"《尊经阁记》亦早在箧中",此文又与泰吉反复商量,足见此首作于泰吉接到第三十二通信之后。

至永州《奏疏》，在丙午，距外艰尚有三年，旧注即未核其由来，亦可不必记录耳。此谱之作，必须请教于族之尊贤，而吾弟与本之尤为文献所赖以维持，于我先人遗文轶事，见闻尤博，考证尤精。去年早与大儿言，一脱稿即钞两部，一寄东海，一寄西川，请为勘定谬误，补其阙失，且意在六十岁必成此谱，即付梓人，以了一生心事，无如作而屡辍，写而屡改。现在清出之本，兄随看随动笔，涂乙点窜，非旁人所能传录，此事恐非今冬无以报命。而钞晋之赀，固不必计，正若不能付钞晋耳。《蝶诗》可以传诵，两侄斐然有作，可喜之至，罗浮蝶种甚多，方妹以匣赠余二枚，满匣，亦非甚大，最异者翅有玻璃一块，左右同。圆如小钱，有重缯之厚，映字了然，实是玻璃也，非目睹必以为工矣。蝶下子如蚕，不知饲之之法，不能成蝶，罗浮人习见之，则煮其茧，得丝为绸，程乡茧绸之至细而柔熟者，亦蝶也。本地每端十数番钱，欲买未果，外路大约未有真者矣。金正希文曰："文采不庇身"，其斯之谓与？

《记》文"阁于安国山之阳，遂改。前詹锦溪而俯泮湖，原'临'字与'俯'同意，此处只宜接单句，故加一'而'字为一句，'詹'字用《逸周书》。中祀前代经师之遗于两庑者，若河间献王、陆贾以下诸儒，皆以时荐馨"云云。"此吾友金君岱峰，能于其官稽古，表微创意，殚力以成之者也。此二处所改，似于岱翁本意已明白矣，不知是否。君为教谕，始议改建，出奉钱经营之。原本'率'字，今亦无用。不足，则典衣啬膳，不征他财。"读来信，知岱翁独力为之，尤妙，此必须畅说，无庸含糊。自"丙申云云"以上所改，祈更请岱翁审定之，有商更俟可耳。结尾数语，亦须商否？舍地者，何人也，他尚有出力之人否，如有斟酌，更详示一切。士承其教者上文"多士士誉"诸句，皆删去，此处添一"士"字，以应第二段"士林矜式"，句法较密。毋区时代云云。

"阁于安国山之阳。"山名请岱翁定，所谓"主名山川"，非耶？一笑。"前临泮湖。"弟信云"广数百亩"，想是湖之近于泮宫者，固有是名，是在学署之外否？若在学内，即泮池，或非泮池亦可，而"湖"字较阔大，有些气势。"学南旧有楼曰应奎者,亦从其故。”楼名必有所由起,今既不问其详,而“应奎”两字,盖其意已在内,竟质言之,以归简净,如何?“其故”,前寄去本作“其旧”,两句中复字,今始看出,此天下之所以难也。

《阁记》改别纸写去,梅溪公自胜俗楷,将来求岱翁多寄墨拓数本,亦可转送能赏识之人也。此文述经学源流,不可为无见,文体尚未尽善,弟褒词过当,《三抚》《卖浆》二篇,非意为太仆而有合处。弟于此一路为近,其叙事虽实,而其运思落笔常在空际盘旋,六一《送徐无党南归序》、东坡《上梅直讲书》,弟可取此二篇常读之,当有亲效也。欧序尤妙,看其前后三层接应脱卸之法,步步周匝,字字细净。六经如天,诸儒之传注犹推步耳,推步未有久而不先后者,盖得其近是,已足敬授人时矣。大儒郑君于《诗》、于《三礼》,朱子于《四子书》,得圣人之意为多,他经未能也。窃谓《易》必虞,《左》必贾、服,《公羊》必何,故于叙郑学中略及之,未知不大谬否。天目山或去城远,或别有山,其若不雅驯者,但称大山之阳亦可,下句“大溪”,或作“清溪”,劝乐用赵台卿《孟子》“某氏舍地为基,乞书其姓”。前示节略,所偶然不见。文中应改定者,吾弟不妨细看数过,为斟酌之,再请岱翁鉴削。丁敬礼曰:“后世谁相知定吾文者耶?”万望直示熟商,乃可付贞石耳。偶阅姜西溟《兰溪尊经阁记》,乃敢出此文,然彼亦不幸而传也。

其　四[①]

弟与两侄夜读《孟子》,父子一室中,诵圣贤言语,讲求义理,雍雍肃肃,此等气象,我先世本如是也。昔廉江公省觐西安,半完老人送行诗,有云:“问义惊旁舍,寻吟侍板舆。不妨为醉舞,时博一轩渠。”所谓“问义惊旁舍”,试思是何义耶?而金兰之衣,嬉戏悦亲者,尚为余事,此承先启后者,是何气象耶?文端公集中,不独“母兮儿饥”之乐府,张文敏所谓“云礽展卷焚香处,此是君家七月诗”也,即《四妇

① 此文未编年,但言及《庚子生春诗》,是书刻于道光二十年。

词》一首，自来诗家无此题目，公为之而且存之集中，试思此何象也！

安庆公外任事剧，而教戒诸父，屡见遗墨中，即以癸巳清明骆驼湾寺分体赋诗一事观之，当时气象何如也。吾与弟皆不幸早岁失怙，承训之日无几，今亦惟赖读先世遗书，想见万一，勉力尽心，教子侄以读书循理，心地中有一片蔼然仁厚意思生出，即可为自家一生立命处，保家室，有子孙，亦必原本于此。科第仕宦，未得，思之徒劳；既得，副之亦不易。非敢薄之也，而实不足为轻重。秀才背考篮，但素位而行可耳，不必以此扰扰胸次，妨我读书之乐也，后生小子亦何能及此，然不可不存此意，徐俟有得，则至乐存焉。兄率儿辈读书，矻矻有年矣，自来大梁，家人散而重聚，妾妇辈益相敬爱，大儿年长，于道理稍有所见，近年同读遗书，讲求先世文字事迹，亦间经史大义，我父子间实有安贫之乐，目中诸公衮衮，或未有此耳。五伦在门内者三事，父子有亲，夫妇有别，长幼有序。必有亲而后有此父子，否则父不欲有是子，子且心非其父，何以为父子？必有别而后有此夫妇，否则夫不欲有其妇，妇则诟谇于其夫。必有序而后有此兄弟，否则不友不敬，于是兄弟夫妇之道失，而父子之道亦若矣。治家之法，所当兢兢业业，朝夕不忘者唯此，所以读书者亦为此，弟以为何如？并告两侄，共记之也。

兄教院中诸生，亦不敢以揣摩时墨误之，讲文字只是命意有线索，遣词须经典，而局势句法，皆凡学文者不废，不仅时墨也。而一切皆原本于命意，意必生于义理，则亦讲义理而已，何他求焉？前日阅一文，有《易》理，息县秀才李百龄也，召与语，果深于《易》，年四十矣。昨请其在果行堂讲《蒙》卦、《泰》《否》二卦，略能通程朱大义，诸生少年英俊数人旁听，即令笔录其言，虽所得不深，亦欲诸生明白义理而已。长夏或能作此会，写出讲义数十篇，可以裒为一编奉寄是正。

今早得新野一生孙广识，十三经全读，《周官》《仪礼》皆一字不删，其堂弟孙广心去年副榜，称其兄如此。在乡处馆，明日可来，尚欲与言读《仪礼》之法。中州人才，北宋以前极盛，今则衰凝矣，其病在不读书,而以时文弋获科名为读书,所以愈无读书之人,而人材不出也,但愿在此数年,目睹数人稍有成就,我心乃可自安耳。省中官场应酬多,而亲戚朋友之间,亦时时有之,家口繁,亦时多疾病及杂碎之事,兄固不暇悉问,儿辈均不甚闲,大儿尤当繁剧,以是今春来写谱,不及去冬之绵密,转瞬四月底,又须束装北上矣。外文二首,求叔父教训,亦可见其间气象,略与弟处仿佛耳。《生春》已刻好,书厚,俟稍缓再寄,此是游戏之笔,不足道也。绎之得严师,书渐熟,亦略生文理,大兄云"明年望其出考",或可赶上余否。

其　五

前数日奉书,欲以兄旧时小札,录为一编,自惟所见浅陋,即定心积思,造作学问之语,犹恐未当,况随手涂抹,意到即书,何可为训?吾弟之爱兄,一言难尽,即此一念,虽以坡公旷代伟人,犹不能得之于子由,况区区末学,何以得此?在弟不嫌过厚其兄,然恐遗笑艺林,切须慎重。弟信向多收存,而舟车南北,不无遗失,今检得十数通,拟摘抄手寄,随时递到可也。英云:"京中旧信有带来者。"日内再令细检。兄近年所留存,皆书法可爱者,转不甚留意信中何语也。读札中谓"千里如同室",为之心动,实是如此,如此而不能定同室之究在何时,岂不可叹?

季世兄号仙九,清刚而和平,明察而密致,山左一任,美声达于大梁。兄与仙九彼此关切有年。《夫子家传》一首,在粤时作,因中间"大乘"一段,大乘者,教名也,事连衍圣公府,幸而昭雪,其煅炼狱成,甲乙数人,文内亦尚有所讳。未知无误否,故未入稿中。去年大儿进京,令其以此稿面质仙九看定,将来拟续刻,并以兄之诗赋经济,侪翁评阅之本,求仙九题识数语,以我两人同受赋学于侪翁。仙九议之,旋奉使出京,至今未有回信,然实文字道义之交,不以形迹为亲疏也。上奉慈闱,想必安舆到浙,弟相晤之际,必然投契。至旧事,渠未必知,而王夫人下世亦已久矣。郑诗跋尚未细读,似觉稍繁,然文体已成就,如此似亦不妨,而年分则不必缕缕,有若覃翁述宗伯公论诗,所谓一岁行运者，前贤集中亦不多见，若《出师表》云“尔来二十有一年矣”，则满纸是泪，不可得而学也。

兄今年为诸生添功课，每月须多看七八百卷，尚不止此，且有讲经之集，今寄此回信，或迟数旬无信，勿讶也。庚子廿九。

其　六[①]

四弟安好。顷有语寄大兄处，仍由弟处转交，即以大作一册附去，即代信函，不另写，以事冗少暇也。季仙九督浙学，其品其学，其考试之公正廉明，周密敏捷，在山东人人称颂。当为前人之所不及。兄为乡人喜，尤为甘泉乡人喜，缘自壬辰后，未与通书，故今亦不更作。前此困于公车，考取国子监学录，迎母京居，问我：“做京官当如何？”我答之曰：“志士不忘在沟壑。”惟仙九乃可以此言进。《曝书杂记》，不妨请教之。

其七(六月廿五日,7 月 23 日)

旧作一首请教，此段缘起，因镜堂中丞来谈：“近来士习日下，焉得有朴学砥行之士？”因告以在粤有吴老秀才之为人，镜翁甚为想慕，即录此文送看，弟与此间官场，皆照此格局以为应酬者，如此而已，如某方伯是讲世路应酬者，我所不能也。适值我家看蚕，方伯来，即与之谈蚕。顺便多钞一篇，请大兄教训，四弟针砭，未论此文如何，先请教其人如何。序中议论，近来汉学诸公闻之，必大怒。至弟前评晋人云云：“兄文中有远致，实得诸晋人。”此乃骨髓中事，而弟能知之，兄方引为知己，必不为歪嘴上人所惑。若当落笔浩乎沛然之时，则不知有汉，无论魏晋，固

---

① 此信未署年月。信中“季仙九督浙学”，季仙九即季芝昌，为浙江学政在道光十九年，详见法式善等著《清秘述闻三种》中册，中华书局 1982 年版，第 783 页。又据季芝昌《丹魁堂自订年谱》，是年正月十九日外放浙江学政，三月到任，八月初一日，母丧丁忧，详见《北京图书馆藏珍本年谱丛刊》第 144 册，第 551—553 页。

非时代所得而拘也,呵呵。庚子六月廿五日。

其八(六月廿六日,7月24日)

仁斋父子啖土薯读书,至旬日之久,予所亲见者,尝往访之,貌充愉如常,欲稍佽助之,竟不敢言而退。曾勉士曰:"观仁斋道德气象,天必佑之,不于其身,必于其子孙。"余则谓是能全其天者也,其养生也,不可谓不厚,彼酣豢于富贵者,直自戕耳。勉士甚韪予言。

此序作于丙申之秋,昨与镜堂中丞论士先气节,因及仁斋之贤,而以序质诸中丞,并录一本寄回弟。异日过中丞,所署按察步君在焉,中丞迎谓予:"吴生得佳序,可以不朽矣。"此亦酬应常语耳。顾按察,乃曰:"星湖前辈在粤心许者,其人老岁贡,吴氏岳名,鹤山人。"因道其言行踪迹,举序中所言甚悉,予乃窃叹:"中丞乐道人之善有如此也。"即记之,以语吾弟,且告子方、子密兄弟:"少年闻人嘉言善行,当谨识心胸间,存而勿忘,久乃与善化,获益无穷;若闻人言某也才而巧,某事得财利,世俗多忻羡者,亟掩耳走,勿终听,舜跖之分,如是而已。"此纸乞属人录一章寄回,欲留拙集中,似足当家训一则,弟以为何如?

予去粤时,属祁大司寇三事,仁斋书院其一也,三事皆不虚。仁斋似乎得馆二年,戊戌以后不知矣。仁斋子二人,长文起,某科副榜。予课专经十人,文起最长,所著《大戴礼广义》,予录其略,入《学海堂二集》。次子某,廪膳生员。

镜翁去年和予诗笺,有"半日静坐丘",因告以我钱之家训,并述安庆公联语。镜翁甚叹服,因言偶暇即静坐,每日行事,所说言语,静中始自知讹谬,不静则竟不知也。镜翁之贤如此,实为可佩,惜乎寮寀中无同志也。庚子六月下旬六日。

其九(八月十一日,9月6日)

前于六月十一日来信中,读悉吾弟连接兄处四信,以为盛事,因此振衰起惰，仍逐月寄信，以副吾弟望信之意。至弟频年旧信，检得一大包，俟儿辈回来，分手写寄，因此亦时时案头有吾弟之信，但太旧不新耳，呵呵。

柯本《史记》，英儿来禀云："即可检交莲翁带南"，此已为英儿之书，它日校毕，遇便掷还之可也，然黄律口亦是黄律口也，从前有人言此，与王文恪本同，未知是否。前信所云吴孟举，本是孟举，"时"字误也，惜不早闻之，六月内，充泉为修改《记事稿》之板，未及此条也。堧城丙舍诗中，有"停柩西箱"语，旧家寒素之况，往往有此，然不欲流布于外，故去之。《木门行》"姿颜"句，疑有误字，是以未录。麓台收藏，亦常它处见之，从前有人云："安三是天津人"，亦谓是麓台之家，不必即其人也。盛门中忽有败类，北方之或为士大夫，或为斯养者更多，此固不必致疑也。翁庄感旧，并无所考，不过故地重来，深情独到，故喜读之耳。岱公湖上之叙，其乐何如，愿闻之。《阁记》续定之语，惬意否乎，老兄如尚有所商，不妨直告。古文家喜自撑门面，似乎字字皆有意义，鄙性颇厌之，不敢效尤，非徒为岱翁之不可拂其意也。仲论奖许过分，闻之悚息，至谓考据另编一集，真是爱我之深，盖欲跻我于文人统系中，或参末座耳，今亦未能自定，再读数年书，且自揣如何分际，再为斟酌可耳。

汴人读拙稿者，亦不得多，惟苏明经源生亹亹不倦，昨出场，即来谈某篇某句何意，并问所疑，苏今年所作亦不少，皆记事之文也。我意文字与言谈一般，且自靠实做去，下笔究以简净为主，随手之变，难以词逮，至于自成一家，出神入化，尤不能以意见求之矣。子曰："我欲载之空言，不如见之于行事之深切著明也。"行事，即《春秋》之事，然则假事以见意，不空泛说理，尚不失圣人教法，弟以为何如？庚子八月十一。

其十（八月十一日，9 月 6 日）

下笔欲求无误，人之所同也，考其所未知，证其所已明，只求免于谬戾而已,若矜博喜新,此是考证家自生之荆棘,不必学他,亦不必以此病考证也。吾尝谓初学入塾,一画不能认作二,两画不能认作一,定非考证乎?今于众所不误者,惟恐其误,而亦欲考之于众所不知,其误否者则听之,曰"此不必考据",此岂得为儒者之用心乎?孟辨伊尹、百里奚、孔子之事,亦是后人考辨之祖,韩子"必先识字"之语,亦是来学金针。苏生文中,用"品学"字,我问他"品"字何义,又跋一书,有"原本"语,又问他"原"字何义,皆爽然自知其误,最可笑是程同川劾刘中丞,直以"品节"字作"志节"用,而今人和原韵者亦甚多,皆未之思耳。

苏生昨以《江村山人未定稿》钞本见示,内有《节妇传》云:"擗踊陷膺",此江村山人刘,名宗泗,国初人,其子侄辈皆能古文,我已得其三种,谓之《襄城三刘文集》,可配宋之三刘,此册又其未刻之初稿,颇有佳文,我以"陷"字为疑,已而思之,必"掐"字也,《国语》"无掐膺",此用其字,犹拊胸也,所以作文不易,读文亦不易,刘先生有知,必引为知己,此类误字正不可不考。若我辈作文,用一字必求其来历,即常言俗语,如字义可通,即俗亦雅,若字义不可通,即今人常用,固亦不必学之。弟校书自然常检字书,亦可以得益也。孟子之辨事未能学,姑师韩子识字,何如?侄辈读经,尤以识字为急,看礼书不如竟看《礼记注疏》,似难转易,盖一则精实,一则影响也,精实语有一句是一句,不必急求其贯串,而久自贯串,影响之谈,乍听似有意,久而无所得也。

兄近日因补钞河南前辈文集中之碑传,因将向来所集,欲重定一目,自七月抄至今两旬余,又棼如乱丝,而不可理,真觉来日无几,心力不足副之,将来满箧皆未成之书,以烦吾弟,则奈何?偶然说及,并非感慨也。河南文集,所见实多矣,胡先生,具庆,号弢峰。杞县人,粹然大儒,其慎独诸论,略近蕺山,其人在康熙间,平生有日记,数十年不缺一日,尚藏其家,裔孙传芬,去年中者来谒,知为大房六伯母之母家也,以辈分,孝廉是予表弟,弢峰弟兄辈有一房为嘉兴寓公,前年曾托兄访查，似已无其人矣，想翼翁亦未必知之耳。案头尚有一纸，即以多写一纸，为吾弟流目一快。又启。庚子。

其十一[①]

摹康节像，奉祝吾弟大庆，为“安乐”二字，可以永年也。因无画手，自夏徂秋，乃得之，急画成付褾，而褾手又劣，款式又谬，下幅不必剩纸，上亦嫌长。弟取其意，且以索诗于人，则可也。大红棉绸一匹寄弟妇，为儿女制衣之用。

其十二(十月十八日，11月11日)

大兄大人尊前：前月发两信，皆贺札也。大人夏秋间多恙，调理甫愈，叠闻喜音，慈怀欢悦，体次已大健否，曷深孺慕，吾兄大人志喜之余，亦多酬应，而报子必大扰，得无一窘耶？此处亦受累，粘缠五日，搜索廿余金而后去也。弟一月来冗甚，二儿回家，不暇作书，计此月杪必到，出月初旬，当侍左右，所事又必仰渎清神，不安之至。事竣闲居，务求严为管束，不许多见一人，多作一事，其应为者，弟别有条款付之，无事不许走开，尤为至要。此子性刚急，所以尤不放心，人之刚柔，本于气质，亦有难以尽化者，而陶镕归正，其必由学乎？若好刚不好学，其蔽尚有不止于狂者，世路险巇，不能不惧。大兄、四弟，其必以斯言为有见也。

汴中冬暖，日内颇似暮春天气，遥计吾兄此时扫墓归矣，弟松楸之慕，忽已八年，明年有愿，又不知如何。四弟今岁能同到否？庚子十月十八。

---

① 此信未署年月，考《警石府君(钱泰吉)年谱》，道光二十年十月，泰吉将度五十岁生日，故衎石寄邵康节先生小像，录康节《清风长吟诗于上方》，并跋语云云。则此函当作于本年十月之前。

其十三(十一月六日,11 月 29 日)

警石四弟览悉:兄以心绪不定,文字亦烦,久未寄信,前于稼知处,寄到手示,读之胸中块垒,兀兀不销。柳东已有信,似乎不睹也。事皆可愤,人皆可黜,左徒所以有《天问》之作也。吾弟有宿疾,近日忧劳,能不为患否,周旋左右间,人得同心否,皆朝夕念切者,便中寄知,并写前所索者,怍感幸奚如!此地塞河似易而凌讯垂至,恐今冬未必合龙,但在正月中犹可及也,而决河开城,须二十里之远,即以汉人筑长安城工力为之,亦须数年,究竟移省与否,尚未可知。兄甚望江淮间有一枝之栖,然亦难定,觅屋自应暂缓,且待冬春间,听消息若何耳。

近颇作诗,以遣忧寄意,味轩处有一首《得印诗》,颇可观。聊代萱苏。旧稿又加辑次,戊辰以前甫竣,得六卷,以后逐年加增,大约在廿卷以外,奉闻一笑,草草报平安,欲言无可着笔,破涕为笑,如是而已。吾弟养气功夫,正须于此用力,兄则为信天翁久矣,亦似较便宜于愦愦纷纷若而人者,弟以为何如耶?庚子十一月六日。

其十四(十一月十日,12 月 3 日)

连次寄贺札,想此时均到,前月廿九日,奉到手书,九月下旬所发,敬悉一切,两儿倖中,适值伯母大人慈体已大健,京报到来,慈怀欢喜,孺忱亦深快怍,计算绎之得郎之信,又接踵而至,益深同庆。至开发京报,其费不轻,蒙大人赏给,殊切不安,此间京报,用了二十四金又四千文,然十八到汴,已后于到浙一日,不知浙路远于汴三千里路,只消七日走到,真不知是何神腿也,呵呵。

两儿已回汴,现刻朱卷,弟信云:"丁酉履历多误,现在系遂照大兄手订之本",其先后次序并阙误,已改正不少,不知尚有误否。新添历任各衔,并外家科分较详,本欲兄弟同刻以省费,兰如兄以为不然,今仍分刻矣。英到此一刻不能坐定,苞则学字要紧,实太丑劣,不可不略求平正，非敢妄念也。此间魁卷已不见佳，北则尤劣，仅一寓目而已，弟欲付诸侄看，则竟以不看为妙，实话，非高论也。五坤老到此，始则雨多，不能出户，及冬处登门求售，皆一刃二刃还价，未免爽然自失，迥非三年前气象，真莫可如何者。坤老亦明白，惟有叹气而已，今将到内黄一碰，亦不知有济否。戋园家已付廿洋，渠感激之至，辰田所携《大衍》，计此时亦将到矣。荷儿日内正在尊前侍坐，吃好东西，可羡之至，大人必垂询一切，借以破寂，惜其呆大，胸中墨卷，无可运化，奈何？又未知何日到昌，诸祈教诲加严，以成就之耳。静翁恶耗，大姊自难为情，弟欲往一看，而日内忙冗更甚。季师母志文，今日已寄江阴矣。忙中强为之，屡易稿而仍多未惬。

仙九来信，述及吾弟，则云："警石之学谊，良可钦也。"此公未得久任，实可怊怅，非一家之私言也，欲语似甚多，一时想不起。《世谱》冬内又无暇着笔，奈何？信臣处阅文已有七人，子仁若已起身，到后自当竭力为谋，而信臣转不足恃耳。庚子十一月十日。

其十五

大兄来谕，"读书积善"四字，读之惶悚，当不起。读书则身心无得，积善更过恶多端。自今惟有益自勉于仁厚，事事先人后己，庶免奥悔于万一耳。丙午之秋，兄大人读书秋泾，弟竟未知之，从前曾听母亲言及，是时弟适患疟，闻报锣而截止，四岁之事，今五十余年矣，我家风水气脉，自然长远，而总觉太速，绵绵延之，思之可感，亦可惧也。

其十六

大兄来谕，今读一过，尚有应覆诸语，列于左方。寄来夏布三匹，并二扣线，俱收。四女禀谢娘姨费心之至，王三世嫂奠分二洋，自是应出之项，亦不觉其少。前冬三婿回南，弟属其访问，将谋娶妇，此是为王氏一线之延计耳。若齑盐风味，只好听其耐守，力能及之，或偶一及之耳,不值多用也。外祖母家,只三表侄一人耳,前接其信,文理尚早,是可忧也。兄以为是否?

菱洲没于蜀中,弟得信最早,因三表侄庆鹤妇率其子女依于母家,三侄之泰山苏人陈至清,闸官,而现又丁忧,从前虽养其女儿,实则蜀中常有贴补,闻菱翁亡,即厌其女,几乎请出。其女来弟处告急,欲公之旧同寅上司帮助盘费进京,不知菱洲与此处尽欢竭忠,闻其死也,欲求长太息者不可得,安望助其后人乎?且三侄若能养家口,早已接到京了,何待今日?再四劝止之。一面寄信三侄早为之所,此番英进京,遇四侄庆凯于邯郸,知赴蜀扶柩,蜀有两房子妇,又有一妾一幼女,老翁谬着也。闻保定稍有接济,亦不知长途能达否,无如蜀中苏公廷玉内升后,更无一人相识,无可为力,而三侄至今未有准信,云欲出京,又要弟包其荐馆,此亦必难预定之事。三侄妇则常来问信,耳根殊难清净耳,然三侄之子十五岁,颇佳,似乎有出息者。其女亦好,前来英有意欲为梠求亲,因令大媳请他吃饭,意欲一见,竟不肯登堂,事遂中止也。未几,即有充泉之说,姻缘天定,固非人力能强耳。

亲戚中又有李仰山之事,想兄处近亦闻之矣。万里之行,茫无措手,去年新娶之夫人回母家,两子小菜不肯收留,今在莲溪处暂住,然亦非常局。可见我辈交游,迥出流俗也。小菜应承帮盘费,已送而又取回,然公义所在,究竟亦不能不出些须耳。

玉山风景,三十年前,是何气象,一败涂地,至于如此。己未、庚申间冯府,壬戌、癸未间李府,今乃若是,不但宗伯公所谓"人无绸缎店之某家爹也"。幸而吴妹早亡,免此一劫耳。闽省光景日非,近日又以苛刻为能,翼翁古调独弹,恐难应合。我夫子伟抱高深,在门下三十年,尚未能窥测一二,翼翁不知能青目及之否。仪征或常通信,然以近事揣之,恐亦无足轻重也,奈何,奈何。子仁归试,自然望中,否则仍拟赴闽否?路既甚远,修亦不足为厚,此邦非乐土,能得小馆,依于乡里,上奉慈母,下教诸弟,自为得实际道理也,兄以为何如?继贤移居,我家竟少常守之屋,殊为长叹,而外来寓公,多系败坏风气之人。如直藩其尤也。攘夺我家居，凭陵我城廓，而我家贤子弟，转作失巢之燕，岂不可恨，可恨。然既有此举，又恨其不早为之所，水穷山尽，而后出此，情味可知矣。

四弟信中述及刚中、充泉，晓廷信来亦言之，然晓廷只说刚中不是，弟颇不以为然，原情本有可怜，况少孤失教，岂可一味责备之乎？安得回家与之一谈，看其如何也。稚圭处姻事，高已生先有所议，即已生之甥也，前已寄答四弟处，后又寄一信，不曾提及，恐前信浮沉，故再及之。弟能常寄信为望，今年信已不少，然尚觉其少也，千万至要，信到时，侄辈各振起精神，以待文战矣。盼望好音，努力努力。庚子同日又泐。

其十七

文端公题麓村高逸一诗，曩朱野云携图以示得传录者，图中题识尚多前辈负物望者，而野云乃曰："此安麓村，即安三也。"云得之某翰林之言，予固心疑之，而未有以决。安三之为故大学士明珠仆也，莫著于全谢山撰《姜西溟墓表》，谓枋臣有幸仆曰安三，势倾京师，如旧史之萼山先生者，枋臣之子乘间定于先生，请少施颜色，先生投杯起曰："吾以汝为佳儿也，不料其无耻至此，绝不与通。"安三闻之恨甚，枋臣遂与某尚书同诅先生，而望溪《记西溟遗言》谓，丙子同客天津，西溟自叹："少常恐为《文苑传》中人，而蹉跎至今，他日志吾墓，可录者三事耳。"其一即怒斥纳兰成德语，今作"性德"，此即谢山所本。然纳兰之言，但曰："吾父信我，不若信吾家某人"，初不言仆也。望溪此文在外集中，近日始出，二林记汤文正、李文贞事，亦多本之望溪外集，不知弟曾见之否。谢山文字，好为加甚之词，不如二林远甚。①

---

① 此页有眉批：望溪文记西溟三事，又其一则徐健庵之子东乡之楼落成，西溟名以"东楼"，健庵憾焉。其三则翁司寇宝林官少詹，时攻正詹汤公斌而攘其位，西溟愤为文，引古太傅、少傅之义以让之。

今日读先公文集,有《麓村五十寿序》,谓:“天津升为州,寻改为府,城滨海斥卤,土疏易坏,麓村以家财修城,经六寒暑工竣,制度视大郡加壮丽焉。”考天津以雍正三年为州,九年为府,修城即在升州后,更六寒暑,则麓村五十,在雍正十年间,纳兰成德没于康熙二十年乙丑,韩慕庐墓碑可证。竹垞挽纳兰学士诗亦在乙丑,是时麓村生才数龄耳,麓村之非安三明甚,深愧日日读家集,而于先公所交游踪迹,至是乃得其详,不可不亟告吾弟知之。

适新得周芸皋遗稿,有书安仪周事,述龙溪李凤冈之言,凤冈名威,戊戌翰林。曰:“仪周,异人也,名岐,朝鲜人,从贡使入都,偶得钞本书,不可句读,细玩之解,乃前人窖金,录其数与藏处,因求见明公,愿假金十万,不问所之,三年还报。明公曰:‘一时安得金?’则指所坐室柱请发之,得金去,至天津业盐三年,息三倍还报,又假金百万,发地再得之,去至扬州为商三年,报曰:‘倍之矣。’已而,仪周老,辞归国,明公留之府中,与共饮食。公曰:‘若异人,有异日。’[①]曰:‘非也,岐但知藏金处,请为公尽言,公自发之。’公曰:‘若不需耶?’曰:‘此公物,天以与公者,岐已得赢余,足自给矣。’”仪周好宾客,济贫困多豪举,富收藏,尽以书画归,子孙留者为安氏,然则麓村盖仪周之族留居天津者,而安三之不得为仆又明甚,今所见旧书画,有“安岐珍玩”方印,有“仪周珍藏”小印、六字长印,皆乃[②]天津安氏物。此信请大兄同阅,不另报。庚子。

其十八(十一月廿六日,12月19日)

四弟足下:廿二日得子仁信后,奉寄二纸,不知何日达览,前接手示,知尊体患寒热,不识即就痊可否,计算数日之间,即有大兄之事,

---

① 眉批曰:“有异日,疑系‘有异术’乎?吕卿谨识。”

② 眉批:“皆乃,疑系‘皆为’之误。吕卿谨识。”

惊吓伤惨。弟之心力，何以堪此，所患已平否？旧病不发否？每一念及家中景状，令人心跳神驰，不能奋飞刻下料理。绎之南回，大约月底必起身，然年内能到否，亦难定也。前信谕令荷儿摄代丧事，捧主跪经及谢孝皆代行之，《礼记》有摄主，朱子门人亦有此。并刻一帖，称“摄丧功服侄男制诵号泣稽首”，上有“谢”字于七后。年前先向本城亲友一谕，明春绎之再谢，似乎情理。即绎之年前到，亦不能即出门。周匝可无得罪于家党也，未知吾弟以为是否。

荷大愦愦，昨接其初一晚信，并未即夕回郡，何也？其嫡母享亭，亦一字不提。既为钱氏子孙，虽薄不可不勉为厚，虽黑不可不勉为明，父母之心，不能已也。祈吾弟严谕之，切训之，为祷。前欲留子仁明年在乐寿照应，兄处筹赠六十金，想弟已向子仁商之矣。连日思量，计无便于此者，绎之回时，即带此禀呈于老人之前，想慈意亦未为不可也。兄明年本定回家一行，大约九月间携大儿同回料理一切。弟处常寄信，至要，至要，实在想起家中事，心怦怦不安，时望音问，非寻常闲话而已。庚子十一月廿六。

其十九

痛哉，大兄之事，更从何说起。兄昨日得信，今日心中尚恍忽，一切不得主意，勉强修禀一件，并谕阿荷暂摄丧主之事，共二件。此却查过《五礼通考》，确实可行者。即乞弟看明，即日送禾，兄俟小枫回来，商量绎之起身之事，然实未能克期，三五日内，亦即寄信，先此奉达一纸，想弟到禾，相助一切，随后亦当有信来，今有至切一语。

欲留子仁在乐寿，明年老住一年，既可内外照料一切，并绎之回家，亦即请其看牢，在书室之内，导以孝思，诲之文学，庶几不致荒废，而老人慈怀，亦可稍慰万一。但子仁本有来汴之意，大兄前谕及之，然此间局面大差，许学使幕中已有七人，七人之外有来者，闻渠曾荐三人，而皆不就，州县既奉上宪少请人之谕，学使之言亦不必遂也。月初，兄所寄信，已及其概，来汴并无甚益，若可常住乐寿，兄当竭力为谋,总之六十金为式,必不虚望,想子仁至性至情,必可见允,且与从前三兄遗命,以两幼子属子仁、子干分任教导者。子干既馆平湖,子仁在家照看,尤为相宜也。此事自应请老人谕示,如到禾,乞先向子仁言之,止其出门。庚子。

其二十(十二月十七日,1841年1月9日)

盘谷山,在怀庆济源县,相传即李愿所居,出石可为砚,偶得二枚,以其一奉饷,又无便寄,适王坤老来说,其族子明日南旋,即以付之。坤老数月不遇,岁暮有垂橐之嗟,得此压装,亦足以壮行色耳。呵呵。弟仲冬初旬来信,已读悉,近日体次如何,想思甚切,时惠德音,勿懒为望。兄受寒小病,两日来向愈,早起晴暖,作此问讯,计到时又入新年矣,惟文字吉祥,以为遥祝耳。庚子冬加平望后二日。

其二十一[①]

寄来《书》蔡传之跋,是必不可少之学问,尝有志于校定宋元经注之在功令者,与仪征注疏记可以并行,而不见旧本,无可据依,弟能随时留心,将来五经俱得善本,功德不小。《墙下小轩诗》,音节入古,似高青丘而加以朴茂,惟"此轩之筑以奉母也"[②]似可于前后空句中易置数语,以补此义,又下有根韵,则前可作渊源,以免重出,何如?更七叶[③],似转有形迹,凡颂祝未有限以世数者也。

其二十二

观古方书,每药名治每疾,字字详察,知其为何脏腑,何经络与

---

① 此信未署年月,"《墙下小轩诗》"即钱泰吉《题梓庐先生〈墙下小轩图〉》(《甘泉乡人稿》卷二十三),据诗序可知作于道光二十年。

② 此句不见于钱泰吉《题梓庐先生〈墙下小轩图〉》中。

③ 据钱泰吉《题梓庐先生〈墙下小轩图〉》,"七叶"为梓庐长曾孙小名。

证，然后看方。推其用意之所在，勿卤莽，勿胶滞，得其大旨，随时可为我用。唐以前方，胸有数十百明白透彻，便可自制方矣。此秀才未能深通经解，然略知文字义法，方可下笔学文。自到汴教诸生读经，皆不能及，只可谈文耳，今与淡如甥论医，舍《灵素》而论方犹是也，然本原之地，仍须时时在心，脏腑经络，张介宾《类经》可看，此是《五经类编》也，得其腹背手足内外上下之大略，不必苦记穴道之名。虽陋，犹胜荒经耳。庚子。

道光二十一年(1841)

其一(正月)

弟弟清览：王坤老带去盘谷砚，何时到家？前交辰田学使携致康节小像并棉绸，渠到家中，即有事，又不知此时已送来未？吾弟仲冬初旬，病尚未愈，而有学翁之事，伤心力疾料理各事，两月来精神寝食已照常未，念甚念甚。学翁之事，真令人不忍置想。

今绎之已归，管教一切，自系我二人之责，然俱在远，且隔手招呼不来，子弟材难就，宗伯公诗已言之，况乎肃内政，御外侮，谈何容易！来信云"念及乐寿，殊不安枕者"，彼此正同，奈何奈何！兄初意荷儿可暂留侍伯母尊前，细想亦属无益，今子仁之局既定，自较荷儿为得力，今年九、十月兄必欲一归，彼时细商一切，天佑其衷。英儿得以成名，则诸事较可得手，今年春夏各种文字，必须一意整理出来，转瞬六十岁，心力行凋，恐不得成矣，而荷与相则两誊录手也，所以荷早早回汴，亦是正事。所有先世之诗及全谱，并重定《文汇》，若俱可清楚，初冬带到家请教吾弟，并奉扰壬辰冬天之野鸡，乃为至乐，然已失吾学翁矣，哀哉！

兄腊月病了一月，幸而自己明白些医理，然已为药误，后来服石莲而愈，然心力自揣，日差一日，所欲为者急急欲其成，而不能速成，此番养病不敢多用心，于是想一闲事，编次自少至老箧中所有投赠之诗，并甲戌、乙亥、丙子三年诸公同消寒会之诗，前后共得百数十首，现又想起家乡旧时承诸贤赠诗，并他处尚有可补者，共为六卷，亦颇可观，书之易成，未有如此者，腊月廿二起至此月初六日告成过年空五日。矣。序一首，先请教，欲语甚多，散见各信者，请先看之，余俟续寄。辛丑正月。

其二(二月初三日，2 月 23 日)

又许久未接信为念，去冬得学翁讣后，两信闻匝月未到，不知果无浮沉否。王坤老之弟，砚信已到未？此月十三所发信写与邮政厅转交，或云此不出两旬可到，然乎否乎。康节先生何日奉访高斋，想有佳作，乞寄读。兄近体尚好，又开读家集，此十日内看定《萝幄诗存》，似乎无负，然已阅三年之久矣，而《废莪》《灌园》二集，至今尚望洋而叹，奈何奈何！

英、苞廿六起身北上，同行者刘生克家也，生父为辛酉选拔，困于场屋数十年，生去年中了，老翁大喜，取棉衣及他件付诸质库，而赎出旧皮袍一件，曾见此袍，乃鞟耳。赐生为北上御寒之需，其贫如此，亦不送卷张罗，可敬之至。去冬兄病，生自陈留踏雪徒行来此问疾，身穿棉马褂、夹袍而已，可告子侄辈知之。兄为乞助司道，凑得一车价，然有去无来，因令趁儿辈车而去，此子英爽，又遭此空乏困苦，殆天心所欲玉成者，兄故乐于助之耳。戋园先到延津，大队同行，计二月初十可到京矣，两儿公车银前有信，令荷送呈弟处收存。儿辈欲随时敬奉庆余婶母，此是正理，但不必一时送去，乞吾弟斟酌，间两三月，或节间分起送致。若六房妹遣嫁有期，即先以廿洋为喜事之用，由弟转呈乐寿以济急需，兄在远恐迟缓也。一切似不必说破为妥，恐弟妇闻有此款，即以多取为还老妪之账，则不必也。

兄去腊有《韫甋集》之作，前信已言之，时忆及岱峰[1]兄公车到京，同游法源寺，有《和一峰草堂歌》一首，祈弟转求钞一首来，以便编

---

① 原作“封”，据钱仪吉《澄观集》卷二《立夏后二日，偕金岱峰、云寿兄、本之族孙游枣花寺看牡丹，岱峰用竹垞〈一峰草堂看花歌〉韵赋诗见示，奉酬二首》改。金岱峰，即金衍宗，作者友人。

人。是日兄亦有诗，乃是五言今体，詹詹小言，不足道也。《思俨斋文》共若干首，所作《钱太恭人状》，文笔若何，欲求录一底，至恳至恳。顷吴仆回，得信悉一切，子仁正月廿二日到馆以后，一切事如何，望弟常常寄知。乐顺非不在念，实力有不及，有可为力者，则亦何敢辞焉。百龄弟数年来开口否，心中明昧若何，前此学翁信云"可以助理租务"，然乎？否乎？而亲房独子，嗣续为急。兄或今年回来，可以料理，今且秘之，弟如有所见，乞明以告我。缪可斋信来，常以武功公一支，必须立嗣为念，我钱氏岂不念此，若百弟将来多子，更以为孟庵后，斯大妙矣。兄自去年八月朔动念此事，不知究竟如何耳，可斋则有意于爱敬诸幼弟为静海公后，此岂我辈所可置喙，且亦未见其正妥也，然在可斋时有寒泉之思，虽越分妄言，而其情则可感矣。近日目力又不佳，风多而不能闭户谢客，此其累也。吴门事已定，此可贺者，容再续布。辛丑二月初三。

其　三

此事一误于某某，再误于某某，余早料其必致生事，此间当局有为某公力争："其足办大事，必可无患。"亦甚愿余言之不中，乃不谓城门之火，先及梓乡也。思之可愤可涕，然事已至此，大言喜事之流，姑置勿论，而失地当反，自属人心之所同然，忽有某相主和之议，此则出于意外，其误事失机，更甚于某。今虎门失守之后，犹请以岑港与之，仍然主和，正初先奉严旨赫怒徂征，不知此时若何定议也。仰惟圣心，自以阃外无人，正恐徒困民力耳，即现在调兵，各省司事者动辄滋扰，言之可慨。若连兵半载，又不知生事几何，闻某相正月十七日信到浙云，"粤事已结，即还定海"之语，犬羊之性，果可以要约制之否。所恃者圣德爱民，天心佑顺，如从前蔡逆之歼，虽为忠毅之力战，亦由于甲子之大风，坏贼船二百余，扬州焦里堂所以有《神风荡灾记》之作，今但愿如此耳。

承平日久，不但民不知兵，请问官又何尝知兵，临阵学战，又胸中太无甲兵，或更有所顾望，牵制其间，何以制胜？巡船一节，亦未见其有益，恐新设未能练习也。甲午粤事，厚翁调盐巡船听用，船有炮有兵，似乎可用，或告予曰："俱不可用。"即言于厚翁改用渔船，颇得其力，渔船亦有炮有人，而驾驶便捷，枪炮联络，非官巡所及，今新设者正恐其力难用耳。海口渔船，必须尽行搜罗为我用，此是急著。至犬羊万一肆掠沿海各邑，则富人米市，恐更垂涎，所云长安镇之属，必须防护紧要，此子贡"第一今必不得已，可以无兵，不可无食"也。

今之论者，皆云"冬时贼必回去，以风不顺也"，少穆云："去秋即奏此语，今不然也。"盖渠所制火轮船，无论风之顺逆也。又云："绝其火药。"又不知海岛中出火药，见于《台湾分志》者甚明，而米谷则更多也。又云："登陆则必败"，此言似有理，然在粤闽，民风刚劲，或可系以长缨，浙东或亦近是。若浙西民气之弱，惟办一走耳，何以用之。今且一调再调，忽离忽合，士气更沮，民情亦涣，所忧不细，聊因来示云云，而发愤一道。前明海书皆云某月防某处，今俱无用，而当事者正在求此等书而读之，以为枕秘，难矣。辛丑。

其四（闰三月四日，4月24日）

兄每春必嗽，例病也，"例病"二字，出《夏峰先生年谱》。今亦如之，而精神甚好，即如前月廿四，此间斋课，并代史叔平彝山开课，兼以三月分新添写经功课。诸生五十六人，写《易》《书》《诗》《左氏传》《周官》《仪礼》，五经正文大字，如殿试策，阅之甚快心目也，外课程并格式一纸附览，侄辈长夏何不试写之？并所读《性理》《二程全书》《近思录》《道一录》《强学录》等，自为摘录之本，并著各解及杂史论等，一一为之校勘评正，初二日发出，而是晚两孙忽感时疫甚重，为处方药，赖有张大令元成为之执笔，次日即定叠，可以无妨，于是计算自今日至初九无俗事矣。

昨午后读《晏子春秋》七卷，今早仍读先世书矣，中间友客来，仍可不废，所以能然者，第一定心气，次则饮食之有道也。弟好学深思，当踶予言耳。前次接到寄诗之信,诗超妙之至,而“楼船”数语[①],冷笔又能深稳,诗舲、钟泉皆叹服,然久而未作答也。顷接莲翁河朔来信,有寄雪门信,于是急急写此信附寄左右,今先从方药讲起。

兄初官京师,屡见春庵先生以吴又可《瘟疫论》治时气病而效,其方之重者,皆用大黄为君,筠麓曾于一朝之疾,旬日间屡上屡作,大黄频服,甚至呃逆不止,仍以大黄奏效,后来虹舫即用其法,如吴兰雪不啻更生,兄有贺诗,所谓“马后大黄为上药,花前浮渌又今生”。然虹翁信之过笃,不择病而妄施,误伤者亦竟不少。自来汴梁,得见某先生治疫一书,钞本,又忘其名。又专以石膏为君,窃谓其理胜于大黄,后见张参山,即前张明府之号,晋人也。屡用之而效,甚至周孝廉子斌之妻,产未满月,已备后事,亦以此得生。其证大约似疟非疟,似伤寒非伤寒,胸中结闷,或汗或不汗,汗便不畅者居多,而胸热气升,唇紫齿干,诸见症无非胃热,非此不得疏解。南中近年诸事,二女即误于作疟治,大兄亦如之,闻大兄疾笃时,有人参竹叶石膏汤之议,然与参同用,亦无益,即竹叶亦不切题,仍须以疏散药佐之,如羌活、防风之类,服下胸间有汗即生矣,亦有无汗者。气亦必不喘也。杏仁、桔梗,吾乡以为习见之品,瓜篓尤大忌,肺气逆上时,一犯其锋,全壅而上,长逝不可反矣。去年三女病时,请常俗瞿拓田开一荆防解毒散,我断然不与服,其时身热有汗,但胸中结闷,气急而唇紫,即连夜邀张公与以石膏入口,即睡醒而胸中有汗,气即平矣。后旬余,二外孙开宝又如此,顷枱、城两孙又如此,所以写此一篇累坠烦琐之语者,以为疾病人所时有,见闻所及,当转相告语,期于不误事而已,然亦不可执一而论。

张公欲刻钞本之书,去年送来求序,兄告以此书注意,只在石膏,以此教人,其流弊亦无穷,但可心知其意而已,所以不敢作序,张君甚以予言为信。张只能看此一路病及痘科,余则昧之也,妙在知之为知之。至医药之道,首在辨症,若症未辨明,不可以方内并无利害之药而姑试

① 见钱泰吉《甘泉乡人稿》卷二十三《盘谷砚歌寄酬衎石兄》。

之，此则兄之确见也。此理似必不可易，世俗但知有病请医即为好事，而不知勿药为中庸医，往往因此误事，弟以为何如？并告淡如甥，既志于学医，切须虚心多看前辈医学之好书，东垣、丹溪二家最高超确切，景岳欺人之学，叶天士小巧而已。薛立斋为先太常公友，其书可观，惜不甚备，然如开首即先以《滑氏十一经》发挥，此医家入手第一着也。医道好有益于人，又有补于己，诚两得也，然谈何容易，此间杨三侄困苦之至，不得已亦以此糊口之计，冬春来藉以贴补，兄再三戒以勿开名工胆大之方，亦不敢多为推荐，而时令症尤不敢请教，以交卷甚速耳。

呵呵，一写四张纸，未及他语，亦可已矣，然尚有推类及之者，盖静中遥念火化至今数千年，又久无改火之法，所以火气日甚，而人性之急躁，事势之局促，大抵所见皆火象。自明中叶有佛郎机大炮，至今为祸，逆夷亦恃此，敢于违天。窃意一年中有四时，数千年中有四时，元会运世之学，不能管窥，而其理可悟，今时或是纯阳之月，而阴阳对待，必有推移。前闻杨侯两次胜敌，据云："俟靖夷将军到粤，可以聚而歼旃。"又移咨江左，多备棉花，解赴军中，可以御炮，技止此耳，想此法一行，当可速迅奏肤功矣。然兄以为天心仁厚，何以有此磺，又何以此数百年其毒盛行，岂天心仁爱有时而易其常节耶，亦时令当此不能已耳。此后必有制磺之一物，久而大智之人，一旦知之，制器以为之御，其毒自止。一若石膏之清胃火、治疫气者，但不知我生及见之否。目前御炮即薄棉袄一件，浸湿悬之空中，炮子到前堕地，欲其湿且柔，不可绷紧也，所以棉花多可以御之，而渔网亦甚妙，甲午年卢敏肃公遍觅渔网以备捍敌也。而我辈间中饮食，以凉润为主，少吃煎炒之物，亦去病之至要，夏令更宜清淡，想弟与侄辈必无过饱之患耶？苜蓿亦非常食可得者，而灰鸭蛋似有郁热，以为清凉，不确也。吾郡好吃鸭馄饨，宜其爱此耳。写至此，觉雪门家信等之太久，竟不及他语矣。辛丑闰三月四日。

旧有此印，又有"文荪"二字，皆玉印也。一以赠芸士，一以赐英儿，因砚恐中换,所以粘此耳。上一字不识。思轩。

其五(四月十二日,6月1日)

月前接到"得临安酒库瓶,又得五本《史记》,欢忻鼓舞"之手札,甚慰渴想,可惜宋瓶见《县志》者不悉原委,索诗无以应,而又不能无望于得瓶,转增怊怅耳。二儿迟迟就道,又中路逗留,此月九日始抵汴,获见吾弟评点拙著《记事稿》十卷,《家集》《思俨斋集》俱收到。此是兄之好命,有此好弟,非他文人所敢望,同日得读郡志《钱仪吉传》,虽同为奇遇,然苦乐不牟矣。

所云正谊堂刻诸书,容查明续报。柯本《史记》,大儿已于春暮自京寄南,想此时早可收览矣。乐寿暨诸房近况,闻之蹙额,惟继贤欲见《孙夏峰先生集》,属二儿转请于兄求寄一部,此为可喜,即当觅便人递去。敦本八侄,府试高等,文理闻亦清挺,当属继贤善培植之。子方、子密,诗书之气,薰陶日进,可慰之至,儿辈俱回汴,亦惟有努力读书,勉求心得,庶几他日有以自立耳。绥之公身后,皆赖五弟之力,十婶无意南旋,今率诸弟京居,一切取诸五弟,殊难经久,奈何奈何。翼堂兄之事,前闻史椒圃署闽首府,寄信托其关照。兹接史亲家来信云:"已商之两首县,出单资助,拟于月内先将灵柩及眷属送回,至未了公事,再从缓商办。"此信在二月发,未知能如期集事否。叔平婿甫归,又得一子,妾出也。妾甚稳善,四女极爱之。

前日兄吃三朝面,而致腹泻,前信言节饮食之道,养生宜其得法,而言行不符如此,惶惶惚惚,今日已愈。晨起作此书,奉候四弟,余再寄。辛丑四月十二。

其　六

外件寄览,并请教,日内儿辈初回,亦各有俗冗,并书札等件,大约节后可以分任钞晋,料理一切。兄求朱梅岑丙寅、丁卯间赠兄五古,至今不得,不知有何良法,可以得之?梅兄有伯道之嗟,可叹可恨，今嗣子亦是读书人，岂遗稿必无一存耶？异矣！

《曝书杂记》新印者，偶一阅之，“喻林一叶”当作“喻林一枝”，记得前欲言之，久而忘之矣。《一叶》是侪峤先生所著，学士公同订在戊午大考前。兄处藏有刻本，恬翁所辑较多于王本，故自名为“一枝”也。[1]三人分钞，恬为其一耳，一厚本行书，或在刚中处未定耳。又及。

其七（五月十二日，6月30日）

今日是五月十二日，晨起，遥念乐寿堂中，正值老人九十称觞，吾弟想先期已到，兄不得随班介寿，并与吾弟联翩笑语，追陪诸公吃面，跂慕如何，又甚念老人中怀，恐有未快，不知侄妇等能善于承欢否？绎之诸事合宜否，又未识弟妇回郡城一行否，又恐贤琴瑟多方调护，甚费心力也，辗转不能释于中，书此数行奉询，便乞示及。

兄所辑《国朝碑传》，今又次第一编，并补录近时所见之集，而吾弟所作《张北湖先生事状》，实学至文，今亦补钞于《翠庭雷氏杨园传》后，其人其文，足相辉映。自兄北还，吾弟屡寄文稿，此为压卷耳，因思人斋遗文，吾弟为硕士先生求得之，不知此内有先贤碑传否？有杨园先生遗事否？如有传，不妨多录一篇。兄所钞名公文字，一人至七八，而无所去取，惟无事实者则删之耳，又《人斋传志》，曾有人为之否，海昌旧门必曰陈氏，清端公、文勤公碑志，弟为一访，钞下是感。

兄之所集，今拟名《国朝征献一集》，数十年搜罗，不为不尽心，每一披览大儒名臣忠孝循良独行之迹，聚于一堂，令人神志肃然，殊有益于身心也，若得暂归，当携之以质吾弟，共为忻赏。辛丑五月十二。

其　八

六月初五，夷船廿只在海中游奕，即于是日下书，县令招降伪官水师将子爵伯贵、陆路总兵布耳利，后称一千八百四十年七月初四

---

[1] 此事于道光十九年(1839)正月四日信中已言之。

日，尝见日本国史，即如此。外洋但以国号积年，所以如此之多也。七月初四，即六月初五，置闰及大小余不同耳。语皆狂悖，“林、邓等多行无道，凌辱大英”云云。初八子时失事，文员俱没，总兵炮伤落水，渔船救起，不知下落，现闻江督驻宝山，各海口俱戒严，未知以后情形如何。定海去乍浦一饭顷可达，商贾常往来，实可戒心。昨阅明时《倭变事略》，采常吉传。当时曾在我家，忠泉早食，申刻抵郡城宣公桥，此皆内有奸匪导之也。明代一閙八年，然情形实不同，近来尊处有何见闻，遇便示及一二。为荷。

其九(七月十三日,8月29日)

前此似有一手书未答，六月十六日河决祥符之三十一堡一览楼，正对省城之北护城堤，久阙不修，遂薄城下，四门尽闭，而城亦罅漏百出，署祥符张令官吝费，人不用命，水遂入城，滔滔汤汤，城中皆受荼毒，环四十里之省垣，不及水者，为巷三十有五而已，余皆在水央，书院其一耳。

兄借居稚翁宅，忽已二十余日，日夜闻波涛声，殆与弟处八月中秋听潮相似，所谓百万军声也，始亦戒心，今则习贯，当事者贤愚不一，而通晓河务者惟邹钟泉一人，今署开春竭力守御，筑砖埧、土埧，为沙囊塞城阙，城中砖至十九文一块，今将借用号舍之砖，米粟钱镪亦有日穷之势，幸秋风已过，其半徐当安定耳。河西直下，南趋至颍、亳、泗州、灵壁，皖省当其厄，约略与李家楼之役相似，明年合龙，非六百万不为功，国家经费有常，何以待之，又恐与淮通流，而高堰难守，但愿江南无事，此间水定城开，晚秋早冬，当理归装，必不迟矣。先世遗籍有受水者，日来与儿辈一一检点晒晾，以为功课，因便布此报慰。辛丑七月十三日。

其十(七月廿四,9月9日)

兄在水围城中四十日矣，月前禀陈大伯母老人尊前，未及另信，想弟已阅悉也。前晚忽得手书，真觉破涕为笑，知弟于前月十九日抱孙，兄正于是逃水，逃水似不幸，然逃而得生，亦幸矣，况抱孙乎，贺贺。汴梁有护城堤，未以防河，今则河在护堤之内，且系全河正溜，由城北分东西缘城而下，合东南流而至皖境。省城四面皆水，四门久闭，门外沙涨塞门，正不知将来如何开法，此事非明年三月不定。城已全酥，随便塌下十数丈，幸而水已渐平。城下河溜在西北者尤汹涌，每夜抢险，时时有呼吸之危，虽曰君子之道，风雨鸡鸣，不改其素，亦不能不时有神移心动之为患。

然此一月中，为《梦醉传》，即看定双湖司勋诗稿五本，又为此间周氏姻亲看申巡检静轩之诗阳曲人，嘉庆间人。亦五本，俱不甚粗率，颇有所勘定。司勋固吾乡前哲，申亦清才，未可轻视也。又为武学博看其令祖虚谷先生《三礼义证》三卷，亦有订正之处，以告吾弟，知吾心力之尚可用，勿以为念也。城中一切异事变态甚多，总皆恶趣，无暇细述，徒使听者不欢，不若言其可喜者。莲翁屡邀北渡，四面皆水，所以出城甚难，亦时闻覆溺者，目此到大堤十余里之地，而溜急沙石又多，走三五日不定，而大堤外四轮车却安稳，然妇幼辈未便，今已过白露，大泉谓可无长水，则亦放心矣。则《张清恪年谱》其一事也。

清恪为中州名臣大儒，兄到此即求其后人，有张玉鈴者，仪封诸生，兄乙夏即特拔正课，向来未有之例，兄特创之，苏源生亦与焉。然不来见，久而召之，不得不来，叩以清恪，唯唯而已，其音则西子之乡人也，使我大失望。已而有张玉鈴，丁酉拔贡，始知前乃优孟，于是又求叔敖，则亦非清恪之族，又失望，直至去年，乃得清恪之嫡派秀才鈴字季睦，叙亲叫我表叔。于是得读《正谊堂全集》。廿四本，外间本四本。及居济一得濂洛关闽书等，而年谱则板尚存焉，属其印出若干部，渠送我好几部，为之分散，亦有因此资助季睦者。架上尚存数部，本欲便寄吾弟，今则惟有案头常看之一部，已取出，此外皆在书院之中，水未退，不知若何情状矣。说至此，仍是不欢，奈何。辛丑七月廿四。

其十一(七月廿六日,9月11日)

此间大难后,两书院均在水中,墙倒,屋亦久浸可危,而当事者未有一言及之者,明年修整,似无暇及此。以城工而论,已不可赀算,而抚臬两署亦与书院同,民房十去其三,又当全河四面围绕,即运料已断来不及,而诸生外县者早已逃散,明年亦必不来,本城大多破家,孰能有志下帷者,看来此院不废而废。

兄定计秋冬之间告归,亦只以暂归为词,亦不必先为馆,明年再听消息,而家人多口,藉以南归安顿,大半再为出门,亦不至如目前全局在此之可危矣,所以禾中必须觅屋。味轩处曾有信,谈及大年堂前一屋,又莲翁处曾言陆处之屋,混堂弄。皆大屋,千金左右,力之济否,不能自主,亦不妨姑存一说,盖近日大屋去亦不易耳。至蕙处一语,借以索物为料理一切,计意不在屋,前更有一信,乞阅后致之。如果可行,则或竟住下,或更转典,亦无不可,然住下则目击左堂,实难为情,亦不甚乐意也。

兹又有一说,兄初离粤之时,即有志于园花我外祖苎园公之旧居,曾问祝子凤,子凤知之甚详,据云马氏之屋,始则转典数姓,现在散租与人,若欲得之,只消向马处一言,归其典价四百洋即可,使散租者搬让,因属子凤写信与其,令弟兄带到江西。此信别无他语,因既就汴馆,即将信付丙,不曾寄南。今思此屋,可谓价廉而工省,又少时所游习,思之辄移我情,外图一纸,略记其梗概。兄处人口众多,然大儿一家太累坠,又孙媳有孕,今冬不能就道,如此间渠有安砚之处,只可令其自顾,然则人少了几个,蒲城将到,儿师也,惟此一层,或可幸得一席,然难必也,若无驻足之地,明年二月亦归,再商住处。此屋亦便可住矣。妙在弟之新亲,又在园花,可否即为转托办理,亦不必再寻祝弟。务祈即日问明,示一回音,此语且缓,毕竟海昌更妙。若使海昌城内暂租有屋,约二三十间,则尤妙甚,即可定见先租,兄到时暂住,再商一切,兄意惟欲与吾弟近耳。园花虽隔,然在境内,学师偶来旬日,正不妨耳。

海昌住又有一妙，兄若出门，儿辈有叔父拘束，不敢多事也。昨闻高堰甚危，果有事，南北隔绝，奈何奈何，且扬州之厄当不下汴城也。伤心之，谁为为之耶？弟若为兄定了何处，即可通知味轩处，而蕙公处仍须索物，不可得则要住屋也。

许夫子广文回家，有些积蓄，上当买了赔粮田，所以致蕙信中有“怕赔粮，情愿买米”之说也。辛丑七月廿六日。

其十二[①]

蕙塍借兄名世未还，今久而不出，殊为可讶。此时待用甚多，不得不要账矣。其屋年分已满，不知如何，兄现在回家，必须觅屋栖止，或可请蕙兄赴官时，将此屋留下，即旧欠内作先收三金，何如？不知是此否。兄现亦托味轩诸君觅屋，然所说皆在千金左右，何能必成，是以商及于此，弟试酌之。若蕙兄已行，或已他典，则无论矣，秘之。若在学署两旁有屋可赁，或典押而价在《毛诗》以内者亦可。得与弟早夕团聚，则甚乐也，果尔虽有他屋，勿与易也。厚志斋泐。

其十三（七月廿八日，9月13日）

昨写信未寄，数日来水势日见消退，人言可以无虞，但城外淤沙壅高，四门仍闭，城垣酥损实多，大官有移建省治之议，而河帅并以现在水势地形，恐合龙后不能修守，明年为患更甚于今日，请且缓一二年再行办理，此皆军国大事，我辈实无确见，而知是非所在，但此次非常之灾，由于人事而诿诸，今年非常异涨，则不然也。此正与粤事相类，谁生厉阶，而诿之气数，可乎？兄前商住屋，若能于海昌得之，尤善尤善也，乞着实留意为要。周宅两层三间之屋，儿辈又寄居右邻，今已赁得理事厅衙门旁一屋，日内移居，必须到彼，乃可收拾行李，缘

---

① 此信未编年，据蕙塍、味轩租赁房屋诸语，知作于七月二十八日之前，或更早，今姑置于此。

地方太窄，一切展动不来也，暂居一二月，即探路南还耳。

前日细看吾弟来信，有改字之处，始言清恪时，后改文勤主讲时，知吾弟已知其不同时矣。适有一事奉告，张清恪抚闽，首创鳌峰书院，其时掌教乃蔡君宏先生，名壁，广文有学行，而清恪聘以为师，文勤即其子也。兄在京时，曾钞君宏之传，胸中固了了，乃客粤，为陈左海先生寿祺之子孝廉乔枞求为其父传，以《左海全集》见赠，直以清恪时文勤主讲，集中屡屡言之，兄记忆不真，不敢自信而信左海，遂于传中沿其误缪，到此得清恪《全集》，乃更爽然矣。遭水移来，一无事事，适文端公文集未致全湿，检点之暇，读至《雷母李太夫人之序》，内称翠庭受业于文勤，是也，乃亦有"仪封张清端"之语，始则以"清端"为"清恪"之误，既而玩读前后，实与清恪之时不合，乃海康陈清端瑸也。陈公后于张公十年抚闽，其时文勤主鳌峰而翠庭为弟子，当日翠庭自言其师及本省巡抚必不误，此文原奉必不误，赖有一"端"字得证明，若再遇一人改作"恪"，此则冥冥矣。或海康县分一时不记有缺字，而校者误改"陈"为"张"，否则公于清恪，师也，有不知其谥者乎？陈清端公集，兄于粤游得之，有未刻稿，并为订定，却未录定，又有年谱刻本，借阅略钞数条，其编次之人在山东作小官，前年托栗河帅转觅得之，陈公事业不能及张公，而清则无人能及也。张公本富家，而陈则孤贫之士也。又《侍御公行状》"配黄宜人，闻福州破亡"，此句亦后人误改，此条亦近日所得，连上文述及之。宜人之没在闽未破以前，当从商隐先生谱稿原本，此本现在收拾不记其语，乃是江浙败亡也。乃宗伯公《钱氏世守册》未知其误，所以读书之难，难于上青天，弟阅此当慨然，今之辟考订者，不可以为学也。辛丑七月廿八日。

其十四(八月初一日，9月15日)

文端公联语刊刻后印十数分，尚有存者，皆分置儿辈箧笥中，遭水后，尚未详检，俟觅得之，幸而不湿，当奉寄也，填蓝后不能再印矣。昨所书一纸内："堵筑漫口，霜降后仍拟办理云。""不必堵，合将使汴皖之民常在波涛中。”本邪说也。方冲其城垣，或云近处别为一城，如扬州新旧城之例，亦须在后办理耳。岱翁处《正谊书》，惟欲求惠《上蔡语录》耳，此书兄处有之而损坏矣。辛丑八月朔又书。

其十五(九月廿四日，11月7日)

敬畚公《击辕草》，吾弟前钞一卷寄京，兄向有一册，犹是文端公旧藏，春洲叔以畀仪吉者，分体六卷，以弟所寄为删本，未之省览，昨因欲补缺字，始取一读，乃知改换甚多，有全篇仅存十数字者，面目迥异，而详其词意，虽互有得失，而六卷本所得为多。两集先后难考，然一卷本后有“曾孙敦让叔铦重订”一行，则在康熙中矣。因思《临江集》，从前借《东畬先生家藏集》，只粗看题目一过，又不知中有异同否。先人遗书，不易读如此，亟告吾弟知之。

又吾弟前寄京信云：“明神宗时吾家刻谱，后附《都匀何氏谱略》，宗伯钞得《都匀何氏续谱略》，后附数行云：‘康熙二十年，提学道钱公饬汪令查何琼有无子孙，曾具报也。’”此谱当续钞寄，然至今未钞寄，而原信亦至今始读第二编，因考康熙二十年贵州提学道钱公名捷，字陶云，浙江象山人，顺治壬辰进士，其时吾宗惟鹤庵公时往来京师，或陶云先生之查核，公所属耶？兄又尝疑万历庚子举人讳士琛者，谱无其名，然旧时科第悬扁在祠墓者必不妄，《郡志·选举志》亦无之，则此庚子孝廉必是寄籍，或即象山耶，即不必象山，凡两浙各县及苏、松、常皆未可定，弟若有事杭州，得《象山志》一查，又不知明代乡榜省司尚有遗迹可寻否，千万留意，此事若如兄所揣度，求而得之，吾族增一支派，功德不小。而《何氏谱略》，吾弟务即钞寄汴中，勿迟为要，省得旧文中临江公、苑风公言何氏世次不同，徒费参订，转增误缪也。此层知之否，盖旧文细读，动多歧出，所以难也。

又现补钞漆林公遗诗所有大兴公生日寄祝之诗，即祈钞寄。今年兄新觅得农部公诗六首，吾弟未见者，今已合旧存写为一卷，凡此诸集，皆以一集为一卷，总名则为《庐江钱氏诗汇》，不能成卷者，合为

《遗音集》,即《遗珠》,恬斋作序者,今改名。将来力难全刻,可以按集随时付梓,久亦告成矣。首行某某集,次行某著,板心刻《庐江钱氏诗汇》第某集,在下板中间仍刻某二集。《文汇》今亦增定六十余卷,毅斋二伯父文被水失之,乞弟再写寄一篇,此上皆要语,伫望回音。兄之行止已详乐寿禀中,不赘。

海上九月初四捷音已得闻之矣,浙东忠义,岂逊粤人?吾固知犬羊之促死耳,然困兽犹斗,余氛又不知若何,念念。辛丑九月廿四日。

其十六(十月十三日,11月25日)

久未接信为念,忽得前月十九日郡城所发书,知十七日有信并《何氏谱》,然至今日犹未接到,不知何以迟迟乃尔。阅数日,而竹史所携九月中信亦来,大文一篇,何其酷似阿兄之作?计城今核实二十五里,须改定。前寄子仁信中迂论,亦政不谋而合,岂非二难哉?呵呵。

弟到手即闻余姚之事,弛回海昌,然闻贼到余,但有空城,又即回去,不知确否?大帅不得士心而为民累,杞忧良切,欲言万千而兄适又困病数月,今日始得寄禀安老人之前,匆匆附此答吾弟,不暇他及。祥工现定廿五六合龙,河已清矣,海当即晏,溥天之庆也。兄处长幼俱好,新正似有得曾孙之喜,先此奉闻。辛丑十月十三日。

其十七(十二月五日,1842年1月15日)

久不得信,愁念之至,幸而有兰舟寄梠孙之信,知吾郡平安,省垣自然安堵,又知吾弟、弟妇添一外孙也。阅数日,有庄君善昌得信,知重兵在手,向来鼠窃之徒亦伏不敢出,米价亦平,尤慰远系,然总以未得弟信,不知尊体如何,劳心焦思,且涉手公事者必有气愤,旧恙得不发否?念甚念甚。兄状如常,大工有此月合龙之信,早或在封丘前,明春当可整理城郭廨宇讲院,渐有可居之望矣。

昨钞吾弟寄《修城砖歌》,入《韫匵集》,此诗竟是竹垞翁正脉,可以读得其郭五乡,如兄所见,乃是秀水郭之五乡耳,然梓翁亦读郭五连文，是以仍而不改，以待后人之聚讼可耳。兄近体殊觉疲苶，无聊中但以翰墨消遣，晨坐作此，略布所怀。辛丑嘉平五日。

其十八

来书忻羡多，牛翁良可慨已，我辈行止动多窒碍，岂非命也？夫《史记》是柯本，首行有字甚分明，何以得为王本？大作亦祈寄示，以释所疑。写至此，接绎之初六日信，想发信后即闻大捷，诸可安心矣，然夷船叵测，防范必须万分周密，拢络渔船是防海之至计，前言于卢敏肃公而公用之甚效者，吾弟偕刺史为城守，激劝义勇，众志成城，遂以安堵，甚盛甚盛。辛丑又及。

道光二十二年(1842)

其一(正月二十日,3月1日)

自去腊接十一月十九日郡城一信后,至今不得南音,甚深念系,而十七日弟先在署交州刺史所发信亦至,今未来,内有《何氏谱系》,偏不见到,令人闷极。兄处腊月自寄两信,不知均到无误否,均系邮递至郡城转交也。昨令英儿到工次谒师蒲城,并谒见中丞,自十月朔到工,至今未回城。谈及夷船有停泊尖山者,不胜惊骇,中阃不见出兵,究竟如何制胜耶?今早接沈星堂信,略知一二,亦不得其详。海昌望见烽烟,此时已他窜未?忧切之至,务望弟速寄一音,是为至祷。

兄于十九日得曾孙,卯时。甚壮实,名以开印,长幼俱健,余一切照常,惟祥工强合而又开,今又请帑赶筑,虽当事云二月必可合龙,而前鉴不远,令人难信,总在二月内斟酌,果能合龙,只可暂住新乡,再商乞食之计,时事至此,我辈一躯命,何足道哉?读弟与友人书,是处忧患至理,而兄处近接冯道台名光奎,宁波人,候补道,现署陈州守。来信云:"贼在宁波淫凶,无恶不作。"要之,此辈必是如此,稍迟满贯,自伏天诛,然当凶焰炽张之际,妇孺早为避匿,亦不得已之计,前言未可执一也。

兄岁首占《易林》,似鬼夷今年可灭,词曰:"旦生夕死。"名曰"婴鬼",不可得祀,以唤鬼为婴鬼,声音正同,何其紧切耶?占家宅似不见佳,然此间但能合龙,当亦不致他虑。湖北崇阳县因办漕致变,逆首徐人杰[1],秀才也,戕县令,脔割之,典史殉节。昨有旨调兵,甫过

---

① 当为"钟人杰"。

中州，而楚之捷报已至矣。此等办理迅速，亦可默消奸慝窥伺之念矣，草草泐此奉贺。壬寅正月二十。

其二(二月)

前月望南信久不至，月杪始得乐寿堂安音，然是腊月十日发，几五旬而到汴，何濡滞也。吾弟人日寄函，初四日收到，差速披读，快慰之至，盖自见星堂与其婿信中述腊杪情状，不胜系念，今乃释然也，而祥工于月之八日合龙。是役也，始以欲速，致败于垂成，今则鉴前车，虑后患，万夫齐力，众志成城，转更坚实于冰凌中，所筑者舆论云然，良深额庆，而湖北崇阳滋事首犯钟人杰等三人，陈宝铭、汪敦禧。俱于正月十九日生擒，即日槛送京师，崇阳及通城二县应时平定，而此间传闻元戎帷幄之谋，万份周密，辰下进兵，必操胜算。又闻江南获有善造炮之鬼子，尽得其法，贼已失其长技，不亡何待？兄元旦所占其必验矣，焦氏《易林》"震之坤"。溥天同庆，我辈著书，岁月尽从容也，至吾弟淡于宦情，所以迟迟未谢去者，自以国有师命，不可以请。来示引韩诗云云，非其实也，而韩公亦未践言耳，呵呵。

兄则每念吾弟有旧恙，但视精神强固，冷官托迹，养性读书，不妨且住为佳，若使心气力量有不能应付之象，则无论有事无事，只可据实陈请，亦周任之遗训也。吾弟随时自为进退，斟酌之可耳，写至"读书养性"语，因忆吾弟属兄写对三年矣，前月杪始写就，款书二月朔。交眉叔、三弟带回扬州，遣人送至苏州稼知处，再属稼知送至弟处，收到后乞示回音，写得不称心，然向来拙于用笔，无可如何也，弟其谅之。随便贴在照墙上，勿付装裱为幸，他日字学与年俱进，吾弟六十岁时，再写一付奉送，必大妙也。

而弟十一月十六、七间寄《何氏谱系》之信，至今未到，看来不到矣，必须再费心钞一编寄来，并毅斋伯之文，望早寄汴，此不可待至六十岁者也。《海昌文选》妙甚，速成之，取文之意极是，必如是乃差为有用，兄之《碑传集》正如是耳。此间移城之议，大约且缓，再看情形，而修城浚壕、开城门及官署、兵房、书院等工，非百万不济，今尚无筹画也。兄近日心气稍好，自去冬至今读医书之效，有《兰台轨范》，识见极高，为语淡如："何不看看？"新得曾孙，有诗寄呈乐寿伯母大人处，弟可索观，不另寄矣。壬寅。

其三（三月廿七日，5月7日）

久未接弟信，日常想念，旬日来，兄六十贱辰，英儿辈必欲称觞，以致惊动当道，亦各屏祝文，骈体颇佳，稚存先生子幼怀笔也。遂不能不演剧以谕家人谢，穷人破费，正稚圭同年所谓自作祝。自受寿。也，呵呵。笙歌镗鞳中，妄想安得南中飞一书来，更当愉快。

今早乃得二月三日手函，邮递稽迟，令人怊怅，而"长生无极昌，文章大吉祥"之砚，适于此时出现，先到弟斋，即来兄处，自然是我弟兄文字吉祥之佳兆，快忭想望之殷，匪言可喻。《正谊堂书》不须装潢，大小参差旧籍，正尔可悦耳，两物拜惠已多，酒瓶远寄，一磕便碎，岂不可惜？弟仍收好，俟兄回来，对床雨话，酌酒言欢，然后请出此君前来值席，其时即使耄荒，亦不诿字而已，未妨尊酒言欢也，何必苦苦论文，妄意千古哉！庶几其中有物，不同殷浩空函耳，呵呵。

兄近体略好，虚斋先生集幸免水厄，今以寄弟处，或有可补选者，但未知是足本否耳。《何氏谱》之信至今不到，只可烦弟再钞寄一回，千万至望。夷警又肆猖獗，顷知元戎暂却更进，而钱江扼守甚固，又闻夷人大炮不能抬上江汉中轻船施放，诸可无虑。昨有人接二月廿六杭州总局信，其言如是，藉慰远怀。壬寅三月廿七日。

其四（四月廿一，5月30日）

前月廿六日寄信，托沈兰翁带南，次日即接弟二月廿八之信，笔墨意趣从容之至，忻慰忻慰。此月望前乐寿伯母大人诗稿刻成寄家，附呈一禀，而不及寄信吾弟，以邮递畏封厚也，乃于十六日傍晚竟接到弟去年十一月十六日寄《何氏谱》之信，整整五个月，官衙事多，于彼于此，俱不便问，乃迟至如许岁月，不付沉浮，亦可感矣。

兄生日为儿辈所误，大热闹矣，后悔无及，日来收摄身心，仍读先集次第所欲为者，然成之迟速，难以预期。何氏世系，自以万历谱为可据，我家从前刻《临江公集》，校雠不甚精，《族谱图说》即有脱落，兄以《沧屿先生谱序》校正之，今得此印证，意豁然矣。少宗伯公所写之谱，其时尚在雍正末年，未必到乾隆朝，此非宗伯托人所为，其康熙间钱陶云学道捷曾询查一节，则又在其前，康熙朝有四提学保举清廉，陶云其一也。此谱世数差了一代，是已在苗匪滋事、家谱散失之后，所以参差，妙在东龙东凤一辈名俱符合，而东字上一辈之名不符，或后改，或别有脱误，此不足致疑也。现拟录入年谱中，而康熙癸酉宗人济衡充贵州副贡，雍正癸卯宗人济岱中贵州乡试，皆当刊入，表渐拾坠，何幸如之！日内尚拟寄信贺耦庚中丞为我一访，不知可得否？恬翁处事需缓，扬安堡在大路口，似总未着实访求，殊可惜也。弟合稿之意，天慰之也，可佩之至，将来有名家而述其先德者，必将取法，兄亦效为之，而稍变其局，迟日再奉闻也。大伯母诗，兄属言之，只记十二文韵七律一首贴在房门上，随意写景极工，然不能举其词矣，今稿有此否？而弟未应，今始得闻有一卷，集名云何，乞即不知，以便编入《诗汇》中。兄之《诗汇》，各归各集，仿桐城马氏，又稍有改式。例与文不同，盖必如此，则原集之名可以不泯，又可随时刻本单行也，想弟亦必以为是耳。

去年水患警急之时，先世笔墨汇在一箱以备仓卒，负之而趋，今年直送至新乡祠堂中，书院之祠堂也。此时诸事尚未大定。一言难尽，无人又无钱，一钟翁其如之何？兄之书籍亦陆续运之河北，而此箱中大兴公遗翰在焉，容稍缓再行钞寄，亦不敢甚迟耳。侍讲公诗补入卷中，妙甚，黔轺诗似已钞得，或少一二未定，再当细对奉答。壬寅四月廿一。

其五(五月二十日,6月28日)

月前闻乍川之事，即发一信，不知何日到，中有寄弟信，写在事前，想照悉也。此间传闻不一，日夕傍徨，节后接绎之前月十六信，稍为宽解,其时衙门中信息俱云:“夷匪到乍三日即去,现已定和,准其通商。”因此尚不十分着急。及海盐张石匏来,系四月二十日苏州起身,据云:“乍浦徐姓木行人日日苏州通信,夷匪尚在乍城,并不曾走。”尤深焦急。至望间,王讲泉涑家中人来,知夷匪于四月十九日开船而去,此信至确,又知伊相将我兵所获夷匪三十余人,尽行发还,并闻夷人具禀词亦恭顺,现已准其通商,不致再有后患,但犬羊叵测,不知究竟若何。圣意防其狡诈,或至乘我不备,是以连奉谕旨申严海口,而镜堂先生四月廿六信来,则云“此番准其通商,乃以诚感,以理服,而匪以力服”,此中机宜,想局中自洞悉,而局外不知也。

镜翁遣人来取法帖,意欲写字消夏,以此观之,东南此后,或当安堵无事耶?晓沧在上海办理水栅,费省而得力,大为镜翁所赏,其原禀寄与张诗舲,诗舲亦感颂晓翁之至,松江人理应感激也。稼知处已半年无信,不知近况究竟如何,前言已有准期否?巧妹吉期正在多事之际,不知更动否?念念。前次信来,述及伯母大人寿体康健,但如此大惊慈怀,抑郁可想,近来眠食尚照常否?家中不搬动,实事稳着,盖滋事者不仅夷人也,宝砚斋中大家走了,剩老翁看家,此何理也?此时想俱搬回耶,念念。

宝泽久不通信,昨晓廷信来拜寿,云有画见寄,惜乎石匏之便,不曾带来,今不暇作答。绎之见晓廷可为道府,告以我处,一切照常也。日来想子仁侄常在乐寿,实为心感,尊堂起否,想安好。平湖人大家一跑,不知慎余如何。小莱老太恰好北上,然闻信亦不能不一吓也。子干近况实似子方昆仲,想往来海昌官中,大局已定否?民情何时安贴?深柳东不致指摘及之否?吾弟稍暇,祈挥数行寄慰为盼。仪吉近日应酬事较繁,而精神亦日觉短少,此间久旱得雨,乘早凉作此。壬寅五月二十日。

其六(七月十二日,8月17日)

四弟于乍浦绥定后,寄来一书,并和“民”字韵写与叔平者已收到，此后久无信，想羽徼纷驰中邮递必有迟阁耳，东南兵厄，至此可为流涕。闻刘中丞甚病，长城之恃，深忧其难寄也。卞光和丙申春见于皖中，亦未深谈，未知韫抱如何。近日土盗及义勇之滋事者，其锋稍戢否？旅人愁思，非笔墨所能宣。寄信不易，惟彼此相勉以多寄，信到否，只可听之耳，并乞转告绎之，同此切属，信不多语，“平安”两字足矣，无为泛论也，此必须转告之绎之者。他处有附寄信者亦如之，三缄之戒，患难中尤宜切志之耳。

前寄来拟李善士选注表，兄曾为此题，稿尚存之而不佳，故不寄看，今则甚望诸侄治经之暇，常看《史》《鉴》，渐能通达时势并穷达处世之方，此为至要。数十年来，非饾饤之字书，即空疏之墨卷，人材汩没，追恨无涯，而朱子之书，如《语类》《大全集》等，一字不观，尤为陷溺其心之甚者，相与警前勉后者惟此，幸弟切志之，并广布之族戚间也。

兄在此一切照常，中秋前欲移回讲院矣，读书愈无暇，以近日鄂中丞欲教诸生试帖，并选改刊刻，强其所不能，师弟皆苦此，亦无用之学，而在我则为职业，不可辞也，冬间如刊成，时值道通，当奉寄数部耳。壬寅七月十二日。

其七（八月八日，9月12日）

自得弟四月杪五月初间所发信，并和兄得曾孙之诗以后，久未得信，悬切不待言喻，近知道路已通，有人自苏来汴，云：“吴中均安堵如常。”差慰旅怀。兄近读杜诗，几于字字如我所欲言，而鹡鸰之篇，杜集屡见，忧虞困苦中，其弟亦飘荡往来，而犹得岁时相见也，兄并无此伤已。目前拜庭信来，属多寄京信，云：“多接一信，即如多见一面。”其词凄怆而激烈，然弟亦不能常寄汴信，知其胸中结轖，下笔无佳语也。今之至要者，筱珊信息此间寂无所闻，幸早寄知，以慰心系。昨晤候补县王君建泰，知在闽幕游，与翼堂兄至好。翼翁之回闽也，有仪征公书与魏十兄者，久而不致，迨后信至，魏索前信而后得之，因此大恨曰:“彼以吾不足重轻耳。”后有淡水一席,俛得而失之,遂无生路矣,此与兄持裴公致大庾书试毕而后致之者意正相同,穷通生死,确然有命,万非人力所能为,戒谨恐惧,庶几不坠家风耳。翼堂灵柩已回禾未,吾宗之依于丹徒者,今竟何如,均乞写数纸示知为望。

兄近因鄂中丞欲刻课卷,遂令白头老妪更作东涂西抹态,胸中顿有《瀛海探骊》《试帖琅玕》等书,恐遂性灵汩没也,犹时时以性理书及古人歌诗议论,疏瀹其淤滞,不至全塞不通而已。

目前刻农部公诗一卷,刻得不好,今拟重刻,诸小集皆欲次第为之。举赢于绌,似非所宜,然兄又乌得有赢之一日耶?蒲柳早衰,得为则为之,亦未必非智者也。近诗钞寄,略见心跋工拙,固可听之,英、苞俱馆河北,节间可回省,正值兄回果行堂,父子兄弟卜菜盘飧,置先世遗文于堂上,共读而细讲之,吾之至乐也夫,弟可无以为念。壬寅八月八日。

其八(十月初二日,11月4日)

“烽火连三月,家书抵万金”,夏秋来心绪之危苦不待言矣,前月中得乐寿堂八月廿八日信,知兄前托吴人彭姓药铺所带信已到,又知此信之前,尚有庄云槎兄携汴之信,至今未到,想庄所带有吾弟信耶?切望愁思,如何而得,一纸飞来,解我百结也。兄于九月十三日搬回讲院,屋尚潮湿,然理不可不搬回矣。老态日增,人事甚扰,无从说起,长幼人口平安,差足告慰耳。闻稼知到禾,子仁信云:“准日而不言所准何日?”甚矣,其简也。兹因便寄去八金,聊为喜事中赏犒之用,乞收入。

兄近读《望溪集》,凡涉性情文字,无不真切,动人心脾,其《台拱冈碣》直驾《泷冈阡表》而上之,亦遭遇有不同耳。向来泛泛视之,今乃知万不可及,而二百年中亦并无能继之者也,兄读之辄涕泣不禁,因思东坡“日夜销膏”之语,舍之而起。日来仍读欧公及震川,欲为大兄作家传,屡作而毁其稿,心力短,笔亦不快,几不成文矣,奈何?前年季仙九说李绅耆老病不能文矣，兄今略与之同，可叹也。壬寅十月朔后一日。

其九（十一月十四日，12 月 15 日）

院生有乔树森者，偃师人，老矣，好蓄砚，略能磨治，得一汉瓦，破损一角，斫而齐之。兄见之以为好，名之曰“大半瓦当砚”，且为之铭，十月初旬事也。不数日而吾弟之惠砚适至，于是以瓦合为印证，弟砚真汉物矣，日光灯光照之，斑斓有古绿纹，可爱之至，以示乔，亦叹赏不置：“为门生目所未睹也。”暇当作一诗，然正难落笔耳。

近况一切如常，日内筱珊事为之懊恨，寝食不能忘，奈何奈何！韦驮堂墓下又是不可收拾之一房，如何可支，然则祠屋固不可以亟议修矣，略述于寄呈乐寿伯母大人禀函中，窃谓所费若无多，自可随力料理，果费大，则不能不寄信春明及江南各处，人之欲善，谁不如我，自必大众出力以成之矣。吾弟新年如到家，正可面请老人谕示，兄静听复音也。子密大婚，阅充泉信，似已成礼，而竟未先知，失于将贺，即二侄女出阁，子仁、绎之信俱云：“虽宜来禾，准日亦言何日也。”此皆写信之妙耳，呵呵。许八老伯庚午年自沛县任入都，曾经谒见念旧，殷殷可感，荐一学生于兄处，沛人也，兄自然尽心为之，真批真讲，其文亦有笔路者，更为之细批细讲，后乃知渠意不在是也，不过两三月飘然去矣，我辈不懂人事，大抵如此。稼知日内想来甥馆耶，我自夏间接二月来信，今又半年无信矣，晓翁宦况若何，时切悬系，乞属其详寄一札为望。

兄近体安好，今年又是一年一样，不曾做事，若门著作则有《蓬池诗课合存》，现在付刻。在明年当寄吾弟，一为喷饭也。兹值晴暖天气，笔墨亦略清了，漫作数行达意，大稿之序目前重删改一过后便录寄，前作精神极疲之时，故散漫不收耳。壬寅十一月十四日。

道光二十三年(1843)

其一(四月初十日,5月9日)

慎庵带到手书并正谊堂各籍,皆可宝爱,而《近思录集解》尤宝中之宝,即今外物震撼,而此中尚不至走作,颇有赖焉,感感。兄失水之鳞,又遭一网,益信临深履薄,惴惴于启手足之际者,良有以也。身名亲疏,亦何暇闻,但念乐寿伯母大人慈怀,不免受惊,而吾弟闻之,亦不知若何恼闷,宗族懿戚想同此情,然凡事当听天命,惟画其在我而已,他非所屑屑也。计部咨五月必到浙,应如何登答,其出名之人,并款式俱所不知,至措词必不可一字不实,而亦须简洁妥善,必须吾弟即为妥酌,或须邑尊处先为一商,以免临时惶惑。兄名下既无房产,并无一人在籍,今欲有人登答,不能不累及堂侄孙,又系孤子,年幼无知,受此慄扰,堪为一涕耳。癸卯四月初十。

其二(四月十四日,5月13日)

数日前得京信,即发一函邮递,不知何时到家,日内未见后文,且自偷安旦夕,兹因学署人回南,带到所刻先世各集乞收明,此后只可停止矣,旧序改本录清寄弟,更为我酌定之可耳。旧碑于积沙中得之者,刘元佐,两《唐书》皆有传,一缪品耳,然今亦无其人。因城工取黄土掘地至二三丈而得之也,因修城而知旧城之下尚有城焉,此时加高一丈有余,乃明以前城之上第三城也,高而不危,岂可恃乎?城既高矣,地愈下矣,过大梁城外则行戈壁,城中则目智井,风景如是,而欲啸咏其中以娱吾老,本来可笑,今更不知如何矣。井居而观天,不敢不局,亦人情所必至耳。扇一柄,聊博一粲。

昨作此信后,阅京抄见陈侍御庆镛陈奏琦善等不应起用,请上收回成命,仰荷谕旨,嘉其敢言,天心正,天下莫不正,升平气象,忻快之至。大局平安,即我辈获咎之人叩门乞食,亦分内事耳,不足关念也。附及之。癸卯四月十四日。

其三(五月初七日,6月4日)

吾之晋砚乃海盐山中发得晋砖,旁刻"兴宁"几年,此晋哀帝年号,下字敬避御名,故曰"晋兴砚斋"也。

蔡宽夫不知何人,初疑为蔡绦,然无处查得,今日检《题要》亦不得,而转有一事奉告者,前在京时晤张远村同年,兴镛,诗舲之父。与程春庐交最密,乾隆间同赴山东召试。是时喧传平湖某人必为举首,先试十余日,某以二百金啖春庐代笔,事捷则十倍以酬,春庐商之远春,远春以春庐无可望取,其泰山在山东道署中笔墨,因带其考试。不如得利以济穷途。春翁时亦困甚,迟徊半月,竟毅然却之,曰:"吾已久困场屋,今但看此一举耳,不得则请从此逝,即游幕终身,不更作痴望矣。"已而就试,与远春及沈公清藻三人连几而坐,题下则《春蚕作茧赋》也。春翁云:"此是杜诗。"告于张、沈二人,二人皆不信,春翁云:"我赋直从杜公说起,然实不记出何书,公等信不信,非我所能主矣。"于是张、沈皆仿佛其意为之,既而春翁高捷,二人亦在甲选中,然竟不知此语所出。数十年看书,未见此说,春翁后来闲谈,亦不能记矣。兄存此胸中,又十余年,今日因访蔡宽夫于《四库总目》百九十五卷《文章精义》一卷,李耆卿撰。条下云"世传韩文如潮,苏文如海"及"春蚕作茧"之说具见于是书。吾弟到杭时,可访访此书,或文澜本有传钞者乎,则积疑一释,亦快事也。

《庚辰集注》,纪文达为之,但作长柄葫芦语,《提要》虽出文达之手,然本书多有抵牾,大约注试帖时,亦未必记忆及此也。诗评可诵者,往往工多切少,如此语则吾服其切,故尤愿闻其详耳。癸卯五月初七。

其四(五月廿一日,6月18日)

前月两由邮递信函,并自春明转寄一札,未知均到否,兹接来信,未填月日,而绎之封发是五日之朔,此信到汴甚速,前此未有也。兄处之事,想未见邸钞,即见钞,亦不知中有阿兄也。日内无不知悉矣。前所寄信后一件尤详述一切,能不为浮沉否,一一逐条细写,今再节录一纸寄去,甚念甚念。事之始至也,真若迅霆之不及掩听,儿孙颀然,六男子涕泣于卧榻之前,无以慰之,盖以蚊负山,其势必至齑粉,而且未有已也,因而慨念先儒若夏侯胜在狱中,以《尚书》授黄霸,系再更冬,讲论不辍,以夏侯所犯为大不敬,汉法至重,又迫冬行刑,乃能处之恬然,讲经如平常,然则今日所坐何如耶,而遽令此中扰扰,不重为先儒空中一笑耶?然吾心既失养于平日,岂能强制于一时,即家人辈凄惘之状,对之殊难为情,乃竟未有抱怨"主人当日何以不多取钱"者,此则可慰耳。于是桂林、贵阳次第寄信,而此间则钟泉倡议,欲为集腋之举,中丞不与闻,故不能厚集也,前信已述其故。兹又遣大儿往谒稚圭同年,更可切恳其尽力,以上皆一月中所定之大局。落落素交,亦不为无助矣。人事既尽,我不为自待之薄,天命则非可妄测,惟有安心以俟之耳,是以近数晨夕已渐能讲论如常矣,吾弟可无记念矣。未论平生论一朝,窃比夏侯其亦我,呵呵。

先世五百年之谱以未定稿,所以未钞。大兴府君手札存留无多,容即检出钞寄。前代寄李甥之款,昨已奉还,今有奉托数事,一为洙泾旧守墓人既以作过送县,宽严听办外,似亦难以过宽。今当以觅求妥人看出,以杜后患,此为至急。吾弟与子仁商量,不知已有其人否,至要至恳至恳。虚白兄老病可念,贫苦尤可念,兄年来每寄南项,未尝不想及老兄,无如涓滴之流,一分即竭,此中殊为抱歉。先墓事向来承其照应,且于吾母有平生知己之言,常为感念,此情胡可忘也,现在之事,想虚白兄亦必为尽心觅人管理,乞弟为兄切托之。凡人有所动作,未有不破费数久者,即趁船到郡,一行亦必用钱,吾弟可代为酌送数洋。四洋何如？先为将意，庶不至一穷束手也。至丙舍，必须修整门窗，一去岂能回来，所有修费约计若干，不知弟与子仁曾为估计否，秋间或可乘便一看，所费示知，兄拟冬春间即为料理，此亦不能因有目前之事而缓所不当缓者也。虚兄病躯或不能办，弟为酌托何人，俟赍到即办可耳。此第一要事，切托切托。再吏役叩门，动辄需费，况有钞录之件，另纸详之。及此外有意想不到之用，绎之处或遇绌用，吾弟为先垫底，仍乞随时示知数目，遇便寄还也。

再此间文字应酬，不离笔墨，先集为赠遗之重者，今讲泉所带，当可续到，惜未有文端公集，乞暇中为谋刷印，诗通用，文更好，全集更好，但一印必须一二十部，若有现成诗集数部，草印文集十余，足矣。不知需费若干，可早为备办，秋间有便寄汴于兄处，正事默受其益，再遇刷印石刻之时，要朱砂拓如意二十分，此则不必亟亟者，此等费用兄处如有确便，可以先寄些，须于弟处以备支用，但先后之间耳。此外，吾弟不须更为兄劳心苦思，前札之言亦知南中无可着想，一时无计有是言，今作罢论可也。两侄文能趋时，妙甚，但趋时中有我在为佳，亦不独论文而已。

去冬钞先世师友赠答之作，为《清风集》八卷，始于湛先生之寿两涯公，终于仪征公之赠裴山兄，因记忆所及，有欲补钞者奉恳钞寄，今列于后：

一、宗伯公《瀓上读书图题句》。似甚多，须全钞。《秋泾集》之作已有，不必钞。

一、宗伯公《墨菊卷题诗》。似亦甚多，须全钞。此间只有竹汀、詹石之诗。

一、农部公《抽帆到岸图题诗》。诗不多，似有船山丈及冯氏诸作，此兄即致绎之钞寄，此内裴山兄之序及梓庐先生、戚余斋先生之诗皆已有，不必钞。学士公题《抽帆到岸图诗》已刻，亦不必钞。

癸卯五月廿一日。

其五(秋)[①]

弟六月初间来函,二十外即到,时则黄流日警,刻有戒心,至廿六日巳刻,决于中牟,下泛八堡二百余丈,非五六百万金不足堵合,国家又增此巨费,良杞忧,而自中牟尉氏以南,下接颍亳,哀鸿嗷嗷,犹是幸而孑遗者,其在樊榭《青溪叹》中者不知凡几?是日也,有人欲赴曹家寨,骑马至半途,水大至,仓卒狂奔而回,亲见在后一轿车主仆三人并牲口,狂涛席卷而去,此尚是白昼。正不知是何劫数?偶有此语,非信异端劫运之说。而祥符百姓则从此安堵无恐,数日来惟银贱粮贵之为患,以较辛丑则天壤之别矣。

月杪,学署中有信便到苏州声叔家信,属味翁通知乐寿堂可以放心,想同照悉也,而兄读弟书,谓心甚摇摇,殊切念系,夙有心疾之人,岂可不自主宰收摄?阿兄获咎之人,尚不肯妄自菲薄,英儿出门后,重读《穀梁传》,颇有所得,身若侍圣人之侧,外物真觉甚轻。近又因多雨屋漏,积水盈庭,家人辈亦仰体老怀,不敢咨嗟太息,而吾心之千古自若也。吾弟汲古功深,聊以自娱,勿更为兄愁虑。目前局面似已可度,更不必愁耳,千万至属。

英儿到新野旅店舍中,见一扁,曰"五世同堂",款云"奉贺钱老先生八旬大庆",系乾隆已亥年所立,已而主人出见,即扁中之孙,七十余矣,武肃之裔,中丞公在邓州任与之联谱者,因便奉寄老弟,同领斯趣,何如?

其　六

大兴公手迹,今先录寄二件,尚有壬戌后谕并寄吾母之信,又病后寄农部公信,随后即寄,不敢忘也。只此数信矣,如欲刻,尚须细酌,如

---

① 此信未编年,据文中河决东牟,核《清史稿·宣宗纪》发生在道光二十三年七月,此信乃衎石事后追忆,疑有误。

砖门云云或删之,余可类推。兄所钞者,先世交游投赠之诗,前言宗伯公《墨菊》,此《清芬录》中有之,想一钞即得,又有《瀓上读书图诗》须向晓廷索之,但晓廷疏懒之甚,须时时催促之。愈懒愈病,宗伯公所谓"家乡住久,筋弛脉软"者也。此外尚有何投赠之作,并大兴署中有人作诗否,若草字分韵有存者,亦于例当收,乙丑后有挽诗尤妙。先公身后有李大令廷辉,桐乡宰。挽诗,彼时知其为厚甫代笔,渺视之,今失之矣。又有俞莲石宝华,五古一首。叙先人言论气象,颇生动可传,乞弟访之。俞氏倘有旧稿录下,感激匪可言喻,又王倚吟长短句、古诗一首,叙闽中杂事,今其子使人不敢近而不敢问,奈何奈何,或便中与子仁侄商之。癸卯初三日又及。

其 七

七月初三日所寄之件,想此时可到,兹又录遗札二件寄去,尚有续钞,随后寄可也。两侄试作如何,此信到时,三场已毕,乞录一稿寄示为盼。大儿七月十二自长沙开船,此时不过才到桂林,归期须十月底或可到汴,还过长沙,尚欲访陆春帆,不知如何光景耳。此间省垣无恙,而外邑灾重于前,凡被河患者二十余州县,又有山水雨水者十余县,地方情形不可问,我处处事实难启口,钟泉又罢,只可俟大儿回来再作道理,盖兄区区老脸,尚不能不顾惜,只好缄默俟之耳。

前札问旧时梦兆,今记于后。甲子秋,梦至一处,若神庙外有戏台甚宽,寂无人,登其上,徘徊久之,有数人继至,中有一老者,单姓,云"与安庆公相善也"。其人鹤发童颜,飘飘有仙意,谓予曰:"明年可无会试,当俟下科。"又曰:"盗不过五女门,君乃信之乎?"予因念不知功名何等,单若已觉,曰:"子问翰林乎?有之,有之。"予又转念曰:"非也,予欲问得如先生白须否?"单点首,亦曰:"有之,有之。"予因妄意为翰林文学侍从当何如,为御史直言极谏当何如,单又若觉之而频哂焉,予因愧谢曰:"每欲断妄念而未能,奈何?"单曰:"此固不如王状元'断念不如无念'之说矣。"已觉身若轻举,乘风疾驰而归,天水渺茫中得句,曰:“浩浩黄河压日来。”手执一物,非金非玉,形若如意,上镌一“寿”字云。目前之事,并未见梦,而黄河一句甚怪,此地实不敢久居矣,非以梦为据也,今俟缴项事毕,当别谋之。五女云云,当有十女,似孽障未了,或不即死耳。船山先生见予旧文,批其上曰:“王状元得勿是王勿庵否?”然勿庵先生未闻此言也,今夏坊间《王梅溪集》颇多谈道,亦无此语。

其八(闰七月十四日,9月7日)

通志堂印《经解》,有孙觉之书,兄处之本新乡,然记得有之也,相传归入内府,孙书将刻就,未归入《全书》,是以仍在外单行,将来诸侄随时留心,有此即买补之为是,亦薄本。从前文中用副举人,系本之陈左海先生也,盖“副榜”二字指榜而言,副贡又混于正贡、陪贡,故先生以为副举人也,于文义实可通,或更有所本而未见也。胡公季堂即云坡司寇也,其旧居即今米市潘相国之屋,缪姑夫旧居,兄住之累年者也。胡公刻《经解》序文,乞即钞寄,因欲补入《中州文征》也。此间老辈讲经之文甚少,此固不似文论耳。《文征》已刻一卷,钟泉捐资,方谋陆续刻成,今则不能不中止矣。好事难成,大抵如此。

史婿带回扬州新刻《陈硕士集》,内有吾弟《清芬录》之序中“胡康侯”云云,乃胡翼之也,南北宋相去百余年,先生未免疏忽,而门弟子亦太枵腹矣,我家存稿可为改正为是,孙觉即翼之弟子也。

月前得许公道基集,海昌人也,与少司寇公同典河南试,此书乃是夏邑李氏传来五弟妇家也,内有同司寇途中所作,已入《清风集》矣,诗却未见所长,号竹人,即萚翁集中所谓“人有竹德曰竹人也”。弟读子美集而悲,兄而读之而见其罚铜,不觉失笑,今若能改银为铜,则大妙矣,呵呵。

前恳钞录之件,乞即写寄,尚有一事奉恳者,俞云庄又号莲石,名宝华,与学士公至好。公没,渠有五古挽诗一首,乞弟访诸其家,借其诗本一钞,感荷感荷。又王倚吟一首,想难寻矣,前信似已言之,今再及。闰七月十四日。

《追慕录》[①]

乾隆辛亥，伯父大兴公归自闽，仪吉始拜见，公戏问曰："桐，汝何姓？"对曰："同姓。"公以为慧，甚爱之。时先学士公居东门外槐树头，距公居二里许，二里许是否？公时步至，偶有嘉馔，必命之侍食。一夕，学士公已寝，公至，谓曰："族人某近日纵博，吾戒之，则曰：'无有。'今时其集也，吾与弟偕往，彼不能讳矣，当可止已。"而族人愧改如公言。

公课子严，甫归自闽，未延师，兄学源时来仪吉塾中温经，夜归，更授杜诗一首。兄谓仪吉曰："爷命全读，一首不许删，故兄读杜诗全部。"

兄自温经王先生，背书未拜从也。我背《易经》，至"神而明之，存乎其人"，背不出了，兄取墨示我，不喻其意，偶记此，请弟猜之。记同塾似不过二三十日耳。兄夜读《新婚别》《垂老别》于颐和之前厅，字字着实，是时气尚未甚短促也，不可不为弟言之。噫，学源兄之寿夭，遂为我家成败关键，兄若不死，今各房气象皆不如是也。兄若多奉教于学源先生，即令之居官，疏失罹于罪，疚或亦可免。此中天道人事有可知，有不可知，我弟兄子侄但当时时念此，庶有以继先人之志耳。[②]

学士公京居，公自保阳来宿留，携仪吉同榻，公夜谈亹亹，必命之先寝，曰："读书须蚤起也。"时抚其顶，曰："伯伯爱汝，知否？"间与言

---

① 此文又见《衎石斋纪事续稿》卷十，写作时间不详。

② 眉批："此段是札中语，不可误写入《追慕录》。"

先世遗事,惜童骙都不记忆。偶值雨后,学士公以公所居庳湿,设棕于地,公见瞿然,曰:“我祖我父未尝有也,弟奈何为此?”遽命撤之。

公未至京前通书,题其后曰:“行人戴草笠,相见此良时。”众读未喻,学士公曰:“此‘戴’字,草书也,兄当以十八日至。”已而果然。

公好医,偶为人治疾多效,尝问学士公,曰:“外人呼我‘钱一贴’,弟闻之乎?”笑而答曰:“闻呼‘钱一堂’耳,不闻‘一贴’也。”公亦笑。公折狱明敏,故众以为号,闻于京师也。

公喜读《老子》,在京,适翰林馆课某诗题,众皆谓出《老子》,或曰《管》《荀》诸子,又曰“史赞也”。学士公归,述其语,公良久曰:“吾但知《老子》无此语尔,他不敢妄揣。”

公族子建生家贫,公为纳资从九品,分发湖南,与之路费,出都,为人诱惑纵妓乐,已尽亡其资,并部照亦失之矣。公招之还,殊不责怒,处之一室,戒勿出,暇则问之,曰:“汝几时还阿叔钱耶?”又曰:“汝执照尚可得耶?”久之,知其悔也,为赎部照,更与路费而遣之。

壬戌后,仪吉里居,公赐书,曰:“侄年少能文,又早膺乡举,里党中不少愿交之人,总在择友取益为要,佞柔便僻,万不可交。居家用度,自宜节俭,而识见必须扩充。节俭不可效俚鄙之为,扩充不可存夸张之见。侄三年中不能出门,我深虑染流俗浅薄习气耳。”又云:“家中以和气为要,如有识见龃龉,须善调停也。”公手书十数通,南北往来,又值水患,多阙失,今存者十二三尔。

乙丑,仪吉赴礼部试,时公自大兴任引疾,赁居内城,半体不仁,公私逋负八千余金,人皆以为忧,公殊落落不以介意,为仪吉赁舍贡院侧。移寓之次日,手书属:“晚间早睡,白日静坐,不可纵谈,喧哗谑浪,皆足耗神乱心。”又批后一行云:“此信不可作答,致乱心曲。”此纸今犹存。将揭晓,力坐以待,至丙夜,忽泪下,谓仪吉曰:“汝看伯伯病至此,汝得有中理否? 已矣。”后二日,仪吉告归,自后遂不得奉公颜色矣,伤哉! 是岁,公生朝三月廿四日,大兴民老幼担负果蔬走京师致祝,见仪吉,一皆拜贺,仪吉有句云:“朝来叩户声何急,野菜浓香寿故侯。”盖纪实也。

是岁仪吉赴试，与从兄云寿棫、从子合敔柷偕，始至数日，公命三人作课，命题“老者安之”三句，合敔曰：“不似场屋题。”公笑而易之，则“德者本也”二句，适与上命乙丑、戊辰两科试题次第符合，众以为异。

四妹已嫁，犹依公以居，外甥弥月，仪吉赠之八金，公闻不悦，谓曰：“凡人临财，取与多寡皆有义，不可不知。戚友有大事，当从其厚，小儿汤饼，游戏事耳，二金已多，何夥也？汝非惟不知樽节，且不知轻重，吾甚忧之。”仪吉于是凛然于用财之不易。

仪吉前记先考妣家庭琐事，因及诸父，并附录外家二琐事，而先世远事亦有数则，总题曰《追慕录》。今抄此稿时，题作《遗事述》，覆阅之，并非记德行、政绩、文学之大，只是思慕之意居多，是以仍定题曰《追慕录》，弟试酌之。

家书札稿

道光二十三年(1843)——道光二十四年(1844)

道光二十三年(1843)

其一(十一月十六日,1844 年 1 月 5 日)

前月中旬寄一信后,屡欲作书,与子方、子密一谈文笔,并致答二侄来信,乃应酬猬集,几无片暇,迁延至今。南墨曾一看,极有见解,此二节合题,乃“君子之道费而隐”,其题面则学不厌,教不倦也。平日读书,千万讲求实理,勿学泛泛之徒,专恃句调为文。前评诗旁注:“有灵台,有麟阁,俱切武事。麟台不切武事,写未毕而客至,今补之。”子方考优似未得,若有意于北闱,亦一说也。□体字义皆紧要之至,此次顺天覆试,在后者皆以“疆埸”作“场”也。进卷时,上即看出,面谕大人们以为荒唐,遂无一瓦全者。院生曹肃孙云:“此字王弇州已误读,而河南人读本固无不是场字也。”可叹,可叹!前年兄为院生背书《屯卦》,读“团”字大骇,阅其本,则下注音“团”,然则生于江浙,沐父兄之教,有好书好本头读,必当字字细心,点画无讹者矣,便中更望告绎之,写信常有误字。并可告子仁昆仲也。欲语正多,今偶举一二耳。

兹因子仁束脩无处会寄,而弟处代垫旧项未清,又有付卫翁之项,又有刷印书帖等费,略为凑还,计数未足,且卫翁如有急用,亦只可乞弟再为垫应,此为管坟工食等修屋言之。若整理桑地,补种树枝,且缓可也。此段前后不甚接,想是太史公古文也。善□者心照不宣。

兄近体颇健,而事之繁冗十倍于前,穷忙而为富忙,可笑之至。此间交库七千金矣,楚北千金尚未有准信来汴,然大致可以无误。京中初限奉旨甚严,此是有起限者,我浙六月起限,不知秀成桥朱如何,现在□□不足数者,虽展限而金未完交者,竟即监追。前子仁信来云,欲□家产尽绝,正恐未易耳。大儿逗留武昌,且小作张罗,回汴须腊月,□各处情意,非无凑泊,然明年余数少,而思路亦少,所望春官有好消息,乃可济事耳。癸卯十一月十六日。

其二(十一月廿八日,1844年1月17日)

十一月廿六日接吾弟十月十二日书,此件四十余日而始到,喜闻吾弟、弟妇又得一孙,快甚,贺甚。南闱荐卷,吾家有三人焉,此亦天道,非徒文字之工耳。侄辈读书进取,有启佑之责者,盖宜倍尊敦实庸行,讲求义理之学。《中庸》一编,必须彻上彻下,用力一番。意谓《四书或问》亦当参看,而落笔误衍于此。自注。试问程子得不传之意于遗经,果何事耶?仁义道德,孝弟忠信,昭著经籍,岂有不传者耶?悟此始恍然于中庸之为中庸,而宋儒之定为四子书,又以为六经之阶梯者,皆明指大道以示人,而"存诚居敬"等话头必出于此,乃知天人合一,续增此四字,索性说破以示诸侄,不嫌发得太早也。一毫不容浮伪,则其日用言动,自然收摄简当,而说话作文皆有着落所在,此乃探本学文之法。

至朱子《近思录》之辑,与东莱商榷至精,《名臣言行录》虽随手记录,俱有实义,两三年屡欲劝当事刊此二书以教学者。今春宝惠□□《近思》,恐竟无人看《言行录》,或自刻之,亦不妨售卖,以冀通行,遭事,遂不果。十月内,藕耕书欲得见张清恪著作,月初即以弟所赠《近思集解》寄之。藕兄新刊《望溪小著作》极精,初拟寄去,请其重梓,细看有缺叶,卷八缺十四、五两叶,《续录》卷一缺十四一叶,将来弟如见此书,务必查此阙叶卷四亦少十四一叶。补钞寄来,即可寄黔,劝其必刻,功德不小也。兄处又有江慎修注,全用朱子语作解,于程张语间有商量,后附《朱子世家》一篇。两厚本,数日前与晓瞻方伯观之,已定见付刻,日内因闱朱卷稍迟,明春必为之也,此是兄近日一惬心之事,弟与侄辈讲《言行录》,必大有益。兄秋间得一书,曰《安危注》四本，明人所录，皆史册将相大事，其名号用陆贾语也。每人撮举落落数大事，都是要着，或可每日看一人，数日看一人，虽若务外，然识见可以恢廓，正可相辅而行也。墨卷何能不读，然只可玩其格式，而中之所存，须自家说有便有，今人入仕宪网，官样必须读而学之，若中无所有，便是演官一剧耳，吾弟以为何如？

洙泾先墓，吾弟亲往瞻拜，并周视情形，商量料理，先灵庶几稍慰不？兄读之惟有感涕耳。安乐桥亦烦盛礼谢之，需用之款，望间寄信。顾蔼迟观察汇寄四十金，其半可留弟处，大约还旧而借新，腾那至来年再说。弟自心照一切，无俟缕陈也。宝惠逼留武昌将一月，恋恋□肋而不能决舍，今有十六起身之说，自汉口至信阳，只能坐二把手，昭□受累可知，又值寒令，闻其身拥重裘，而其裘尚是夏布小衫，以单□遭胠箧，无处觅缝人补作也，老怀日来能无凄念耶？然极迟出□，初旬亦必回矣。兄事总已出举外，明年无虑也。三侄女出阁，竟未寄些少物为觃，新婿与乐寿、陈倩是一族否。匆匆布候。癸卯十一月廿八日。

其三(十二月五日,1844年1月24日)

月前连接手示，得悉一切。兄于前月中旬托粮道顾公汇银数十两到弟处，闻有子仁修金，未知能无迟误否，顾在楚大累，浙粮亦是难办之事。此汇之者或不至误耶，念念。兄前寄之信，甚悬悬于诸侄之读书作文，尽以墨卷腔调，不过如现在官场之宪网节目，进退揖跪之宜而已，明眼人似不难一目了然，即稍钝亦只宜随时留心，岂有奉为登坛秘诀而能有济乎？所以书理必须讲求，世事必须通晓，寻行数墨，坐失居诸，在英年用功之人，则尤为可惜，此则吾弟必须提唱为伊等引入读书正路，至要，至要。子方、子密经书想能精熟，则用力易于见效，子仁侄老手如何，亦须自寻换笔之法，不可墨守吾之所见，如题布置而已。总之，意必生于理明，笔则由于气锐，非明锐不足动人也。见绎之，更切勉其用心，而誊文学字尤为要紧。兄近况如常，案头笔墨太多,其大者惺庵古文三本、诗舲诗一本,皆须核勘,他可类推。近作一首附览,以为何如,示知为望。

昨新优贡门生以会考文求正,学台已看过者,“子路问事君子曰勿欺也”,后比云:“惜顶踵为欺,惜名节亦为欺。”为之大骇,试问名节不惜,尚是孔门弟子耶?为改作“矜”字。后来晓得山东“事君能致其身”闱墨有云:“名节之不可惜也,甚于顶踵。”此即其所本也,悖□伤义,不通该打,墨卷之不可学如此。癸卯十二月五日。

道光二十四年(1844)

其一(四月十六日,5月30日)

前数日接吾弟三月七日之信,并承钞寄各件俱收到,忻慰之至。信面所写,道远不易云云,求他不要遗失,亦甚妙也。晓东父台前差吾郡城,实受其庇荫,星壶信中略言之,今与吾弟同修学宫,将来亦望老父台继康熙间鹿公之开府中州也。鹿公有祠在学宫署之西,兄过许信臣处必由之路,每欲赋一诗而未果,稍暇拟扫空俗气,造一首请教,然不能及弟近作之纚纚数百言,工整而有情致也。罗学使《尊慈阁记》中辨孟母事极真,近人多有相承之误,文通篇一气贯注,颇似令兄耳,呵呵。《道齐正轨序》何敢望贵与之精实,但其中颇有含蓄之意,故不至十分浅弱耳。

大儿、三儿试作不谬,而未能徼幸,家运使然也。十弟事可愤可伤,原拟军台,改发新疆。清安伯父平生以决狱平反活人,活人无数,自晋臬入都以后,所谈必是办案之事,细微而又疏阔,意主活人,不可其他。兄两次巡城,略师此意,稍免罪过,不谓山丘未几,而弟迁掇此奇祸。大儿信附看,此辇下公言,非手足之袒护也。十弟妇闻甚贤,不谓其苦命如此。兄交项尚少三千七百金,□间有未集者,晓瞻先生极为关照,无异诗舲也。大儿出京到保定,略为逗留,不知如何。总之,迟迟而不误,可无罣念。莲溪评诸人□试作,李蓼生第一,今果得之,附书两侄一看。甲辰四月望后一日。

玉卿信收到,喜甚,随后再覆,虽宜二等,极妙,或未满意者,非也。

其二(六月一日,7月15日)

连日盛暑,昨午赫热无所,荷、枏定以今日北上,甚念之。傍风雷夜雨一时许,晨起,天朗气清,写诗一首与考客携之而去。

几日炎歊郁不开,蓬池深处捷闻雷。风挟羊角抟霄上,云淰鱼鳞洒润来。原潦四郊歌沛禨,清光千里净氛埃。儿曹此际趋天阙,小草知蒙雨露培。

于是瓠子胀肉至矣,吃琉璃碗一盏许,郑州来之至佳者,近饭量只能如此。卧而读《蒙斋集》,南宋袁甫撰,聚珍板,新自京取回者。而弟适至书,此字误脱,其兆甚佳,大约兄到郡城,弟必先来耳。读之大乐,二房得孙,正值大成殿告成,可谓吉祥善事,寄语子密,俟其长成,可请子万教他,万成之祥,其在是乎,呵呵。

骆驼湾寺诗,兄初见,是农部公处一纸草字,匆促之甚,此字作"火"旁"土",俗书"竈"字也。后来兄细读,谓必"社"字之误,是以自编《鷇音集》写入诸诗,竟作"社"字,后在粤刻诗时,又思社火固所习见,亦未知何义。"炏""社"二字似生,而"竈"字但觉朴实稍过,并无语病,不可臆改,以刻从"竈"也。实则先公手迹从未得见,到此偶一日读《雅韵流芳册》,学士公手书诗,似《清芬录》已有之。实是"社"字,窃喜臆揣之有合,而前刻已行,且俟续改,未以告吾弟,则兄之疏漏也。《雅韵册》,中丞公自山右带京见赐者,其时兄集录先世文字已多,此字久作"社",想彼时核对相符,即置之。到汴,事隔十许年,又如创获,华子之善忘也,可笑。合集体新意□,孝弟之思,此内误字尚有,且缓刷印送人,稍迟续达一切。与祝札,后顿工□一首,字从前本少写耳,却是两字,前人曾论之。

《宝真斋法书赞》,兄所藏本,亦聚珍书也,六十七行,今□见三十九行,当得其半。倦翁跋云:"右宝晋米公《蚕赋帖》真迹一卷,有

‘内[1]府’及‘楚胄印’各一。宝庆乙酉得之中都鬻书吴氏，笔力差似少年时。赞曰：‘桑柘之利被天下，而不足以芘一女，鬓蓬手莒而身此七字似不是其书之词，岳赞全是史法，中有议论，且自出己意，又类子书，特借论书以发之耳。不缕，云织露组，便疏曲户，世之类此者，又何可数？是谁之尤？曰本是务，彼弃我取，维终以无窭。’”以上语可补入跋中，《相义录》亦未之有也。

《澉上图诗》大胜《菊卷》，可见题目要好，菊诗大抵无聊耳。张篁园之名，今始知之，可谓晚闻。寄刘碑，叔平已回汴，当属其多拓些寄南，以此间无拓手，必叔平自为之耳。《忠义堂颜帖》无目录，亦无卷第，此正陷壁之据，今焦山杨忠愍祠四壁皆杨书，即其事也，惜杨迹皆雁本，惟《开煤山》一稿的是真迹，纯乎争坐位气象，可见学书不在书，乃《忠义堂》帖中有争坐位字，体与外间传本多有不同，此帖中至精美者，正书《郭公家庙碑》、行书《送刘太冲序》、草书《栾将军诗》也，三者兄常在心目中。《祭侄文》有否，记不真，迟一二日检出看明奉报。兄近日颇忙，镜堂、晓瞻皆常相过从，皆不俗而有真意者，然不无因此荒功，而懒亦实甚，一卷高卧，则写信、会客皆不可得之事矣。今日大乐，得弟信，先作此数纸以答，略迟即迟一日两日，俱不定，其可笑如此。来信第二纸：“枣花帘外一枝斜。”笺诗向上，虽□倒花，究非正局，附闻一笑。

弟又得金代刻本《史记》，看来此事可以大成，贺贺。英尚留保阳未回，荷、梠去，属其劝归，想久留亦未见大益也。日内盼绎之喜音，不知如何。甲辰五月廿日。

廿日写信未寄，廿三英回来，所事未有眉目，留信托人招呼且听□分解。颜帖内无《祭侄文》，此件墨迹旧时见于琴坞处者，亦是发钩□耳，并无大神气也，今不知何往？从前兄处杨晚研中讷临《兰亭》□本，金笺大字草书，迥与诸本不同，而笔意精妙入神，琴坞强夺□□，

---

① “有内”二字原缺，据岳珂《宝真斋书法赞》补。

屡索不还，万一流传到弟处，无论何价，乞为兄得之。杨是海昌人，或有翰墨缘，意到及之。再前惠寄之张注《近思录》，缺第八卷之十四、五两叶，《续近思录》缺第一卷之十四页，第四卷之十四页，如遇此书，望为借□补全。此本现在藕庚处，一俟补足，即欲付梓也。江注本七月可刻完，尚□寄耳。珞珞又碌碌，忽已六月朔，不可再迟，先此奉达。又及。

其三(九月)

相孙举京兆试志喜四律述怀申警并以示勖录呈郢正①

小弱胡然窃桂枝，传观名纸尚狐疑。十年讲艺频工拙，一瞬登科感岁时。在远飞书欢寿母，伯母金恭人今年九十三岁，里门书来，盼望綦切。疾行跨灶骇狂儿。大儿乡举年垂四十矣。秋风鹗荐还追忆，定有南云喜气随。去秋，相北闱呈荐，吾族本省试荐者三人，今相中式，族人亦当有获隽者。

干禄无能已白头，每怀宗党望松楸。范庄岂有田常稔，柳诫终惭道远求。一弟边陲伤谪徙，昨接从弟晋甫兰州书，知已赴乌垣。几人老屋惯穷愁？衰龄俯仰惟尤悔，祖泽偏承孰可酬？

食旧艰难幸嗣音，科名十二世于今。年多白屋犹陈迹，前明半逻祖居犹，②有一椽傍水，题额③曰两涯白屋。老抱青编更苦心。先世绩学不遇者固多，即已膺乡举，亦多著书不出。乐顺先太傅堂名。家书弓冶在，显忠臣范日星临。先太常前明时赐祠额曰“显忠”。浮荣岂足宗祊守，凛尔冠裳出士林。

同岁门生谒贺来，亲仁何幸得追陪？大难止水盟心去，犹有凌云

① 此四诗另见《浚稿》卷五。

② “居犹”二字原缺，据《浚稿》卷五补。

③ “水题额”三字原缺，据《浚稿》卷五补。

作赋[①]才。今年院生十六人内，如李百龄、张酬纬践履笃实，密于内省，宋继郊湛深经学，亦耆读宋儒书，姬聿灏作《二京赋》，奄有班、扬，枏皆可师事，不当以同谱，妄拟雁行也。弦诵一堂应共励，风尘单骑尚迟回。二儿闱后病，未出京。古墉祠宇瞻言近，筵日淇泉待荐杯。将之新乡，谒大父祠堂。

道光甲辰秋九月。

其四(十月十六日,11月25日)

月前接七月廿六日手书，快悉一切，未几得京兆题名，枏孙徼幸与列，何其易也！意谓家运当有斡旋之机，南中必有捷者，昼夜探问消息，各衙门俱杳然不知，直至昨日始得见浙录，烦闷之至。钱炳森想是黄予之族，未必是我家改名也。旧家如老树枯菀，有时自难预料，然当春气发生，畅茂条达，宜俱有向荣之意，乃一荣一悴如此，可见生气之薄。兄于枏孙之中，先喜后惧，《述怀诗》云："衰龄俯仰惟尤悔，祖泽偏承孰可酬？"盖至是益深怵惕，不安之至。两侄卷差得荐否？南闱屡绌，或改辙而北，如何？子仁兄弟，清安慎宜，有荐卷否？荷儿此番，令侄得隽，欢忻鼓舞，不似下第人，然其情亦可怜矣。丙午却须进南场，苌、城皆拟明年小考，未知尚在何时，丙科三人俱不宜北，以有李禄生，今年几乎外帘也。兄衰病思家綦切，而官逋勉强借凑交清，现有九百金之急债，冬春间须措还也，不能走开，明年必归，必归，万不再迟也。

十弟到甘省，一路害病。信回，知富海帆欲令其等候兵部咨文，而同案末后一起所带，到未有期，弟甚窘苦，幸得杨玉堂为之婉转其间，始得以火牌为据，即日出关，赴乌鲁木齐矣，而王素庵廉访云：名简，汴枭，官甘肃最久。"出关必当至伊犁，用度宽而常有公事可以出，路人皆贪近近五千里。而欲乌垣，此拙计也。"然今已无可为计矣。此吾弟主意，本不知其细，这也不怪他。

---

① "作赋"二字原缺，据《浚稿》卷五补。

兄日来头风齿痛,甚累,写此信而痛不止,屡欲阁笔,只可即此数行,先报平安,日内谋先寄。大约仍在顾处也。子仁修屋及孙宜人移柩之资,欲托虚白兄料理者,若能早为料理,尤妙。令另寄信,尚与顾,银日到耳。十九日续记。外一片,乞寄虚白兄收看酌之。胡晴洲,光州人,或是沧晓先生一家否?先生讳煦,通儒名臣,雍正中以奏田文镜,斥归田里,乾隆初起用,旋卒于官,云坡司寇即其子也。道光初年,湖南盐道胡潾此字记不真,或从玉。闻是司寇之后,若令刺史父台是一族,则有世谊可叙耳。甲辰十月十六日。

其五(十月十八日,11月27日)

兄于此月初旬望南榜不得信,头风齿痛时作,十五日冯五观察送浙题名,不见有"铭恕"等字,惟得一沈,乍簪之郎,勿阅我事,为之发闷生气,而齿痛大作,次日写信寄吾弟,愈写愈闷越痛,三张纸写了七八,今起倒而后成,欲即书交南邮,懒得再动,掷笔而卧,但呼阿唷唷,牙痛而已。乃于昨日申酉刻间,接奉乐寿伯母大人来谕,快闻子方之中,又证以沈星堂自诩改名之功,并有名次,然后知钱炳森为吾家炳森也。吾现令二儿开八字,请星翁改名,且拟悬一扁,曰:"本斋专办改名应试。"弟何以不肯先通知改名,以致阿兄齿痛之剧如是?请问吾弟,应罚作一小东否?试问之子仁、淡如诸族戚,公论必皆曰:"该罚,该罚!"并请乐寿老人慈谕,亦必无以为吾弟解也,弟其何以处此耶?呵呵。椙录后想即有杭州之行,如当年农部公携兄谒师故事,不知嫡亲老师朱乎、恽乎,此须问房考乃知之也。兄辛酉是文师中,戊辰是顾师中,其与学士公同。贽见填亲,供刻卷及一切诸费,恐十年苜蓿之积,一朝摸索而空,奈何,奈何!

椙朱卷履历,兄酌定式样,系照郑刺史云龙诸郎之式,亦不正郑一处,独举此者,以其义门发祥,为可师法也。郑乃浦江义门之后也。其小注皆一一校正,如文端公、司寇公入直南斋,时有先后,各以其序,又如司寇历兵、刑侍郎,皆特恩授左,不由右转,此类皆据史传。又如农部公充文源阁详校，其处似在热河，与文渊阁无涉。兄屡见公手写履历如是也。旧刻书典误，已更正。至书赠，但书品级，不书官，以省繁文，惟巨源公书之，以上首明代封皆书官也。若兄三代，庶是通奉，以嘉庆朝圣寿六旬下诏，时庚午元旦，尚未授桂林中丞也。然或其时可以请二品，书未定，今仍照向来刻资政，因后有例，晋振威将军也。此外，有改之处，亦必有谬误之处，江盼新添丁者，尤未知晰丹徒署任，故不书继恩已，引而近之，故不书继。吾弟可斟酌用，若新卷已刻，即留为会试朱卷之用也。今科新添外省覆试公车，必须商量早发，至要至属，试帖最紧要，疑难字万不可用。冬夜若能日课一诗，尤为玉堂先声。子密高兴，亦同作，大家踊跃奋迅，作凤巢阿阁想，要在必得也。去年英甫中，叔平道喜云："我辈大家在中窝里，自然大家都中。"以今验之，不爽也。

子方到京，未知拟下榻何地，大儿父子今年俱借住莲翁处，只有一间屋，幸而一春一秋，燕雁代飞，明年似太窄之屋，只可令梠居之，苞则向寓慎庵处。大儿欲住会馆，欠静，亦不见省。子密到，琴溪云："其兆甚佳，公喜二少爷亦中矣。"自然应令大儿照料一切。及覆试规矩，一闻即知，但总宜早去，此后自然一同早发也。至考寓有久据之吉房，其说甚长，到京自知。甲辰十月十八日。

其六（十月十九日，11月28日）

昨日作第二信，未发，等履历也，晚得吾弟杭州前月廿一日书，非报迟矣，呵呵。四水子潜德，躬被其教者，兄也，而诵四水子之教于吾弟，同被其教者，亦兄也。弟为殇兄立后，仁至义尽，但婚娶宜如何书，抑阙之耶？先生尝考取钦天监天文生，其算法得之溯、濂，兄实系自考得之。向例，天文生亦赴乡试，与国学生同，或注入之，当云"钦天监，三字在上。考取天文生"，下文或云"绩学早世，著有《训弟遗言》"，如何？从前虹舫阁学亦为殇后，不知其履历若何，弟曾见之否？或有好样子可学，则大妙矣。至来信谓兄得信可为弟慰，其说正长，不暇缕晰言之,总之当日劝不应举,非兄不能言,非弟不能用,今则读书养性,可以悠久先泽,即儿童亦当共信而守之可久,何乐如之,岂在一时弋获为荣哉?大作前寄到,即酌改数字,《特翁篇》所定已妥,照来片可也。今交卷。束脩所不需,要买杭城慎德堂诸葛行军散小瓶,以病药头痛,一嗅即愈,非乌龙散也,拜托勿忘。先集必须带寄几部来,为盼。甲辰十月十九日晨起雨中。

其七(十月廿五日,12月4日)

昨三信同一缄,缕缕数千言,想阅之不惮烦,然已误却校史十叶之功,如何?大儿禀求代办会试文书,前已寄述诸,乞吾弟费神料理。又兄尚要印《记事稿》十数部,多至廿部,太少恐不能印。又《秋泾集》印二三十本,欲送人,其费弟处付去,即烦子方携之都门,交大儿取钱用也。有此两事奉托。

前履历中聚五,乃芑儿有得子之信,先列具其名耳。顾处信即另寄南,恐到已在嘉平矣。甲辰十月廿五日。

沈敦田十二表兄镐前河厅,署淮海道,因壬寅桃源漫口去职,去冬来汴办工,曾相见,人甚要好。今年奏调不行,仍在清江,大约遇有机缘,即可开还原官,其子竺卿亦是南河官。亦似同知。前寄□□□□□□□□□,或来价过昂,或欲有所谋,可往一见,帖用"姻愚表侄"可也。金瀛仙信亦托其照料行人,渠称兄年伯,辛酉同年锡鬯,渠之族叔。与□□□相好,世弟兄也。子方不另致,乞转告之。又行。

其　八

四女禀笔,敬叩贺四叔父母大人鸿喜,儿女孩辈皆家贺,懒不书,独书此者,为下文陈皮张本。要求四叔父买寄青盐陈皮数瓶,是小黄沙瓶,是薄片,乃是顶好之物,吃之,百病消除。前曾两次托人买大瓶圆粒,性甚燥烈,不佳也,心壶亦奉托不另。四女近来体气渐充实,长子恩哥聪明出众,今年生子龙哥,丰硕之至,女儿小定将断乳,玉雪之白,亦奇慧。女在家，骨瘦如柴，出嫁后多愁多病，屡濒于危，今得如此，天怜其有孝心也。其庶子骏哥奇笨，小恩哥一岁，每事必跟定其兄，其兄亦极喜照应其弟，有食物顽物必与之。妾李敬服感激太太，皆目中所不经见。去年三十岁，兄赐以一词，甚佳，暇当写寄。前年三女三十，有诗，寄语玉卿，俟三十亦当有诗词奉赠耳。双全定中，王玉卿要中状元的，弟尝闻而知之乎，呵呵。

其九（十一月廿五日，1845年1月3日）

警石吾弟足下：廿九日得初二日杭州寄汴之信，快悉一切。子方之中，兄因改名而不知，枬、宝则题名各处，刊刻多误，弟亦久而后知，适相为报也，呵呵。叔侄同科，固为佳话，尤妙在我两人之子孙，宜乎！先生见猎心喜，不自觉其技痒，来示云云，善哉，善哉。兄现今官逋已清，罪名已免，亦将设法办原名应试，将与老弟角逐文场，不足为儿辈道也，如何？

各直省覆试新定章程到，有若干人奏请在贡院考试，场内住一夜，五更题下，午后交卷出场，一文一诗。场卷闱与科岁考式样同，扁红格，薄纸不甚好写，场卷红格不甚分明，正反前后须细看。钦命题各省人多，闻分作三四起也，北闱补试者是否附入，或仍须廷试，未知其审。枬欲早行，然尚须筹措刍秣之资，岂易言哉？试帖此时最要紧，书法亦不可忽。去年北停科者，俱为“疆埸”作“场”字，新科北去一人周溥润，则庙讳不知敬避也。会场覆试无事。甲辰十一月廿五日。

黄裳跋

此钱泰吉手书《家书札稿》一册，余与海宁钱氏家集多种，同收得之，付工重装，都为十四册，亦可谓好事之至矣。余最喜收此种家集，亦多重装，以便藏守。去岁得甫里许玄佑集十数种，近更收此，皆绝佳之书，因记。丙申四月。

钱仪吉与苏源生书

道光十六年(1836)——道光二十九年(1849)

道光十六年(1836)

其　一

足下好古乐善，蔼然君子，仆所愿交，重以虚怀询下，不敢不竭其愚。大作二册，细读奉报，《经解》携来，尚在行箧中。《春秋毛传》，其读《左氏》，但事排击而已，无所发明也，亦俟开箧后陆续奉览。鄙意此时治经之功，且可少缓，而作赋写字为急。近人之作，大都通篇无疵者少，只节取其所长可耳，至写卷以用笔出笔锋为主，若墨气得手，而自发光采，则全在功夫之纯熟，有不期然而然者，想明眼人自心知其故耳。

其　二

读书不能专一者，由于心之不定，惟无欲速，无厌烦，不求知于人，期自得已，则终日读书，终日应事，其心常定，不必欲于读书应事外，别求定心之法。程子所谓“动亦定，静亦定”，学者开手先须得此把鼻，乃可以学，非我菊村前不敢为此迂阔之论，以骇听闻也。

其　三

顷来五言古诗二章甚好，必如此，方是作诗。愚山先生云：“渔洋论诗如华严楼阁，弹指即现，我则从平地筑基起。”此言至当不易，貌为高淡，与貌为才气，俱虚鞟耳。凡工夫，事事须靠实，不独诗也，如此二诗，是靠实做者，方近立言之旨。区田之法，必须岁易其处，今年之田,为明年之沟,后年复为田,此意惜尚欠缺发明,拙稿中《书〈魏志·刘馥传〉后》略申其意,曾流览及之否?

其　四[①]

昨付回文稿,覆阅数过,仆久欲有言,以足下谆谆下问,不惮往返,若是其勤也,庸讵可默尔而息乎?足下以谢君辑《古文孝经》而与之书,谓刘光伯本多可疑者,所见甚当,惟"十可疑之说"意多旁出,而所考亦有未谛审者,盖为学必从其朔,循流而下,若举本以起末,则事不烦,而鲜所歧误,将欲考经典,传授异同真伪,但取《汉书》熟读之,十可得七八。

《艺文志》之言《今文孝经》也,曰:"《孝经》一篇,十八章,长孙氏、江氏、后氏、翼氏四家。"又曰:"长孙、江、后、翼、张,各自名家,经文皆同,唯孔氏壁中古文为异。"乃唐人撰《五代史志》云:"长孙多《闺门》一章。"果如所言,向、固何以云"经文皆同"也?《志》又曰:"《孝经古孔氏》,一篇,二十二章。"师古引刘向云:"《庶人章》分为二,《曾子敢问章》分为三,又多一章,凡二十二章。"然则刘向所见真古文但多一章,无"闺门"字。《闺门章》始见于光伯所献之本,是以司马贞得斥其鄙俗,真古文且未见有是章,而况长孙氏为今文者,此非史家错谬,即《隋书》传本误尔。班《志》之言《古文尚书》也,曰:"武帝末,鲁共王坏孔子宅,得《古文尚书》及《礼记》《论语》《孝经》,凡数十篇,皆古字也。孔安国悉得其书,以考二十九篇,得多十六篇,安国献之。"刘歆《移书太常》,亦但言:"《逸礼》有三十九篇。"即"班志"《礼记》,今之《仪礼》也,《仪礼》五十六篇,去高堂生《今文》十七篇得此数,下《尚书》称十六篇义同,皆以增多于今文者计之。《书》十六篇,天汉之末,孔安国献之,俱不言《孝经》。安国《〈书〉序》,后人伪作,故不引。至建光二年,许冲上书,称其父慎学《孝经孔氏古文说》,又申言之,曰:"《古文孝经》者,孝昭帝时鲁

① 此信又见《衎石斋记事续稿》卷三。

国三老所献，建武时给事中议郎卫宏所校，皆口传，官无其说，谨撰具一篇，并上。”是安国所得《孝经古文》，至昭帝时始献于鲁之三老，安帝时许慎始有说，而所谓“官无其说”者，谓前此诸儒未有传说，非谓官无其书也。谓《汉书》误以安国所得古文之数，悉为所献之数，斯许氏之言，不得不疑为歧出，故读古书，一字不可忽略，元遗山有言：“文须字字作，亦要字字读。”此论文耳，而为读书至善之法。然唐宋以后，作者疏密坚脆，不能齐同，固有不可深求者，如司马贞惟驳正光伯古文《闺门章》之伪，而后儒遂谓贞削《闺门章》，假使本有是章，谓贞削之可也，本无是章，安所得削？盖世方右文，人人思列于作者，道听途说，触目多有辨之不胜辨。吾但读古书，昭然黑白，著于吾心，世人出入主奴起灭之不已，凭轼观之，亦足乐也，何暇佐斗哉？若夫六艺，皆出自孔氏，而经师相傅，本各不同，如《春秋》三家，皆周人所傅也，而文亦多异，孔壁《古文孝经》亦周人所传尔，不必孔子手定，今文又在其后，且师授不同，即篇文或异，无足怪者。若张霸《百两篇》，文意浅陋，以中书校之，非是《儒林传》明著之，安见汉代必无作伪之人，而世亦未尝无知之者也。周师入郢，江表图书，悉为煨烬，为牛里仁所称“五厄”之一。《经籍志》中“梁有某书，今亡”者，不可数计，《古文孝经》亡于是时，盖亦可信。此皆显在前载，而不必过疑者也。

足下谓司马贞虽排古文，斥孔传，仍请孔郑并行，而明皇诏亦两存之，此言甚当。《提要》已先及之，其引《说文》“仲尼居”无“闲”字，及桓君山所举古文字数，光伯本皆不合，亦足以补司马氏之阙，宜乎谢君叹为甚确而无以易之也。第二书尤明确可存稿，至郑注之为小同，略见《玉海》引《国史志》中，近阮户部考之綦详，迟当奉览。至安国之传，既不见班书，始见于《家语》后序，此正与《古文尚书》踪迹相类，窃疑亦是王肃辈伪撰。足下嗜古勤学，幸留意及之，有所得，希为披示也。

顷接吾园书，中有“奉致二札”，奉去乞检入《艺圃诗》，一册送还左海先生。传足下欲寄示贵友,须更录本去,以箧中无副耳,鄙意不欲多示人,亦可以已。顺问文佳,余面罄不一。

其　五

惠寄碑版数种,靡不精妙,感甚,欲作一诗以报而未果。李赞皇诗,《金石萃编》中已有其八分,极似《华山碑》,笔力雄厚奇快,非《曹全碑》等所可及,至宝,至宝!

其　六

别后相念,正拟札询一切,适奉来示,勤勤学问,用心内敛而有取于鄙言,又何相信之深也。循诵再三,以忻以愧,暇中常读经书而不必多,此为至要。服子慎《左氏解谊》,江西人已有辑本,计所采七百余条,然无所发明,足下若采旧说,而有所发明,则不妨并行,否则徒然钞撮,不为心得之学。总之,从宋学入手,必须看《近思录》,从汉学入手,必须读《说文》《尔雅》,舍此他歧,皆为杂学,可以饰名,而无益身心耳。

——以上苏源生《师友札记》卷一,清咸丰三年(1853)刻本

道光十七年(1837)

其　一

足下有志治经，其要在先读注疏，看《说文》，此为根本，如读《曾子问》一篇，守定一书，以为诸书之归宿。今可看注疏、《说文》之与《曾子问》数十条相关涉者，别录一册，互相参考。其他如《通典》《五礼通考》之类，用三五年工夫，不患不通矣。若钞集旧说，平列看之，亦是一法，然无心得，不足以传。

其　二

《皇清经解》中卓然自立者，不过十数种，亦多稗贩穿凿之说，若从根本上得力之后，略一翻阅，印证之足矣。若治公羊《春秋》，治虞氏《易》，治算术，则须先看《经解》中书，若《礼经》之有心得者，不过江慎修、凌仲子耳，亦甚浅。而《曾子问》发明尤少，此篇本不易读，能读通之，大妙，然必须为根本之学，乃可传耳。

其　三

周赤之文炜书云："每读史传，不三四行，即定其人善终与否。"此真大言无实，人之善终与否，本不应如此说，必欲言之，则当以遭际时世不同立论，如南北朝猜忌之主，仕宦多不令终，汉唐盛时则不如此，然亦有赵广从、张蕴古也。夫子不答南宫之问，岂无意哉？漫书之以质高明，为何如耶？

其 四

承示张桐冈文,开卷一读,即已大远流俗,此与刘山蔚文俱得之意外,胸中湛然,观事物之理,皆见本末,故下笔无一点俗尘,卓然名家,岂易言哉!

足下体气孱弱,心气尤觉不足,考期已近,切宜省用心。此旬日内但将熟书熟文,随时玩味,使心中怡然理顺,气机冲畅,临时自有行文之乐矣。

道光十八年(1838)

其　一

承示浚邑《邢烈妇墓表》，拙著《碑传集》中已有熊藕颐先生名宝泰，即象阶父也。所撰《传》一篇。今拟并录此表，其事迹较详也，惟末一段议论："若天故难其死，以成奇烈之名。"则所见非是。一部《大易》，扶阳抑阴，天道福善而祸淫，天但欲死淫人耳，岂欲死烈妇哉？人道不立，而阴阳乖忤，乃至于此。且以其事观之，邑在大伾山之麓，大风扬沙，事所恒有，弱女夜行失路，亦何足讶？至淫人豺狼之性，不从其欲，而以鞭死，尤无足异，故邢之死虽云奇节，而道实合于中庸，所以可贵也。名者，中人之所勉，故曰"名节"，曰"名教"，圣人所不得已也，而知道之君子，则必求端于天，盖名犹可以伪为，而道则必以诚立。《中庸・鬼神之为德》一章，通彻内外，所当熟读，惟足下可以语此，故因邢氏而一发之，幸勿以语人也。

道光十九年(1839)

其　一

先舅氏诗稿，奉赠诗极清真，吾乡自先生之没，未有嗣音也，中有《送妹词》一篇，即送先母从官京师之作，袁子才曾见之，谓是真乐府。仆小时熟诵，至今读之，犹为感涕。

其　二

别后未得手示，为盼。榜发，院中前后十五人，不为不盛，而独失足下，即两主司来晤，亦知足下名，以为遗珠之憾，仆则以为但当多读书耳，一第之早晚，不足置之胸中。足下恬雅，当体斯言。诚斋八月下旬钞《尚书注义》甚勤，旬日间已毕，《尧典》叩其所得，自云"见解有异于昔"。仆告以"此亦虚境，靠不住，须炼之以事"，渠似未信而李戋园孝廉已来，亡友次白先生子也。见次白遗书，有《春秋左氏贾服逸注辑述》，乃辑取二家之注，而疏通证明之，有二巨册，甚典实，正当足下前所欲为，他人我先矣！近作何功课，足下体弱，时宜养气，诵读之功，可省探索之力，宜归一路，勿务杂碎，惟缓缓玩味，则得于心气之间，意味胜于记诵也，足下以为何如？

道光二十年(1840)

其　一

按来示，并悉一切。日者之言，本不足凭。吾弟至性纯笃，既心中有所不安，自当觅人一看。河北李生钊精于子平，请其一阅，渠云“后此三十年大运，万无一失”，尽可告慰也。

其　二

别后无日不念，而惠问杳然，何也？足下闱卷在新乡王君房，呈荐已在八月二十六日，两主司处中卷已多，遂至屈抑，揭晓后，主司极为悔怅，并想望风采，必欲一见，属仆转为敦致。是役也，在鄙意实未惬心，而在足下亦不能不引为知己，如太夫人日来起居康健，务即转禀堂上，于望日来省垣一行，主司现定十八日就道也。《张清恪公集》，季睦又来索取，足下务必带来，有未钞者，到此补钞可耳。

其　三

承示近状，略悉梗概。太夫人起居能如常日，知足下小心调护，善慰亲心也，慰慰。尊府今年多费，仆亦多用，而家兄之事真令人肠断。兄为先伯父户部公嗣子，孝事吾伯母，先意承志，一语无稍违，一事无擅专，如是者四十年，为他人亲生子所未见。今伯母九十之年，乃遭斯变，侄又早亡，仅一侄孙，即去年来汴就婚者。昨遣其星奔回里，又适值狂风奇寒，道途不知如何，贤弟谓我意中能自遣耶？家伯自丁巳归田，凡宗族公事、祠墓公事，一身任之，兄守而不失，至今寒族中求如兄之足任其事者，更难其选，又不独先祖一房失所依赖而已。心思稍定，当诠次行略，乞老弟一家传，以垂不朽，想必乐于从事耳。

道光二十一年(1841)

其　一

前接信，知即有陈州之行，故久而未复，孟慈奉寄之信亦未寄。顷钟翁谈及文旌，已于初三日回家，想堂上康绥，凡百安顺为颂。《力本集》在此，《青门稿》今亦检得，仆前此误记也。孟慈有寄到《述学》等五六种，暂存仆处，统俟的便寄致。《循吏传注》，钟翁属为校正，已随手有更动处，亦恐辗转滋误，吾弟再审定之可也。地名注“某郡云云”，似可从简，钟翁云：“若竟注今地，则注之，否则此后可以从省。”注今地，亦不宜太繁，若辨一地而蔓衍其词，亦非此书本意，但云“某地，今某地”。是非聚讼，听诸后人，此惟择其可从者从之，足矣，吾弟以为是否？

其　二

昨接手书，得悉一切。《循吏传注》，仆随手点窜，实未可为定论，他日由钟翁处交到，足下必须详勘，不可阿私也。地里注今地，如费力，即全不注，亦可。比闻粤事棘手，谁生厉阶，至今为梗，不能上马杀贼，区区占毕，亦何足重轻哉？

其三(七月十二日,8月28日)

前得手书，久未复，为歉。六月中旬，河决黑冈之三十一堡，当省城正北，入护城堤，当事守御无策，城中受水十七八，西北尤甚。院中于十八日水大至，几有灭顶之凶。十九日黎明，仆逃水出，妇孺皆走，幸无恙，而稚圭中丞宅适在干土中，即日借居至今，二十余日矣。二十二日，全河掣溜南趋，势尤危险，近则水时长时落，然大溜尚在护堤内，而下流宽缓，未闻掣成河身。邹钟泉署首府，竭尽心力，土工、砖工、囊沙之策皆具，似有备，或可无患。院屋多圮，院中积水，至今未消，数日前有于讲堂前得河鲤者，岂三鳣之兆耶？

院生外邑人皆散去，亦有出城遭水复返者。官课、斋课俱停止。仆虽去，亦不为失，然近城皆水，而外邑亦少安土，如新乡尚可暂居。然以先人遗爱之地，重累此邦人士，又所不安。河朔院长沈君，姻戚也，专人邀北渡避患，亦辞之。迩日惟以检点水中书籍文字为功课，觉孑遗之余，破碎丛脞，益堪宝惜。足下旧作亦在水中，今风戾而干，并续寄之作未受水者，晨起读一过，就所见评论数语，寄复左右，此后事之吉凶未可知。仆之踪迹未有定，事有天命，足下亦无容过为念，守身、汲古、为善、娱亲，惟努力自爱可耳。

其　四

仪吉六月十九日早避水，挈家移于周念慈处。二十三日，大河正溜入护堤，情形尤险，幸城罅已塞，城内不加涨，然亦无消路，至今两院俱在水中也。仪吉初到此，无书可看，已索之水中，尊稿在焉，粗阅一过，并附一牍，交念慈处，遇便寄交，不知已入览未。贱体照常以书消忧，或劝出城，则四围皆水，出走者屡闻覆溺，妇孺尤多，不敢轻动。七月二十、二十一、二十二日，大溜冲城西北角楼，危在呼吸，秸料一空，砖石亦尽，中丞所以两疏告急，谕旨有“劝民迁徙”之语，仰见圣心先民命而后城池，但省垣百十万人，何地可容？而自白露以后，水势已平，星使到后，某人亦不敢再为掣肘，秸料亦集，自可无庸出走矣。

惟仪吉本拟暂归，秋杪欲买舟南下，然朱镇水路，其下流正在河中，而淮口高堰，不知有无事情，尚须探路，乃可行耳。远承记念，惓惓致问，知吾弟厚意恳挚，又知贵乡亦有水患，甚念，甚念。风便时，惠数行以慰远怀，跂切，跂切。

其 五

前在念慈宅上，得足下专人来信，即作复，而其人未来取，随交棣士明府奉寄，想收览也。今日又得先发手翰二件，厚意惓惓可感，来言以曾子之义，不妨先去，诚然，仆亦未尝不欲去，而洪涛环城，四面无路可通，虽欲去而无由耳。近日水已大落，大工将次兴筑，人言合龙，傥有不善，尤为可危，今闻欲赶于冬至前竣事，则在极涸之时，当无仓猝之患。

仆甚思归，此间果仍旧，即归亦必复来，惟现闻江南亦大水，道路难行，或不果归得。足下十月来晤谈，是所愿也。前欲钞胡弢峰先生文字，亦于日前危城待命时，手缄存念慈处，属寄足下，闻尚未寄，便中来取，可也。

——以上《师友札记》卷二

道光二十二年(1842)

其一(六月二十三日,7 月 20 日)

前接手翰,鹿鹿未复。兹又奉书,诵悉一切,远怀藉慰。文集二种早钞毕,今奉还。仆近况如常,河防众心所聚,当可无虞。海夷扰动,日肆鸱张,幕府运筹,尚未得其纲领。敝乡四月中旬,以乍浦失守,相距数十里,遂至逃亡满路,郡城罢市。下旬夷自饱扬,民稍假息,旅人南望,魂梦为劳,如何,如何。

其　二

三次惠书,均已诵悉,得子迟速有数,幸勿介意。近有渭阳之戚,又须仰慰高堂,起居若何,殊深鄙系。所云"养病在静坐",稍有所效,久之自可霍然,不可以此自愁,转为心累。心,动物也,欲其和平,又欲其调畅,可密自出入消息之。

其　三

人之心气,常欲在下,言动应接之时留心,令其在下,静坐时亦纳之,使下如有气,猛难遏之,时则游目眺览,或徐行百步,或少与淡食茶饮之类。气稍平,则仍纳之使下,"潜龙勿用,阳在下也",此养生之本,前言"缓"字,意亦如此。因足下目常动,知心气易浮越,故以奉告。来信云"不能一切放下",此谈何容易。要知心本无物,即境感触,随时扫除,庶几渐复空明之体耳。

道光二十三年(1843)

其　一

昨接来信并新刻《正轨》数纸，既经沥复矣，兹于钟翁信中，又得别纸，欲仆考订文翁之事。考订本不易言，此书本意亦不重考订，所以疏漏无妨，但不可错误耳，至全卷刊刻，必须校对精详。足下校书，虽非所长，然是学人本分，当为之事，且以钟翁知己之深，固当尽心为之，惟有细看多看，未可诿诸他人也。至仆实无此心力矣，前信已言，乞谅及为幸。大著《文征》，有可刻之机，甚以为慰，忆此书丙申、丁酉发端之始，仆所参订为多，由今思之，已似未必谛当，如钞僻籍，欲多存数首，又其人只一二篇，必欲存之，其实皆偏见也。至戊戌年，足下自京旋里之后，仆适病目，自此精力日逊一日。足下所选者，概未能细读。逮己亥借钞此中传志之文，误字谬句，随手刊定者甚多，今欲付刊，岂可不细心审定去留，以冀信今传后？至分类，其小焉者耳，即不恨，亦何害乎？现所看卷首一篇，前此似未寓目，其文不足以压卷。足下欲效《文选》，试思《文选》分类，何以不先《风赋》而先《两都》耶？至其中讲官数语，似觉轻忽，昔人论奏事之体，词直而气和，即此见郭君所养亦不深。凡此类文字，必须斟酌尽善，而后可存，而后可刻。吕东莱《宋文鉴》奉敕所修，犹有后言，足下岂不知之，不可不慎之又慎也。至开卷姓氏，何须亟亟，仆名"总阅"，实非所安，计所阅不过十之三，今欲补阅，则万无此力，只可述所见，以备采取而已。

其　二

表彰前哲，当著其所长，不可暴其所短，严定去留，正所以爱重之也。至敷奏之词，在前辈，必无要名之见，我辈于诸名言硕画中，录其词气端重，如对大廷者，他日可以上呈乙览，可以遍赠同朝，亦正所以爱重诸公也。足下试思之，仆言尚非甚陋而无见者耶？

其　三

得书知前书俱已照入《文征》，传久与否，固不可知，先求其稳妥，可行于时，此鄙见所及，想足下亦有同心耳。蔺公文其稳妥者，新钞《治平三策》，写手书法较前为佳，但多笔误，宜留意校正之。校书固费心力，然逐字考其笔画，从此涉笔少误，亦大有益也。奏疏分六小类，不知《治平三策》当居何类，更详思之。高前辈《劾陶疏》，事不甚著，宜存之，绍微举远，亦著述之志，应如是尔。

其四(七月二十五日,8月20日)

连日河势稍退，跌可暂安，正欲布数行以慰足下，而手书适至，读之甚快意也。某君所选之诗，虽费力而实大谬，于汴中先辈非徒无益而已。仆因发愤，欲重为定本，但不可同其体裁，抑若争胜者，则非仆所愿为也。再四斟酌，欲称《中州百家诗存》，或称《中州百家诗钞》，皆取有集数卷至数十卷者，一篇一咏，虽绝唱不得录，而托名附骥者绝矣，大家名家，累数百篇可录，岂不大快人心耶！此书若成，胜于《山左诗钞》《畿辅诗传》，以体例正大，而诸先生集至若干卷，必有不可磨灭之性情，惟在掇其菁英耳。或谓当称《中州名贤小集》，仆以后人与前贤同列，不必皆名人大儒，若李子沆即是末一家，不可以称名贤，而集有诗文，今钞出数十百首，亦不可谓之小集也。若称《百家诗钞》，或《诗存》。或多于百家，或八九十家，皆可耳。记足下尝屈指计之，可以有百余家，今不知尊处各集有诗者若干家及常寓目者，暇中乞先开一目来，可略见大意，亦足忘忧耳。仆处有稚圭先生太翁诗三十余首，皆清旷之作，又刘孟筠之祖《茧庵诗》一卷亦可采录，如王先生紫绶之诗则尤卓卓者。总之，尚须搜求于某刻之外，不可仅恃伊之底本而已。

其　五

连接手信，事多，久未作复。意谓试期必到，今乃失望，何尊体虚弱一至于此，深为念切。宜常看经书，亦不必多，即性理书，亦宜就曾看者咀味之，更不可贪多。《文征》已刻如许，且可停工，终日看近代文字，于养身养德，俱不甚有益也。寄来《中州诗目》两册，详晰之至，冬春间有暇，当先借尊藏本阅之，或可忘忧耳。

道光二十四年(1844)

其一(二月初十日,3 月 28 日)

昨得二月七日手书,慰悉一切,日读《论语》,觉胸中少滞碍,养德养身,皆在于是,鄙怀企慕久之。此间事不堪奉告,中牟工竟至不可收拾,桃汛逼近,无可复为。省垣去口门虽有六七十里之远,然如去年七月中漫溢竟至城下,现在护堤未筑,闻即日动工,究未知若何也。有劝出省小住者,足下前有书院可借住之说,不知如何？此外有可赁之屋否？遇便示及为望。

其二(三月二十四日,5 月 11 日)

月前手复数行,曾入览否？兹又接惠字,知《文征》不求多家,数持谨严之意,甚善。承寄诸先生文,即刻读一过。祝八章,须见其集而后知之大旨,其人集中有祝亲之词耳,似不必求甚解也。《蚕桑杂记序》,跖实可存,有疑字,拟附注数字于下。郢子,盖即释澄瀚之旧字,定哀多微词,所以存者,亦不忍没其人耳,其文亦不过如是也。钟集序似可存,其词直而不尽,微见其意而已。

护堤现甫动手,省坦如何,亦未有把握,仆或于六月避暑百泉未定。藕耕中丞寄到《新注孝经》,其分章本之石斋先生,甚可征信,注亦笃实醇美,寄去一本,董帷披览,当有养心之益。重刊赠言,所登不滥,即雅净可观耳。

其 三

手示俱诵悉。沈公《居官内省录》一册附上，补录之文，酌定送回。惟顾子方传诸书，传闻异词，而此传得诸其子之言，不可不存，又惜其叙事未能明画，暂留细读。拟跋数语于后并刻之，如何。旧传志有斟酌字句，今手写以奉足下，当快意为加一餐否？呵呵。

道光二十五年(1845)

其一(二月十二日,3月19日)

接手书,知前寄回之《文征》底本已收到,慰慰。兹又寄去六册并鲁岩先生所校对之册,妄为酌其从违,鲁翁想不以为忤耶?已刻各卷,仆亦看过数册,多有出于张校之外,此古人所以致叹于目睫也。即鄙意所定,往往与足下异同,究竟是非若何,亦未敢为定论,足下好学深思,虽病而益勤,更虚心参考,归于一是,庶成善本耳。梓人将行,书此付之。

——以上《师友札记》卷三

道光二十六年(1846)

其一(七月二十一日,9月11日)

夏闲,三奉书未复,知爱我者必相谅,然自问殊歉然也。兹又奉手简,忻悉娱侍万安为慰。足下体气清弱,正宜善养,名场逐队,淡漠置之,甚惬鄙怀,惟良晤益遥,为怊怅耳。

仆长夏事多,家人辈药炉不断,最后四女竟致不起,此女前有刲肱一事,追念当时,尤不能自遣。三儿撰《行略》,奉寄一册,倪荷大笔,赐以文字,俾托以不朽,逝者之幸也。刻经之局,日以扩充,辰下规模竟成,丛书一部,初心所不料也。惟校勘甚苦,不能早日竣事,约计尚需两三年,未知衰病能见其成否?此内《朱子孝经刊误》,在《大全集》中仅数页耳,足下前在省买得《朱子遗书》,内有《孝经》否?欲借一校,想不吝也。承示《夏峰集序》一语,足下所考必不误,然此本已盛行难改,他日尊著中不妨为我订正耳。此二语皆旧信中未复之语,常在念中,故及之。

某君《诗钞》,自出心裁,而委之于仆,所不敢承,颇欲别为一集,而卒卒未暇。今夏南滹先生之孙抱其先著《河岳集》而来,其时亦携到足下书,仆展读大喜,急以前此开示之书目,核对一周,乃足下在钱书中跖所见之某集某集,又少十余种,某君虽常借看,然其人忠厚,必不窃取,正不知如何遗失。可见残篇剩帙,日亡日少,于是发愿,仍理前说,专取有集者不过数十家,不妨与某书并行,此事必须邺架所藏,多为告借,别纸写出目录,拟于诸生场后发写底本。仆案头书甚少,非足下助我,不能速成也。陈生凝远现下榻吾斋中,去取可以相商,若更了此事,则十年梁苑岁月尚不虚耳,何如,何如?

其　二

日昨文旌来省,稍得叙谈,甚惬鄙愿,归途体履安佳,定如心颂。仆病嗽数日,继以目疾,幸孔生广忠试竣未回武安,仍请其商治,得以就愈,乃能执笔,作此数行奉达也。前示有《澹庵经学》三种,以大忠著述,而《四库正目》《附目》俱未列名,必当时江西大吏不以此为事,未曾采取送馆。今既得见,亟宜传布,务望寄省一读。近以至堂先生欲刻《礼》《乐》二书,而二书俱有图且甚多,此间刻手所不能为,拟即以此三书代之,字少工省,必所愿为耳。宣史述汤文正之言,谓中州经学书有二家,吕忠节《孝经本义》、贺景瞻《春秋归义》也。宣史曾有《归义》,已送回蜀中,现拟获嘉访求,当可得。《文征》中有序,知现刻者十二卷非足本,未免可惜耳。

其三(九月二十六日,11 月 14 日)

顷诵手翰,知有金銮之戚,高堂因此不怡,稍损眠食,近始调理全安,籍慰远系。足下近体不健,想亦为烦心所致,念甚,念甚。仆于立冬接家信,宝惠八月初感受时邪,五日之病竟尔下世,老怀骇恸,不知所云。顾念西河之悲,见责同人,亦不能不勉为排解,未知足下闻之,将何以示我也。

其四(十一月初四日,12 月 21 日)

前展惠书,以仆有长子之戚,称引圣贤,以相镞厉,真切郑重,非寻常慰问之言,感涕悚息。因考朱子遭子塾之丧,亦已年逾六十,而告终之年,犹为长孙娶妇,今逝者两子皆娶,妄拟前贤,愚父子已为多幸,敢不自爱,以副所期。

校经付刻,《仪礼》尚未毕工,未暇及他书。澹庵《诸经解》,近人纂辑，用意可嘉，惜见书不多，殊嫌漏略，惟《春秋解》原跋谓“旧人集说中录出”，稍似赅备，然以仆所见宋儒称引，尚可补辑一二，俟竣事必付梓也。贺氏《春秋归义》，刘弁卿署获嘉得之，即以见赠，亦十二卷本，非原书矣，词严义正，洵乎德人之言，同今夏大儿家乡所得《郑氏三傅阙疑》，皆有益后学，惜卷帙多，未有任其事者。吕氏《孝经本义》，即日写样欲刻，《大全书》多，亦尚有待。《浚川礼纂》甚善，此恐不及刻，前属早为寄还，此次带信，究系市人书，只一册，恐其随手卷折致损，当俟后便耳。《泰泉乡礼》，足下想已看过，中间似多迁就，又有难行者，不如浚川笃实稳当。《中州诗集》因钞录《河岳集》及王蓼航《知咫堂集》未竣，是以尊处所借，俱未动手。此事尚非甚难，且已有若干家，不忍中辍，使更散失，足下有续得者，随时见寄，惠我多矣，寓理集前所取者已无遗憾，水灾后，久已不见，不足惜也。郭春山《春秋》乃是空论，亦少特见，其日记亦如是，不能入之《学案》中。杨学博钞数卷见示，意在刊布，恐无以副之。

闻某君涉讼之事，以平日议论气象度之，必无其事，自古小人之诬君子，每以暧昧之事，使之莫能自明，况私及床笫，非其亲昵朝夕共处者，何从措一词，若道途之口，类多轻薄，不足据也。由君子之道，处朋友之间，久不相见，闻流言不信，区区之心如是而已，足下以为何如？

道光二十七年(1847)

其　一

正月十九日手示,两日前始得捧读,何其迟也。《松坪集》同各集存小斋,不无凌乱,亦不至遗失,可无过念。《养鹤堂集》一册仍送还,无可录者,《浚川礼纂》早欲寄还,防其折损。今忽得一法,以新刻二种夹持之,即以奉赠,当借书之一瓻,如何?彭明府新政宜民,心佩之至,藕耕方伯至而不能留,转增怊怅。稚圭中丞晤谈数次,不无衰态,日内欲写一同年会叙之图,如得成,必求大笔作记,想不麾之耶?

其　二

《春秋解》二册、《总论》二册、《孝经类传》一册、《孝子传》一册、《士训》三册、《兴观录》二册,共十一册,春山先生著述止此,闻《兴观录》尚多,欲接续写送而未果。杨学博于此勤勤,意在仆为审定,晓瞻为之刊布,今此志不酬,良可浩叹。鄙意若遇其人,当为介绍,但以时下风气人情,点金莫及,正恐终于抱恨耳。《士训》有见解,体例未善,足下若采取一二,附先达以不朽,亦足慰杨君之苦心于九原也。若欲携回,可属二儿加簿面一订,或作九册,如何?

古文家往往不免时文调,岂非寒士教书之为累,足下亦宜留意,为学生批改,以意为主,其词调仅不失格可矣。若读时文,则气与俱化,大非所宜,仆所恃以无恐者,十九乡荐后未尝读一遍时文也,呵呵。

其　三

读书有得,处事接物,觉此心安定,所谓“浃洽于中则说也”,此是进境,不读则忘,故孟子曰:“勿忘,勿助长也。”夫仁亦在乎?熟之而已矣。常念“勿忘”,久而至于精熟,则操之在我,岂曰操之于书哉,足下以为然乎?鲁山《二李集》,鲁岩处可借读否。《杜氏家乘》中杜君之昂,即《出塞集》中颂扬之人也,杜公俊彦似是上一辈人,仆《碑传集》中有之,此《家乘》亦望借下一读。赵遵律《川蠙集》有可访否?并奉托。

其四(十月十六日,11 月 23 日)

满城有塞卜哲讷者,从学有年,今以翻译进士得主事选,缺尚远,昨回汴,带有艮峰先生寄书,先送览,其《学案》在仆处,可觅妥人来取,即付之也。

日来不接足下手书,颇萦鄙念,太夫人病愈后,近日气体已能调理康复否?足下侍奉竭力,体中如何,乞便中示慰。良医良药,殊不可得,仆以怀山药最为醇品,或可以此佐兰膳乎?单服胜于合药,早起尤宜。仆汴诗渐有头绪,有可助我者,幸深思之。

道光二十八年(1848)

其　一

昨付来人一信，今晨重阅手示，知尊慈有小恙，时时说如意事以博慈颜欢笑，《礼》云“无方”，又云“巧变”，皆此义也，勉之。幼怀忽以时症告殂，可为浩叹。《经苑》现为学使刻《吴园易解》。《胡忠简公春秋解》，邹松友认刻，尚未寄刻资也，此书溯所自来，实由足下，岂可略哉？

其　二

病目两旬，近始痊可，此月余因不能用心，取旧诗删定，似于前人门径，略有窥见，而于古文词理亦相通，拙稿从前直是无师之学，颇欲严为沙汰，足下何嗜痂之笃，一再询问，令人滋愧，然此事无人商量，若以十年中文字悉为磨勘，亦所愿也。乞将尊处所已钞者，写一目来，其未有者随时令人钞出奉寄，但吾友必须从直切磋，无以老而舍我，幸甚。至旧作“墣”字，只作“塞”字意，前人谓“以一墣塞江河”，梏亦一物，故联为相杂之文，且二字亦句中韵也，未知可否。《吴园易解》已刻完，而学使又去，吾弟以钞经倡率多士，极为佳事，后来者亦是词林，必当相见，仆固乐于怂恿之也。

其　三

手书快悉一切。己未鸿博，河南尚有柘城李芳广，已觅得数语，可以备数。杨毓兰，新乡人，其邑志《选举表》内注云“有传”，而传中竟无其人，今已托心斋访求，恐未必可得也。至王文清所居之地，仆所据为法祭酒《槐厅载笔》，今别无可考，更望随时留意。张公雄图，曹伯绳钞其诗来，竟无可录。足下有《词科掌录》，乞写其诗寄下，姑录卷中，尚当求其全稿。即如钱南淳之诗，刻于卢容庵学使，殊无足观，后得全集四册，仆为选钞一卷，虽无大过人处，然其中有物，可以名家，以是知前辈心血汨没于庸耳俗目者不少也。

仆现仿计有功《唐诗纪事》之体，一篇数句，皆可节录，于某氏书不至有意相逼，而所采可以广阔，从前所弃，今更欲掇拾之，以期周备，而成家者仍以集名编次，如《宋诗钞》之例，大约不过三十家，二书成，吾于某氏之诬可白矣。此后尊处之书，或尚须随时告借，至此间已钞者，遇便当随时奉还也。宣史来省，手札送去，新中丞求治甚切，当有人推毂及之耳。

其　四

前此惠函，鹿鹿未复，即辰展诵手示，得悉一切。《鄢邑文献志》日事修辑甚善。仆日来有他事相间，不读诸先生诗又数旬矣。学使汲古爱才，轺车出省时，属其访书，昨回省相晤，据云："赵遵律之集名《颍谷封人集》。"其后人送来钞本，必欲索回，集凡八册，似有文而人鲜知者，深悔前此岁月徒虚，不知此后更得几何也。《森圃集》钞出数首奉还，并旧借之《梦月岩集》《红药坛集》《怀雅诗集》《流霞集》先行送赵，余有钞而未校者，随后陆续交去可也。《庚氏说》前略看，俱在《礼记疏》中，既欲纂辑，必须先看《正义》，卫氏所采未必全备耳。

道光二十九年(1849)

其　一

王丰川书，前在京师借读，未及录其精粹，今得此文，为《碑传》中不可少之人。足下助我多矣，承示文字致语，具详别纸。昌黎《答李翊书》，常常读而思之，当有所得。韩子曰："非三代两汉之书不敢观。""不敢"二字其意云何？先伯莩石先生云："生今之世，两宋大儒之书，此亦必须读者。"此韩子所未及也。然汉宋之言，总须自九经起，李文贞云："《易》与《诗》《书》，最务精熟。《三礼》《三传》，同工异曲。"所当念兹在兹者，此耳。

其　二

前复数行，想已照入，论文过刻，惟善人能受尽言，想勿讶也。旧辑《艺文略》只存一册，随时修补，不能去手。舍弟《海昌备志》"艺文"一类颇详整，今寄看其书，以人为纲，以录古书，不见本书，不知当在何类也？都庄二册，仆最叹服，此乾隆间州大夫之所为，天下志书皆若此，以献庙堂，可以不出户庭知天下矣，贵邑能仿为之乎？拙序一首，舍弟求之三年不作，今以病中阅其所作消遣，忽得此篇，足下试阅之，以为何如？

其　三

两寄书而不见答，时时系念，恐道履欠安。今接信，乃知有令叔之事，平生何业，享寿几何，遥念足下素敦族谊，未免哀劳。又未悉令叔膝前有丈夫子几人，窃见尊府人丁似不为盛，此最要紧，积厚流光，想迟早亦有其时耶？节孝总坊创自江南，遍及各省，今足下以锡类之思，作表彰之举，自当左右其事，相与有成也。鄢陵新尹计日可到，若以此等事为新政，岂非大有裨于人心风俗者乎？

其　四

接来札，知太夫人时有小恙，老年总宜颐养性天，精神生于喜悦，胜于参苓培补也。所需膏药，今寄上，至采访节孝事，顷于姬传先生集中得一文，甚妙，似乎照彼办理，其权在我，其事易集也，如何？

太夫人既是体气畏寒，不知全鹿丸曾商服否？鹿乃纯阳之品，上通肾脉筋骨之病，似易于见效，但或肺家有热，或阴分太亏，亦恐偏胜，傥有明于岐黄之人，试一酌之，如何？如用之，出怀庆府为真。

其　五

手示读悉，徐仲圃《东晋南北朝舆地表》手钞一纸寄阅，或可采取。此书为钱竹汀先生推重，可以信其确当，惜原书措词太简，有与史志不合者，不详著其所以订正之故，后学读之，不无遗憾耳。

——以上苏源生《师友札记》卷四

手札拾遗

与杨以增手札[①]

六月十日得至堂先生书，知有第三郎之戚，述怀奉慰，率成三章，录请鉴正。

经时旱太甚，一昔雨骤凉。风物顿凄警，蟋蟀已在堂。绸缪结遐思，使节怀秦疆。陆海今何有，苦心抚嬴尪。一夫闵失所，忍见童乌殇。厥生况有征，元鸟千百翔。名之曰燕庆，佥谓神降祥。髫龄笔五色，早拟文成张。奈何庛且暴，毛羽忽摧藏。老凤声啾啾，和鸣失归昌。尚烦念俦侣，往事同尽伤。

疾苛人事常，举世无和缓。吁嗟骨肉情，徒自忧心悹。仓卒以药误，追忆知中懑。家儿乃不然，久斥庸医诞。市中石与陈，冰火互凉暖。虚与之委蛇，不受一丸散。妻孥不可谏，追恨肠空断。臧谷等亡羊，谁能左右袒。无已归之天，越哉命修短。堕地已前定，贤愚何足算。

洪钧播万象，一掷无终完。区分益茫昧，并育枭与鸾。桃李忽冬华，秋风败丛兰。纷纭迭否泰，如环循无端。阴阳所变异，何物足□抟。获麟不得蓄，屠龙敢摧残。鹪鹩一枝守，亦自遭弋弹。即事审其由，推测良复难。太虚可思虑，任运阅暑寒。和神以为春，真想每在欢。中年遣哀乐，愿得寝食安。君子道其常，达人垂大观。□□审所由，所误作其□。

愚弟钱仪吉初属稿。

——周广骞、丁延峰、骆伟撰《许乃普、钱仪吉、许瀚等致杨以增函札辑释》，《文献》，2017 年第 6 期

---

① 此诗见于《浚稿》卷七。

与张澍手札

二札记收到，诗题未知所出，选事扣缺多，或下月朔无披贡者，又安见不能到班耶？鄙意或且缓俟初间再定，何如？复颂介侯仁兄前辈大人日安。侍仪吉顿首。

——陈烈等主编《小莽苍苍斋藏清代学者书札》中册，人民文学出版社，2013 年版，第 552 页

无名氏

顷阅裴山先兄所撰《岭西琐记》，有云："梧州有禑姓，字书无此字，读若萱。"此外，临桂以姓，灌阳卿姓，卿学士祖培即先兄所举士也。全州都姓，宣化鸡姓，新宁玉姓，柳州葵姓，西隆幸姓，而覃姓、农姓尤多，侬即农也。以上诸姓想尊著所有之耶？侍弟仪吉顿首。[①]

——《小莽苍苍斋藏清代学者书札》中册，第553页

① 此札所与者不详，根据内容很可能还是致张澍手札，因为张澍撰有《姓氏五书》，本札正是讨论姓氏问题。

无名氏

酷暑未得趋候，想文祺嘉旸为颂。昨接警石舍弟历城来书，有远帆兄奉寄一札，并寄咸斋一札，一并奉上。又吉哉寄经农书，恳同咸斋札加封，寄保阳为感。委题画册污损不成句，愧悚愧悚。顺颂清川仁兄先生即安，不一。六月十四日弟仪吉顿首。

——陶湘辑《昭代名人尺牍续集》卷七，清宣统刻本

外二种

陈尔士《寄定庐》

嘉庆二十二年(1817)

其一(八月十四日,9 月 24 日)

临岐一别,咫尺数千里,惟愿诸凡自爱为祷。士昨归甚速,到家才午正。奉回灵位,谨已供好。惟神像遵谕未挂。今日未刻,孙启回,始将孝帷移进神像挂好。询知主人戌刻上船,灵榇于亥刻上船,平安妥顺,不胜哀慰。本之归,得手书,知尊体尚可支持,甚慰远怀。来书十五条,当一一遵谕料理。阿英等未送之咎,士当分任。颐女归家即愈,下午已吃饭矣。士昨归后,有同衙门魏公来,交到外捐银一百三十两六钱。今将零数画于节间,用大衍之数存本之处,其半拟易钱赎衣服,有三票节后即期满也。今日搬房,不得工夫背书,明日即按功课背读矣。余续布。

其二(八月二十二日,10 月 2 日)

十四日即移房,鄙意以西院作书室,离上屋太远,难于照应,仍将大厅东偏阑断,开西北户作书房,较便也。

阿英《左传》理完十一、十二两本,并带理《月令》。每日约熟理四十叶,灯下仍写《左传》凡例,尚不至心野。阿荷脑后疖尚多脓水,昨请文先生看,云"所患无碍",精神甚弱。方用四圣汤加减,中有散药未服竟,用四圣加首乌、生地,服二剂,甚投,可放心。家中下人尚算勤谨,孙启或间日至宅。各帐皆十六日开发矣,细帐一纸又一册呈览。前交本之银五十两,易钱五十七千,拟俟凑足一数,从吴处会寄南中以备正用。至寓中薪水,尽力从省,所短亦无几。将卖物,价逐时添补,亦足敷衍矣。士每朝出居书屋,申酉之交归房,料理杂事甚少暇,而夜间颇好睡。诸燥证日来就愈,所谓劳则寡思,无妄想则心神安静,其火自降矣。阿英丸方六味,加远志、麦冬、建莲、阿胶、兔丝饼等味,拟廿四日合服。程妾十八夜间发疾,此番甚轻,不过一刻即愈,弗以为念。

家中诸事,士当兢兢业业,尽心力为之,断不至贻主人远虑也。尊体素常不足,一切惟祈自爱,少用心,饮食不可过饱,恐伤脾胃。七日写成此信,故节节断也。敬问待轩主人近履。不一。

其三(八月三十日,10月10日)

迩来时刻以主人为念,岂细爱煦仁为意哉?缘尊体素弱,又痔患连年未愈,此时是何心境,终日孤坐,百端交集,能不悲怆!辗转愁思,恐致损人,每一念及,神思惘然,百凡自爱自爱!通州七日至天津,不为迟滞。灵榇新漆稍损,幸旧漆坚致尚无碍,惟祈早日到禾,上紧灰布,始得放心。

阿英每日将至生之《左传》读二三首,作生书已,理过十一、十二两本,仍作带书,日日背《周礼》,熟理五六叶,其余仍照当日功课单,且理完一遍,则知渠诸书生熟,可分等第矣。诸凡放心,总不使之心野多走也。各信俱已分致。江西昨到一信,无甚要语,已嘱本之写回信去矣。廿三日,又寄到注疏一部,计廿四函,毫无伤损。寓中平安,士近作序一首,英已录呈,未知有此体例否。士意欲作《女诫》,以德、言、容、功分四门,录四书五经及诸史、语录、子、集中有益之言、可法之行,以教子女辈不学之人,藉以钞书静心,非云著述也,尊意以为若何?

阅信后,即速示知为祷。长信太长,俟暇日细阅,再为详覆。典物银四十两,奉上三十两,付去人四两,存六两作家用。

其四(九月十三日,10月23日)

自别后,无日不以主人为念,最虑者痔漏,盖此证忌忧郁劳顿,当此之际安得不忧劳乎?接八月十九、廿一手书,知痔患果发,不胜焦念。盘费既绌,济南之行似不能已矣。寓中晚间时有小窃,不得已雇一更夫,每月工钱八百文。《金石萃编》前月廿九已送回。士珠花已销去,价纹银六十两,如自鸣钟亦能售去,大兄处借会之项可无庸寄京矣。小儿女辈所患疮疖俱渐愈,可放心。

英惟《左传》甚生,《易》《书》《诗》《周官》《仪礼》《礼记》上半部、《尔雅》、"四书"尚不算生。每日将《左传》熟理二十叶或四五十叶不等,并带理熟书。初四日士出门,令拟作《子产与韩宣子书》,士虽不知古文,看渠脉络尚清楚,请吾亭批改,甚精细清澈。今将批改原本呈上,知渠不致废学也。

九月内颇多费用,日用不支,昨典去簪一枝,大钱八千五百文以济用。然而尚有大钱十五千存本之处,拟于日内凑足百千会吴处,并托本之致崧翁暂借百千,凑二数会南应用。士处年内归楚也,今早雨楼遣人送到外捐银十八两六钱,又有一月支持矣。

初十接到东光所寄之札,云定计在家乡逗留两月,即由陆路进京。窃恐积劳太甚,士之私愿固望主人早日到京,以息重任。惟尊体非所宜,或在南过夏,孟秋再行进京,亦无不可,未知主人以为何如。

其五(十月初六日,11月14日)

前月二十日得故城所发书,知为舟人之于作医生,藉以解闷又行好,两益也。楹联甚佳,可以进德,可以养心,惜无人能书,只好待待轩居士来京书之耳。阿英近来写字尚肯用心,结构比前略好。廿八日又接到东昌手札,知船行甚速,计此时可入江南境,月望可抵家门,于路想平安。士于九月廿三日从晓堤处寄一信至乐寿堂,并会大钱三百千存大兄处,想收到也。寓中诸事,惟有竭力从事,终日兢惕,犹有失也,敢不用心乎?

月之二日,又收到叶差官带来之札,读《寄示阿英兄妹诗》,绝似孔平仲《代小子广孙寄翁翁》诗,作意深厚,音调凄恻,尤胜孔诗,读之令人酸鼻,何悲哀太深!窃思主人体气素弱,每年冬春之交,常有嗽疾。过悲伤肺,过思劳神,诸凡保重,常以父母之心为心,守身即所以孝亲也,祷切,祷切!阿英诵此诗,颇知悲感。颐寿似乎稍解,却不甚了了耳。

崧翁每月帮银十两,厚意可感。广宗吴公寄奠金六两,已令阿英写回信致谢。四房大弟欲移居,本之来说,士即出空西院三间,请弟来住,而弟意尚未定。十月朝,在观音院念经,因主人不在家,出入未便耳。三小小疮已愈,惟耳恙未好。四小小乳母将辞去,本拟留渠为阿荷接乳一年,伊近饮食颇好,此举不行。晓堤甚关切,前日本之面见之,云:"令叔祖之事,随便可也,如何说,如何好。"友谊如此,难得也。

家中上下平安,主人出门几两月,竟无争嘴喧闹等事,差可告慰。寄来程妾丸方,昨请教文先生,熟地加重,增入四君子,拟日内修合与服。本之馆课甚忙,竟有日不暇给之势,不便求为颐寿写印帖。现将士所临《九成宫》令伊印写。阿英《左传》唯隐、桓、庄、闵、僖、哀四本算熟,其余竟不能理熟,只好重读矣。日读两首熟背,亦有日不暇给之势,计主人明年春夏之交回京,只能读完《左传》耳。士每写信,姨太太及程妾辈皆嘱请安,总是忘记,今日难得记得也。

其六(十月十八日,11月26日)

十五日孙启来,云"于船行中得信,知主人船于月之初三抵清江浦",闻之悲慰交集,计望前可到家,灵榇想即往齐家桥租屋安停。都中漆既平常,匠手又劣,所漆未必中用。想迩来正在上紧灰漆之时,窃思葬期尚远,务须多漆几次,不可拘俗例"九回灰布"之说。士曾见先君灵柩亦不止九灰九布,想主人之意与我同,故敢奉告。

其七(十月十九日,11月27日)

十三日,从山东提塘递至九月廿五济宁所发手书,知主人偶尔发嗽,服严公方有效,慰甚。时届隆冬,有嗽疾者,尤宜加意保重为嘱。治痔漏方药味平正,服之可望全愈,即日命孙启到象房买得象牙尖一个,重六两五钱,遇有的便寄南也。三小儿女疖已全愈,四圣汤已不服。惟癞耳三人同病,至今未愈,此小疾不足虑也。士颈核、齿疮近不常发,耳患已好,而尚未脱痂,未知何故。近服丸药甚合式,饭量颇好。来书龙蛇飞舞,起止莫测,幸士得侍砚侧有年所矣,竟能诵读,故不请本之通释也。今年都中不甚冷,寓所尚未笼火。荷住对面房,英住里房,三小、四小住西厢房,俱在眼前,便于照看。两女房小向阳,可以不笼火矣。十六日,熊锦到寓,临清小羊皮六件俱收明。儿辈冬衣完备,明年再做与穿也。

阿英近来颇肯读书,《左传》读熟两本,前日作论,似有进境,仍请吾亭批改,将原本呈上。颐女十三日方上生书八行,读六遍背,伊自己得意之至。初三日,收三小小作学生,日教二字,竟不忘也。安信九号俱收到,衎翁固不为懒,然在衎翁操笔折纸即书,本非难事。若士欲作一信,有言断断不达,一难也;遇字不常用者,时须检阅,二难也;课两儿,偷暇作信,三难也。有此三难,亦寄六信,可谓竭尽心力矣。

京中已下雪三次,昨积深尺许,明岁可卜丰年也。

其八(十月晦,12月7日)

廿四日以来,小有不适,今已全愈矣,惟忧思郁结,心神迷罔,辗转思量,更增恐惧,不知家中老母康健否,主人身子安适否,深为念切。惟祝天佑平安。主人到禾后,详细作一札寄知,以慰远念。昨日偶为阿英选白香山诗,见《寄行简》诗云:"郁郁眉多敛,默默口寡言。岂是愿如此,举目谁与欢。"此四句宛是写我近状,可叹可叹。

廿六日，接得大伯母来谕，喜悉墓后陈声璜之屋已买就，我正卧病，闻之而起。惟念师衮舅氏今非宽裕之时，而为之攒凑屋价，此心所不安耳。慈寿眼疾常发，士检医书，用大息肝火之品，方用炒丹皮一钱、经霜桑叶一钱五分、白蒺藜炒去刺三钱、石决明煅三钱、川贝五分、北沙参三钱、茯苓一钱、荷叶一角，服五六剂，眼已不红，亦不痛，眼上白星已渐薄，人亦寻快活，大有效。近欲拟一滋阴养肝之方，与之接服耳。

主人何日到家，心畲姊丈想迎至吴门，未知二甥女及萱甥同至船上否，士所寄四信俱收阅否，望示知。

其九(十一月初十日，12月17日)

月朔从差局寄去一信，已收览未？主人究系何日到禾，身子安适否？大葬诸事，有各位尊长为之主持，及诸兄弟相助，主人似可稍省忧劳，得暇务，必详细示知为祷。

寓中俱平安，惟四小小患耳疮，前两日甚痛，与服一方：生黄芪二钱，甘草节八分，当归二钱，银花八分，首乌、生地、桑叶各二钱，丹皮一钱，桔梗、川芎各三分，二剂，痛已止，疮结痂，人亦快活，可放心。

阿英近日读书，颇肯用心。士出门或有事，即令作传或论。前日作《管仲传》，笔颇跳脱，看《国策》之功也，仍请潘年伯批改，为渠达所不能达，贯通脉络，讲求体制，阿英受益不浅，主人当札谢勿迟也。明岁俗所谓盲年，拟于腊月为荷儿开蒙，且读《千字文》。

寓中自士以下，各共所事，皆不闲嬉，家人辈亦俱安静，可勿顾虑也。

其　十

月余未得手书，意谓查处人回，可得奉回谕矣，何又不能得耶？未识已从他处寄信，故不再寄，抑尚未到家耶？曷胜焦念。主人究于何日抵里门？初到事繁，自无暇作信，然两地悬悬，四五十日不接信，实为焦念。若无暇举笔，或请卫大兄，或四弟及充泉代写数行，以报平安，切嘱。

前日，魏春翁又送到外捐银二十七两有零，即凑三十金留本之处，作年用矣。春翁有信寄主人，意甚殷勤可感也。廿二日，从菘翁处寄去信一件，象牙一块，计年内可到禾。

士昨来略有感冒，今已愈。阿英荒了四五日学，仍令伊在书房中静坐钞书，不致心野耳。

其十一（十二月初六日，1818 年 1 月 12 日）

月余不得书，正在焦盼。初一收到清江所发信，少慰。今日辰刻接读禾中所寄之信，谨悉灵榇安稳抵里，现在赶紧灰漆，计期只能于旧漆之外灰布三次。只要漆好、匠手好，尚可放心。墓屋建造已成，规模整肃，可以奉安先人神主，不胜哀慰交集。禾中各房尊长皆安健，欣慰之至。黄湖之行，可无急急，山行甚寒，开春再去未迟，或先遣一下人去可也。小儿女辈耳癞已好，惟荷颈中忽起一核，如鸡子大，文公云是痰核。数日来，不消亦不大，人甚快活，想无碍也。

寓中所失书籍，十月中已开单寄知，今尚未收览，则浮沉矣。此书似非家中旧人所窃。记迩时因连夕贼来，于九月初旬雇一更夫，杨姓，后因樾庭弟欲住我寓，将西院西房之书架移于东房，门上屈戌断，未锁，亦不过旬日间。至十月初往取纸，觉架上书少，检点知失去九十余本。其时，更夫已自行告退，虽事有可疑，然未便以疑揣之事即行送官。自主人出门后，即将西院新板门关断，凡人出入皆由东弄走，即西院诸人亦必由上房院内经过。士每日日出则起，巳午之交在厅东房，下人出入皆可周知。京中老嬷从不许至大门口，想日间无人能取，取亦不能出门，故疑更夫耳，即嘱孙启在外访察，并无着落。此内《宋稗类钞》是学士公旧藏本，一旦失去，抱疚尤深，此皆士之才短，不能照察，罪甚，愧甚。至前信所言，乃鄙人过虑，不责冒昧，而反嘉奖，惶恐之至。寓中诸事，惟有益加兢惕，想不致大谬耳，勿以为念。

其十二(十二月十三日,1818年1月19日)

初七日,从查处递去一信,计廿五、六间可到。望日大葬之期,士为子妇,不克躬承窀穸,主人独任大事,诸凡劳苦,尚能支持否,念甚!前信所云吾亭代借二数之说未行,因本之处借一数,并二伯父寄四十两、宫保十八两,又与儿辈四两,可以凑集济用。吾亭连次属人来问,度岁需用若干,当代为筹措,意甚真切可感。

阿英痰核已溃,出脓甚多,今已收口矣。缪姑母常来寓中,事事关切,每嘱信便问候主人近好。日内因程姑太太病势沉重,姑母愁急异常,姑嫂情意如此,真罕见也。士月初发肝气,承寄花露,甚相宜,今已就愈。买米银正适用,胜食好米多矣。各房诸尊长前祈为请安,诸嫂嫂、婶婶、妹妹辈均道念。

嘉庆二十三年(1818)

其一(正月初七日,2月11日)

接读丁丑十二月六日所发书,承详示一切,感甚。最慰者老母慈履康健,精神面色照常,两兄克守家业,善事堂上,私衷深慰。至于助项,亦是戚谊当然。从前二兄出京时,亦曾有随时资助之语也。火夫人不甚老实,诚如洞鉴,目下尚安静,我当时时留意耳。寓中人口俱平安,姨太太已全愈矣。二兄词已读过,竟将士比于班姬、曹大家,我思古人,岂敢当乎?查处人明早行,匆匆布此。

其二(正月廿三日,2月27日)

接腊月十九日手札,询及途中所寄各信,俱已收到,惟赏秋江处札十二月中旬方到,故前有"四旬无信"之语。滇中年底寄到唁函及奠分,季冬下旬有收用细帐,及年用各款并信,从汪处递南,不知收阅否。介侯一向无消息，崧翁月之十九日还京，昨往见，精神甚好。寓中平安，火夫尚无不法之事，因非驯良之辈，已善遣之矣。

其三（春分后二日）

初九日，孙启带呈一信，是阿英代笔，甚草草，彼时病中心思散漫，不能详也。士自正月底发热，类伤寒，卧床十余日。英在本之处读书，此月十六日始归家自课。迩来精神饮食俱照常，仍服春谷先生方，甚效。春谷云："宜服丸药，方有功效。"日内再请看脉，开丸方也。士自能调养，一切勿为记念。三女目疾又发，仍服前方，赤痛已好，而白星更大，京中无从医治，南中有移星草，去星甚效，时值春深草茂，北上时可觅些带来为要。此草须新鲜乃能移星，连泥带来，方有用耳。

此月内始卸驮煤，几及卅千，较之向来零买，一年可省数十千。阿荷未读书，因伊认字尚不辨笔画多少也，痰核已早愈[①]。士诸证俱愈，惟眼花手战，写字甚难耳。

其四（四月二十七日，5 月 31 日）

三月后未寄信者，计主人已行也。昨晓堤处交到四月初二日手札，知行期改矣。日来闻陆路多盗，正为阁下悬心，得札后甚慰。但仲秋之期，断不可再迟。士自度精神日衰，不能照察，有负付托。寓中又无可任家事者，想主人亦必念及也。承惠养生之则，切中病根，药石之言，当时存心曲，置之案头，朝夕披读，以当晤对。两小女仍住西厢房，两女颇顽皮，诸人不怕，只好不离眼前，可少跌少淘气耳。英《左传》已完，将读《国策》。三女眼疾竟不发，前月服一偏方，乃槟榔三枚，煅灰蜜调服，其积食之恙似乎去根，可喜之至。

厨灶仍在东厢房，士时时觉察，半年以来安静无事，若移至外边，

---

① 此句前疑脱"阿英"二字，参"十二月十三日"信。

恐不能如内之安静也。行期已改,孙启何不且令还京,伊店中虽有孙玉日往照看,但其才拙,易为人蒙蔽,不可不虑及也。向亭此月中旬寄到奠分,已托本之代写回信,阿英出名。原信一件寄上,信中诸语须主人自覆之耳。

其五(五月初八日,6月11日)

天中节后,京中已觉暑热,想南中更甚也。是月朔,英开读《国策》,即主人自选之本,日不过二十行左右。士服春谷方,消痰补气之品,甚效。惟都中无于术,各处所买者皆不可用,有便人务乞觅些寄来。昨见邸钞,《明鉴》体裁失当,秀师以头等侍卫往新疆换班,纂修张公罢斥,兰右先生降编修。将来《会典》告成,惟求无咎为幸耳。士从未言时事,今日初犯,后当切戒之耳。

其六(五月初十日,6月13日)

前日信已封好,适朵山信来,欲会钱六十千文,即将信寄南,其钱,士即刻存出,断不用散也。二女每黄昏后,请哥哥教《尔雅》中字五十,英借此可以熟《尔雅》,两有益之事,伊颇好学,惜是女耳。慈女亦肯识字,比四小小聪敏些。两小女皆欲从士读书,奈士怕烦,不敢招揽耳。程妾今年未发病,日日忙于针线,三女子鞋帽皆出其手。此时家中气象颇为雍睦,可慰远系。

其七(五月十二日,6月15日)

连写两信,无便未寄。今午接到四月廿三日手札,慰悉近祉安适。孙启已令还京,所见极是,鄙意正同也。贱体已大愈,每饭可二碗,药丸未合,因无于术耳。日服煎药,乃四君子加减,甚投。近来颇识生理,觉此身之病,大半系自己作成。往者不可及,来者尚可为,一切烦恼妄想,皆时刻自戒。夜梦甚少,自知攀缘妄想亦渐少也。

寓中上下平安,日用虽不能省,亦不至浮费。士课英读书,一室之中，终日相对，英固无外务荡心，然孤陋寡闻，于学问恐无进益，惟气性略好，或有训饬，受而不怨，此其近时进益也，颐女亦然。此子此女，略见圭角，其他不知如何耳。宝砚老人之病，近日稍好否，当劝老人不宜太俭省，饮食药饵，加倍调摄，精神健则诸证自退矣。

其 八

十八日孙启回京，奉读手札，谨悉先人像已绘竣，神气十得八九，可慰思慕之心矣，未识《太恭人行述》何时可以纂成也。大作一卷，诵读三日，作意敦厚，章法谨严，主人常自云“可比之宋人小家数”，今读此，鄙见以为非《江湖小集》之所能到也。

宝砚老人病势可虑，日来如何，念甚！士服春谷先生方甚投，因无于术，故就其方意，自为参酌，四君子加二陈，以薏苡仁代于术，服之月余，精神颇好，眠食胜常，旧证少减，此为效也。此番见惠于术甚佳，拟日内再请春谷先生诊视，开丸方配服，可冀全愈。

济南三弟五月五日到京，甚恬静，绝无浮华气习，是吾族中有望之人。六伯父有信，嘱为照应，士间使人探望，在家读书，并不出门。主人寄禀济南，可为言及。本之用功之至，今科有望矣。被窃衣服皆常日需用者，士亦谓主人衣服可取用，奈本之太贞介，不敢强也。寓中五月中有两险事：十七日，为荷移房敲钉，椎柄忽脱，椎首落于赵婆头上，血出，幸不重伤；十八日午间，门房墙忽倒，吾亭家人蔡姓被压，幸只伤胫，尚无大碍。此皆太恭人默佑得以无事，然思之可怕可怕。迩来时气不正，痧疹盛行，士严戒儿女辈不食生冷油腻已有月余，日来英、颐、荷皆患嗽热，一二日已愈，可放心也。

其九(五月二十八日,7月1日)

廿三日从汪处寄去一信，闻无便人，尚须迟迟到禾也。士无日不以宝砚老人病体为念，未识近来得稍轻减否，痛苦如此，精神尚能支持否，务祈详示，以慰远系，祷切，祷切！时届炎暑，主人起居饮食，加意卫摄。

英儿自月初小病后,总觉疲乏,胃气不佳,请文公诊视,方用凉补之剂,更不适。昨日就医,春谷先生云:“两关脉不和,不可服凉药。”方用瓜蒌皮三钱,麸炒川贝母一钱五分,枳壳八分,茯苓三钱,生甘草八分,炒薏苡仁三钱,焦谷芽三钱,土炒大白芍一钱五分,旋覆花二钱,小麦一两,大枣二枚,服之甚投,拟于明日再往就医也。颐女、荷儿已全愈,颐精神未健,故不上学,英虽小不适,仍日坐书室,集写礼书,或令静坐,再服药数剂可全愈,勿念。

吾亭以书吏舞弊,为御史劾奏,赴刑部待质。吾亭向来谨慎,以鄙见揣之,大约是失察处分耳。杨元之兄持杨元信来,欲支大钱二千,虽来札未言,而渠既随主人在外,其家不得不量为体恤,是以竟与之矣。

其十(六月初十日,7月12日)

自孙启回京后,已寄两信,一交汪处,一叶两垞南旋,寄去杏仁一包,想月底月初皆可达览矣。今闻有查足,又写数行,以报平安。京中今年热甚,时证甚多,寓中诸人亦多不适,幸一二日即平复。三小小眼疾竟不发,是偏方之效。荷亦腹大善哭,未识此方可服否,意不能决,祈为裁示。英入夏来,常有小不适,每日惟编写礼书,不令诵读,日来饭食照常。昨将书房移于西首外间,觉得敞亮些,且理熟书,因气怯不令读《国策》也,拟再请春谷先生诊脉,服补气之药。士每日亦编写礼书,身子甚好,痧气亦不染,仍日服丸药,请勿为念。南中尤热,一切饮食起居,百凡保重,至祷。

其十一(六月廿二日,7月24日)

自得四月二十外夏公带京书,计一月余,未奉手谕,甚为悬念。入六月来,儿女辈小恙俱全好。英昨又请春谷先生诊脉,服高丽参、麦冬各一钱,日内将熟书理过一周,较前似移为可恃,《昭子论》又作一篇，鄙见与前篇无高下，今录呈。吾亭解任质审，住关帝庙五日矣，奈何！寓中赖承丈常来关照一切，主人可勿远虑也。家用虽窘，士心颇宽，向来诸病，减去大半，夜睡无梦，此收放心之效，主人闻之，喜慰可知也。

孙启带来龙井茶不佳，竟是饭茶，不可上供。夏公携至之茶砖，佳也。某君文理尚未通达，大约教法不清楚，虽用功，无益耳。士编写礼书，日钞数条，或有所见，辄杜撰数语于后，今录一条，寄呈教正。颐寿喜写大字，苦无好印格，得暇祈写一纸寄下为幸。

其十二(六月廿五日,7月27日)

正在盼南信，顷从查处得六月初四日手书，知五月十二日之京信已收到。《会典》闻日内呈进，本之云："筠麓先生精神甚好，阅看极细心谨慎，断无错误，可放心也。"阿英疹恙早愈，手并不肿，渠所谓肿者，大约谓风疹起发时红肿耳，疹退即愈矣。前禀数百言，士曾切戒，今又将来谕与看，更当严饬之，迩来每日功课毕，仍令抄写《仪礼》，不使稍有散荡也。二兄有弹冠之兴，窃所未喻，既有此举，何不癸酉即留京？计六年之久，大段可定矣，何初计不出此耶？在家奉母，人生至乐事，况母年七十矣，二兄远游，慈怀忆远，将何以慰？务祈主人为我力阻，此举断不可行。修身则无外侮，尽心力以养亲，承先启后之道，不出乎此矣。不然，士得以手足情话，有何不美耶？

正作札间，又接到汪处二书，知久不得京信，而我处每有南便，必寄数行，何以不到？士处不接南信，亦五十余日矣，今日连接三信，看来南北盼望者，皆由此耳。士丸药颇投，答二兄札祈即专人送去。程妾病虽不大发，而精神惫甚，近请春谷先生诊视，服药尚效。凡人有病，当自知其源，方能调理，方可望愈，彼昏不知，虽俞、扁其若之何？

其十三(六月十六日,7月18日)

今午从晓堤处收到六月初六灯下之札并英谕，已付读。英自知惶悚之至,此因五月中士有小病,令渠书室内静坐看书,适无功课,作禀欲长,遂至放言。士见之,亦加训饬,今得主人严切诲谕,庶几改之,英之幸也。至士之待英,非但不溺爱,比之他子女,愈加严紧,一切出入起居,无不留神察视,近日气性已渐好,可勿焦念。程妾勤于女工,实为难得,戚党咸知,非士偏私耳。宝砚老人病势少减为慰,近更如何?都中春来旱甚,仲夏以后连得大雨,大田可望。吾亭事尚无确信也。

其十四(七月初四日,8月5日)

六月底有三札总封,计七月二十外可达览矣。寓中各好。阿英功课尚绵密,其熟书可比于诚斋先生教读时,《国策》读了二十篇,背诵亦熟,此近来功课大略也。

吾亭昨奉革职刑讯之旨,以士所见揣之,不过失察处分,乃其家人蔡姓竟供认得赃,家主百金,自己京钱廿千,殊为可怪,又供门上孙姓分用。孙姓六月中荐往河南,须俟提到质讯,方可定案。潘世兄终朝愁苦,无以慰之,愈难为情,奈何,奈何!主人八月中务祈北行,不可再迟矣,盼切,祷切。二兄行计已定否,前信劝阻,未识能采纳否?士乃遥揣之辞,未识主人以为若何,若老母精神强健,二兄或可暂出耶?若不宜出,务恳力阻之,为感。

北堂禀一件,前写就忘寄,不过祝寿之辞耳,今细思纸色及“从吉”等字,皆非所宜,竟不寄上矣。

其十五(七月十二日,8月13日)

昨午陈锦至,手书已收到,借悉近祉安适,慰慰。观察公即世,幼姑在室,主人欲偕来京寓,为之遣嫁,此主人分内应为之事,士自当尽心相助料理一切也。吾亭无妄之灾,喜得昭雪,开复原官,并免议处。今午回寓,令阿英出见,颜色憔悴,且闻用度已不菲矣。想主人见月初之札,必忧疑,得此信,必大快也。

日内曾到黄湖否，二兄行止若何？大兄所赐之笔必佳，士不会写字，竟转送主人用。秋凉，务即北行，为盼。

嘉庆二十四年(1819)

谕英儿(己卯十一月廿六日，1820年1月11日)

连接汝信，于路平安，是月初旬可以到家，慰慰。我屡欲作信与汝而无暇，自汝南旋后，膝前甚觉寂寞，虽有诸弟妹慰情，而心中甚怅念汝。汝当体我心，格外保重，所学不可荒废，语言一切，格外谨慎，成礼后，即收拾行装，明年正月务必北上，以慰倚闾之望，切嘱。

计此信到时在年底矣，想汝在昆山，外舅外姑之慈爱，汝夫妇琴瑟静好为慰。新妇将从汝北行，远别父母，依恋可知，汝须劝解之，舅家与母家无异，我与汝父自必诸事体谅之也。我身子甚好，汝父以下俱平安，汝生母亦健。汝何日到黄湖，外祖母见汝，欢喜可知，精神、步履、饮食如何，来信可详言之。孙启凡事出力可嘉，渠家平安，引儿已定亲矣，可告知之。六表弟仍我自课读书，妹妹《孟子》将完，荷弟读《释言》，近可上二行矣。

汝还京时，武彝茶可多带些来，汝父常吃，薏苡仁亦买数斤来，余皆不必买也。此信与汝妇同看，不可示人。听松楼字。

——陈尔士《听松楼遗稿》卷三，《清代闺秀集丛刊》第27册影印清道光元年刻本

钱泰吉《与衎石兄述家世文字书》

嘉庆二十五年(1820)

其一(正月初七日,2月20日)

中丞叔父命纂修家谱,此重任也,何以克胜?然数十年来,先人所欲为而未遂者,若不乘此时殚心竭力,以冀一成,其何以副先人之意?谨条列管见,折中于吾兄,惟详示焉。

一、旧谱以贵四何府君为第一世祖。按:吾钱之为钱也,自如渊府君始变姓为始祖,晋人曾有是言,则似宜推如渊府君为一世,贵四府君则吾始祖所自出也。然旧谱以贵四公为第一世,相沿已久,一旦遽改,情有未安,若便遵依,则钱氏之谱而以何贵四府君为第一世,恐非贵四府君之意。前与味根议,依万氏谱式,首行本生何贵四府君、恩抚钱富一府君并列,不入世数。一世则如渊府君,于谱例似少合。昨味根言,本生者、为人后者之称,吾先世自临江公以来尝议还何姓,则先人之意未忍以贵四府君为本生也,语亦甚当,祈裁定。曾刻一印,曰"海盐何承钱姓第十四世",昨偶思之,不可用也,云"何承钱姓",则世数必自如渊府君始,今云"十四世",则并数贵四府君为承钱姓矣。

一、《隋书·经籍志》著录家传家书,今无存者,体例若何,末由考见。近世撰谱,则凡一人之行状、墓志、小传,必兼录焉,此亦为子孙者不忍删弃,其显扬先祖之文立意甚厚,然一人数篇，则语多复见，而又不能俱出于名手，读未终篇，便觉繁杂者，亦往往而有，今必一一登录乎，抑择一篇最详核典重者，全录其文，其有见于他文，而此文未及者，节录数条，注明某人所撰某文，附于前篇之后，或分注篇中，未识可否。鄙意若吾兄排比旧文，纂成家传，则体既画一，旧时所有行状、墓志等文，别编一集可也，尊意以为然否。

一、谱目。拟首《宸翰》，次《诰敕》，次《世系表》，次《传志》，次《墓域》，次《祠宇》，《祭田》附。次《义田》，次《杂录》，《赡军田》《香炉记》等类，凡有关于钱氏掌故，而无所附丽者皆入焉。而以旧谱《叙录》终焉。

一、世系、墓图、义田、祭田等项。弟与在南诸君子查办传志等项，则须吾兄择定，与味根参酌之，定本寄南，以付开雕，但查办世系等项，必征旧文。世系欲免冒漏，须核旧谱及先世状志，南中惟有万历丙申刻家史及行可所钞之谱，钞谱有未审处，家史则仅有鲁南府君以上之文，弟意吾兄处所有先世旧谱，除万历谱外，康熙年所刻谱二册，即觅便寄来，余则陆续钞寄，至要，至要。

右四条据一时所见录商，余俟续陈，弟拟于元宵后下乡，先查访第一支。第一支难查之至，本支无人可托，旁支则不甚了了，俟有头绪，再行奉报。闻英侄云，吾兄曾纂《钱氏小谱》，未识合族俱及，抑仅详本支，若纂入《家谱》，亦创前人所未有，甚妙，甚妙，望钞寄为快。嘉庆庚辰正月初七日寄京。

其二(二月)

弟于正月二十六日下乡，先至齐家桥，托简华叔辑孟先公、若庵公以下谱稿，萃安叔辑一庵公以下谱稿，遂约虚白兄、黼璜侄孙同至海盐，见敦甫叔，知萚石少宗伯公曾属继畬先生钞谱，于乾隆四十九年写成其稿，恬斋处必有之，味根知之否？以临江公支下托敦甫叔及孔彰叔，次日见谢庭叔于南钱，则底稿已钞大半矣，遂专托谢庭叔，此二十七日、二十八日事也。

二十八日清晨，至曲尺弄，见大支从侄学秉、树声兄之子。树声兄名彪炳，现游幕于直隶。从弟玉峰考订两房先世生卒，两人皆筠汀公后人，所居有“学诚斋”额、“竹影去来三径石，香烟缭绕五车书”楹帖，皆鹤庵府君书，楹帖署“辛巳孟冬”。又藏陈太夫人画大士像，立幅，长约二尺，款云：“吴母侄孙女爱余墨笔殊甚，敬图大士供顶礼，时辛卯六月之望上元弟子陈氏某。”学诚斋之右有“兰雪”二字额，是文端公题。饭后至总捕弄，乃学秉之从祖号京观所居。京观，我叔也，在堧城烟店内，遂回舟至堧城见京叔，已申刻矣。傍晚至孟家堰，见名大经、大绶、光罄三兄，皆西溪公裔孙，遂托辑西溪公支下谱。晚饭后至南钱，见谢庭叔、邦荣兄。新迁居南钱。是晚，宿于中钱舟中。二十九日早，至港南鲁周兄处。筠汀支下。午饭后，拉黼璜同至甘柯头，访大支族众，有季善者，号心元，我从侄也，年七十余矣，众口一词，以为可托，遂邀其同至各房查写，晚回中钱。

二月初一日，仍同黼璜至甘柯头补写，至日中而毕，筠汀支下十得六七矣，遂拉季善及其弟奉莪同至沈荡镇，访筠汀支下之分居者，筠汀支下十得八九矣。弟以家中有事欲归，遂托黼璜补其未备者及芝山、西汀两房之分居荪庄等处者。是行也，第三支得分任之人，第一支头绪略清，而第二支、第四支竟无查考，奈何，奈何。此时所切望者，吾兄即定编次谱稿体例寄知耳。前日读魏季子集，有《修谱凡例》，吾兄或参用焉。庚辰二月。

道光元年(1821)

其　一

《太常公年谱》谨写清稿，迟日当写一本奉寄，求细细指示核定，他日或可附刊集后。显忠祠建于何年？读《碑记》似在紫芝府君时，何以《海盐续图经》及《新修府志·祠祀门》俱未载?《府志》中有缺叶,或在缺叶中。志书之疏略,亦不足怪也。《褒忠录》,弟所见惟一册,不分卷,仅有《祭文》《艺文略》,云"五卷",想必有足本,便望一查。《家谱》一年内必须纂成,体例究竟若何,所需文字望即钞寄。道光辛巳。

道光二年(1822)

其一(二月二十七日,3月10日)

前接《诗笺》及沧屿先生《张方洲读史录序》,展诵之余,欣忭无量。《四库提要》载《方洲集》,为我紫芝公刻本,并有《募刻疏》,今所得者有先公文否,现所编辑之谱,例不收先世为他人撰著之文,沧屿先生文当增入《文汇》中,或附于传志之后,俟酌定可也。蒙示读永州公集,知朴庵府君为朱硕人出,当谨著于《世系表》中,凡今所考增者皆著所自,弟亦曾见及,似宜仿《水经注》例,于注中加注,吾兄以为然否。或于每表之末附著考证,若大宗戍黔之在洪武二十三年,则附录吾兄所撰《钱氏小谱》中"辨证"一条于一世至五世卷末,未识是否。谱之有《外传》,宛平王氏亦然,见《梅村文集》,彼盖专记女子子适人者,故梅村云"问我诸姑,遂及伯姊也",与《冯氏谱》又小异,吾兄搜佚举坠,为前人补所未及,妙甚,妙甚。弟前假得晚香先生手钞册,有数叶可备《外传》考证,谨录奉览。家训能即纂集为妙,大约宜先摘录先世文集,次以传志,文字似较《外传》为易奏功。

大著《庐江小谱》亦望早为编次,刻入谱中,亦创例也。曩所商谱例,昨夏曾札商于恬斋鹾使,回札云:"熟思致答。"东堂叔见弟致恬斋札中《谕诰敕》一条,以为不可少,少宗伯公《谱例》亦有分纪各膺荣命之名、之氏、之帙,用勖后人语,则亦以为不可阙,今拟敬录《天章》一卷、《诰敕》一卷、《恩赐祭葬文》一卷,以冠全谱,但诰敕纂集极难,前曾言之,又明代诰敕如何附丽,祈详审示知为祷。先世文字及大稿中宜载入家谱文字,求遇便即寄,读先世文字亦颇不易,即如临江公《钱何同姓考》中述得姓之源,未知本于何书,拟钞此文及《承启堂稿》中《何氏复姓问答》冠于先世传志文字之首,不知可否。此外欲求指示者不少,续当条列请教。壬午二月二十七日。

道光六年(1826)

其一(七月初三日,8月6日)

紫芝府君《淳风会约》一篇附去,《文汇》目望寄来,清士诗亦欲一钞,闻新乡县《新修安庆府君祠堂碑记》甚佳,求寄一通,并吾兄所撰《新乡诗》即寄为妙。恬斋畅谈数次,颇得闻所未闻。《紫云先生遗稿》已借钞,稚真女史为于潜公玄孙女,而未知为何人之女,谱中亦无,不知吾兄所藏遗稿尚可得其自出乎?前得陈山鹤先生廷埰《思俨斋文钞》,有《钱太恭人事略》云:"太君为于潜学博慕畲公曾孙女,文学载之公长女也。"吾家旧谱于潜公孙无号载之者,亦无女适陈氏者,然山鹤先生溯其母氏所自出,不当有误,而先世相传未闻有钱太恭人为于潜公曾孙女之说,亦一疑也。

近日,味根读《府志・介亭先生传》,云:"康熙壬子副榜。"《府志》盖本于《海盐续图经》,我家向来数科第,从未及介亭先生,即《府志》《续图经》"选举"门中亦未有介亭先生名,传中之言未知所从来,又《续澉浦诗话》录紫云先生《送子北上诗》,乃送子大弟诗也,吴耘庐不知子大之为字,而一时失检,恐遂为后人所疑,一人一家之事而岐误若此,况其大者哉,读书岂易言哉?丙戌七月初三日。

其二(九月十七日,10月17日)

弟因查对所刻《世系》,于八月十六日下乡,二十七日归。是役也,于宗族所居,若中钱、南钱、孟家堰、甘柯头、沈荡荪庄、东彭城、唐家浜、齐家桥祠堂、头高地、上二湾、兜下扇、法华桥、海盐县城，无不到也。又偕春霆兄至澉上信宿，于湖天海月楼先墓之在山中者无不拜也，偷闲半日，登鹰窠顶，观明神宗时藏经，至海滨观煎盐，实荷天地祖宗生成之德，得有此宽闲岁月，以步武于先人晨夕游历之所，更得搜访先世遗墨，有出于吾兄见闻所未及者，不敢自私，谨以详告。

于海盐湘帆叔处，见蓬州公乡试墨卷、有记一首钞呈。文衡山寿东畲公诗、薛方山寿夏孺人诗真迹、鹤庵府君《画松》一轴、文端公诗札册、诗为廿四岁所作，惜失去数叶，仅存二首。弟十年来访求集中未收之诗，尚存数首，日内当同集外文钞寄。少宗伯公尺牍一卷，皆真迹也。又借得《击辕草》《半榻遗草》《许闲堂诗选》《柳花咏》《塞上草》《蕉隐篇》刻本，偶庄先生《废莪山房诗文稿》手写本，前有自序，合选生平所作《瓦溪𣪊语》《且处吟》《西泠游草》《似厂随笔》《论孟题诗》《鸳渚寓言》《且处续吟》《草花绝句》《偶庄集灯谜诗》《龙溪偶和诗甲后编》《和读史诗》《括苍初游草》《再游草》《息影轩稿》，共二十卷，又《杂文》四卷，《正德戊辰嘉靖壬辰乙未戊戌四科会试同年齿录》钞本。于齐家桥七兄处得《抚松居诗集》刻本，益翁观察公手写文稿，皆官黔时所作，謦庵先生《颐贞堂诗》十三首，鱼山先生《鸥波中语》三十四首。合前所得《吟箫偶存》，可得三卷。以上各种，吾兄所未见者有几。偶庄、益翁两公文，拟钞数首奉寄，编入《文汇》，诗则太繁，不能全钞，选钞又极不易也。丙戌九月十七日。

其三（□月初三、初四）

今日初雪甚寒，刻已晴，独坐无事，细读八月中来札，以次奉答。

《文汇补遗》目录内，紫芝府君《淳风会约》未曾辑入，文氏德翼雍颂先生《淡音序》已钞得奉寄，文端公集外诗文年内必当录去，写手不易得，零星汇钞，必须请人在家，方可措手，实难发钞也。《文汇》中文，弟所未见者不少，安庆府君诗文，南中竟无副本，必须一钞。赠侍讲公有贺我父四十寿诗，五言古一首，尊处所辑稿如无，此篇当录寄。

遗集名目,吾兄已思得未,《先世师友述》何日得读,《屠赤水集》弟亦曾见之,杂刻数种,非全稿也。岩谷之号,谱中无之,烈妇五妹为若庵先生支下,号既永,讳寿隆女,文端公侄女也。十余年来,搜罗先世诗文翰墨,所见似已得八九,必须及早辑成一书。初拟仿谱录书画诸书,若《清河书画舫》体例,为《清芬录》,若就所见汇钞,亦可成十余卷,然必须掇其精英,方可传后,且书画一门,未足见吾先世之全也。

近欲仿万柳《溪边旧话》及《桐阴旧话》例为《秦溪旧话》《桐阴旧话》,未得见,万柳所述时参神怪,其书亦非全帙,犹可传之至今,若吾家《旧话》成,必可与韩氏、尤氏并传无疑,苦无简雅之笔,又不善裁择,奈何,奈何。体例必求吾兄酌定,弟意先世嘉言懿行、诗古文词书画,居处仕宦之卓然可垂于后者,皆可入《旧话》中,或分门类,或以人为主,若述临江公事,如守盱眙,创立峡江县,述太常公事,如直谏、奉使、御倭、均粮等事,采传志文以立纲,而以集中文字节录于下,则体例似《日下旧闻》,竟仿《日下旧闻》,名《秦溪旧闻》,何如?然集中诗文及所传书画遗墨,有必须采入《旧话》,而无传志文可以立纲者,若自作数语,而先人文字转低一格,或作双行夹注,又属不敬,兄以为宜若何而可?大约总以简实为主,简则使人不厌,实则于己无愧,而事有宜详者,若均粮等事,有关于一郡掌故者,不可不备述始末。

前纂《年谱》中采《日知录》一条,似有微词,吾兄谓此语宜存与否?文端公论伪稿事,袁简斋文仅数语,可采否?公以颂不忘规,上结主知,此事其一端也,其始末有可搜采否?御制诗文宜列卷首,如何敬录之法,求酌之。

曾拟纂一集,曰《陈太夫人画录》,敬录《御题花卉册》及《四子讲德图》,而以家藏及所见画幅,若《纺余间课册》等类,有文可录者附列于后,状志及他文字有述太夫人遗事者,若少宗伯公、蒯氏妹画册跋等类,亦为一卷。张浦山征君撰其妻《蔡孺人行略》,云:"孺人仲兄庠生继斯,为逻村钱赠公廉江夫子侄孙女。倩庚幼学于赠公,赠公夫人太夫人陈与庚先王母为中表姑侄行,以戚属故,怜庚孤贫,视为子,又以侄孙女,知孺人性恭慎,遂为庚聘焉，逾年，婚于钱氏南楼。太夫人知人，一见谓庚曰：‘汝妇贤，必能事汝母，虽然，语云教妇初来，汝当以汝母苦节告之。’庚受命。”见《强恕斋文钞》，此亦太夫人言行之一则也，与《南野堂笔记》述廉江府君佚事可以并传。去年从梦庐丈处借得《石渠宝笈》初辑本，有陈某画四种，其本较《四库目》尚少六卷，此六卷中或尚有陈某画。仁宗朝续辑之本，或可敬录，则《石渠宝笈》亦可汇钞一卷。高宗纯皇帝、仁宗睿皇帝御题，有见于赐藏画册、《石渠宝笈》者，有仅见御集者，宜如何敬录，赐《题夜纺授经图》敬录，御题后附各家题咏，可否？今所述画录，亦将辑入《旧话》中，兄以为若何而始详简得宜。

自文端公以来种种荣遇，必宜备述，主文之事，拟汇钞一卷，如《江西试院桂》及《秦关联骑》《黔江并棹图》，诗钞数首，少司寇公主试江南，文端公奉命游摄山诗，亦拟录入，所得士有可记者，若江西丁卯蒋心畬先生，《忠雅堂集》亦有可钞。乙丑会试鼎甲会元俱登八座，钱文敏《茶山集》有可钞者，亦拟钞入，王、庄、蒋诸公未知有集否，兄以为其体宜若何。学使则若文端公题帐诗及学士公遗事，皆宜辑入，若专辑一种，曰《钱氏使车录》，自太常公使楚使粤，以及文端公使陕西，皆敬录遗事及诗文，亦可成数卷可传之书，曰《使车录》，则会试与顺天乡试不能该。今亦拟缩入《旧话》中，兄以为其体宜若何，暇望详定体例，日积月累，期以五年而成，于教家型俗，大有裨益。

昨与恬斋谈及我家近事，弟以为此时原是我家极盛之时，然如大厅大屋，黑漆栋梁，光采焕发，无奈暗中为白蚁所蚀，日久不整理，遇大风雪，恐有倾压之患，吾侪不能支撑门户，惟是时思先人如何忠厚勤俭，如何力贫读书，如何持躬式训以为久远之计，思之，述之，以传示后之人，则我先人遗泽尚可支持数百年乎？每与大兄、三兄谈，亦必及此，兄必韪吾言也。程甥何日出京完姻？吾兄极窘之时，乃为添备物件，大姊一子一女，婚嫁粗了，吾兄皆有力焉，不独大姊默感也。丙戌□月初三、初四两日中拉杂写此。

道光七年(1827)

其一(正月)

特斋师舟行匝月,绘墓图极精,惜未能刻,向传紫芝府君南园墓即药圃故址。顷读介石先生溶展墓诗《化城祖墓》云:“近圃药分苗。”注:“墓南即先大父药圃故址。”则药圃当在化城,两淮府君茔南南园,非药圃矣。若庵先生《抚松居士自传》云:“筑室宋湖,因先君子药圃旧址,遂营生圹于右。”若庵先生墓在顾家浜,南园墓非药圃益信。然顾公简撰行状、杜公士全撰墓志,皆谓墓即药圃旧址,顾公为亲串至好,当时游燕所及,其言似可征信。窃意紫芝府君始于宋坡湖筑别业,曰药圃,后自营寿藏,亦名之曰药圃,亦未可知,兄以为然否。丁亥正月。

道光十一年(1831)

其一(□月初九日)

春雨匝月,萧斋冷况可掬,忽接手札及新诗,快读数过,如披云雾矣。《文汇》补录各体诗妙极,弟无能为役,适有陈敬斋茂才之便,带去《半榻遗草》《击辕草》《抚松居集》《吟箫偶存》鱼山先生。各一册,《半完圃》《颐贞堂》,謦庵先生。《鸥波中语》鱼山先生。三种合一册,《废莪山房文》一册,诗甚多,未及钞,当再访之湘帆叔。《益翁文稿》一册,此弟十余年来所搜罗而得者,似是吾兄所未见,弟处亦未有副本,选录后仍须寄还。尚有《萝幄诗存》七卷,是手写本,未有副墨,然吾兄有选录之志,此册必有神物呵护,亦交陈君带去,他日须还香岩兄也。又杂钞诗十四纸,亦附陈便寄去。望将尊处所已有者,钞一目来,及须搜罗各种示知，或有助于万一也。文端公、少宗伯公诗，选录之目，即望寄知，弟欲钞读，诗文一道，梦寐二十年，茫无门径，今以病废，无志应举，欲于此中一探消息，而用心杂乱，根本未立，知无成矣。家有贤师，不能自力，实属可惜，以是不敢竟尔弃置。

入春来，温《易经》，点《后汉书》，身心总觉浮杂，不能为深沉之思，如何，如何。《清芬录》有一小跋呈览，新修《家谱》，大段虽无荒谬，而体例杂出，误字不少，此事实为终身抱愧，可见心粗气浮，一事不可为，有负长者委任，无以自赎，今亦托陈君带去一部，乞检入。吾兄得便南下，弟获面承指教数年，即不能有所成就，亦可为教子弟张本，无如生计萧然，不敢奉劝遂初，未知吾兄弟暨大兄、三兄何日得团聚一室耶？

前日在梅会里，遇画《直庐问寝图》，王君之侄年七十余矣，属画大兄及弟小照，合一幅，虽画成，不知谁何之人。然我兄弟爱敬之意，似可传示后人，兄题一诗为妙，他日得我兄弟四人同画一幅，以传示后人，亦可以敦薄夫也。然弟与大兄近在百里，尚不能常聚，况数千里、数百里耶？辛卯□月初九日。

道光十四年(1834)

其一(二月十九日,3月28日)

刻下延一楷书手，拟汇集先世文字，遵吾兄所定《遗民录》例，录为一编，以了二十年来搜采之事。若此事毕后，则拟用此例，录海昌文字，食禄于此，亦宜稍为酬答，未知能成与否。甲午二月十九日寄粤东。

道光十六年(1836)

其一(三月二十七日,5月12日)

近于容光侄处,得先世诗文一册,有商隐先生动笔处,紫芝府君《药圃灌花铭》《寿门桥放生台如来泉铭》,此两篇皆参佛乘,古来诗文大家亦多如此,集中皆存,似不必讳也。及古今体诗十余首,皆夙所未见,秦南公诗亦所未见。弟拟谨录鲁南府君以下四世著述为一集,吾兄曾有录本,暇示一目,彼此可互补也。而附以大兴公之诗文,近日手自钞写,长夏当告成。吾家著述稿本,多萃于吾兄弟处,味根亦得十之二三,《文汇》已成巨观矣,三兄及恬斋宜补入。所选之诗,有定本未,弟所纂《清芬录》,虽编次未能尽善,亦考吾家文翰者所不可无之书。《秦溪渊源录》尚未有清本,倘竭数年之力,得有成就,拟写几部存显忠祠及南山丙舍,或可支持百十年。《文汇》恐亦未能付梓,大梁倘有楷书手,誊一副本,留之祠屋,何如?吾兄前写示《二曲学髓》,颇以为养痾之助,然胸中惝恍,几无把握处,昨阅全谢山《窆石文》,述二曲论学,"以悔过自新为宗旨,以静坐观心为入手,静坐乃能知过,知过乃能悔过,悔过乃能改,过以自新",得此数语,如游骑有归矣,快甚,快甚。

近日更有大可喜者,理合奉告,以博吾兄一快。前从云泉沈丈处钞廉江府君诗,吾兄属查唱和诸公有年矣,上冢时,于中钱怡永堂得月洲先生所钞盛匏庵先生《竹林唱和诗》,乃知先公之诗皆在竹林唱和也,同时诸公姓名略见于中,又于曹种水词稿见李奇峰画扇,乃求之《画征录》,于是诸公姓名略可考定矣:李奇峰、名琪枝,《画征录》《府志》。仲改庵、名宏道,《府志》《槜李诗系》。张心斋、名瑛。沈寓庑、名鸿,宜山之徒,有《宜山外纪》,见《府志·经籍》。陆蕴渠、号东郇,名炎卓。黄非郗、名振超。陈半村、名廷熹。陆拜石。名廷模。会嘉兄孙桂森颇知宝爱先世翰墨,搜得《月洲杂著》及《衡皋碧云词》板,又有《合荆园记》,

亦月洲先生作，皆前所未见也。丙申三月二十七日寄大梁。

其二(七月八日,8月19日)

紫芝府君诗三十首，弟所谨录者，旧稿尚有数首，似是适意酬应，非先公意所欲存也。文四篇，乃向所未见者，谨奉览。吾兄弟求先世遗著，所得不为不多，吾兄既收入《文汇》《诗汇》，辅以弟所钞《清芬录》，亦可得四百年著述之大概，惜皆未能付梓。弟意吾兄暇时，或就《文汇》《诗汇》约钞最精者，节两人修脯所入，刻以问世，亦不枉数十年心力，若此事欲俟之子弟，甚难，甚难。鲁南府君以下四世遗著，弟拟编一册曰《谏草堂或竟称“承启堂”。四世遗稿》，吾兄以为何如。紫芝府君《清士诗》必须编入，而传钞沿误之处，尚应商酌，兄所录赠侍讲公、学士公诗文，望属侄辈钞一册见寄，户部公诗文钞一目可矣，学翁处可钞也。丙申七夕后一日。

道光十七年(1837)

其一(四月二十一日,5月22日)

昨于查笠翁堂弟槎海翁处，见商隐先生手评《四子合编》一册，乃会稽章同复[1]绍阳、海盐何铉晋明与吾家若庵先生、商隐先生论堪舆之言也，专论平洋而无山地。可见先世笔墨，外间时有流传，为吾兄弟所未经寓目者不少。章何两君名字，兄曾知之否？丁酉四月二十一日。

其二(十二月十六日,1838年1月11日)

《庐江诗汇》早成为妙，弟前年从中钱得商隐先生摘钞之册，今录

---

① 原作“先君讳”，钱泰吉父名复，径补。

数种,又近从沈小湖侍郎假得《竹林唱和诗》,文园先生诗亦有三十余首,特钞寄。又弟谨跋廉江府君遗诗一则,求改定,遗诗前已录去,今又于《瓣香庵唱和》得三首,此次所钞不少,明春再寄。《四子合编》有人钞得一册,借来奉寄,阅后遇便寄还为祷。幸承先世余绪,得稍通文墨,则祖宗嘉言懿行,待传于后者,必当努力搜辑,以垂示子孙,否则名满天下,亦属何补。

弟奉吾兄之教,自弱冠迄今,所遇零篇断简,谨藏箧笥。《清芬世守录》虽已定卷帙,而尚须增减,前辑族谱,谬误百出,拟汇钞传志诸文,为《秦溪渊源录》,以备他日参考,以稍赎前愆,亦未能钞成。一则目昏气痞,不能手钞,儿辈欲其专心举业,又未能并力誊写。一则文字之去取,必须审定,繁缛处亦宜删节,非浅见所能权衡也。来札谓"人事如棋,人生若梦,当为之事宜速为",读之实发猛省,遵谕读《论语》及《朱子语类》,倘有数年之力,则义理稍明,于撰集文字,自易奏功矣。丁酉十二月十六日。

道光二十一年(1841)

其一(七月廿一日,9月6日)

汴梁发水,传闻藉藉,考之《明史》,大梁屡受河决之患,其势皆甚炽,益令魂梦难安。十九日晨起,以神蓍筮之,得《履卦》"六爻不变应",占彖词,《程传》谓:"至顺至当,虽履虎尾,亦不见伤害。"此心稍宽。数日来,传闻益甚,昨接友人杭州札,子仁亦以沈雒宜吴门札寄阅,谓城内高处无水,低者不过一二尺,抚署及大梁、彝山两书院均无水,则尊处确实平安,不胜欣慰,想旬日必有安信递到矣。东坡《书合浦舟行》云:"所撰《易》《书》《论语》皆以自随,世未有本,抚之而叹,曰:'天未丧斯文,吾辈必济。'已而果然。"弟昨述此以语儿辈,云:"我先人遗墨之至精者,皆在大梁,吾兄所撰集《庐江文汇》《诗汇》《年谱》

《国朝碑传集》《晋会要》《三国会要》《皇舆图说》，皆未有副本，波臣不应攘取，况安庆府君遗泽在中州，吾兄安砚于此，亦当有神物呵护。”儿等闻此言，鼾睡如叔党。弟则筮得“天泽”之卦后，心稍稍定，及阅苏杭两信，饮食乃觉有味，自此当校读《史记》如常。《履》之九二爻辞，弟之小名实取于此，上九“考祥元吉”，吾兄当之无疚也。廿一日晨起书此。辛丑七月。

道光二十二年(1842)

其一(二月廿八日,4月8日)

昨日思路忽开，拟编《颐和室合稿》。第一卷《先大夫遗著》，第二卷《先宜人遗诗》，第三卷《四水子遗言》，第四卷以后则《甘泉乡人诗文杂著》，兄及弟往还之札亦拟编入，约可共得二十余卷，兄以为何如？尊斋所藏先大夫手札，前曾乞得数通，节钞入稿，尚望钞寄所存者，是所至祷，音容日远，幸存数行遗墨，俾子孙想见教家训俗之道，原不必与古今作者角短长，自成一家规矩可矣，倘能集资，亦欲付梓。吾兄能南来，细为订定，大妙，大妙。暇望为作序文，不胜盼祷。壬寅二月廿八日。

其二(九月廿一日,10月24日)

家集以次付梓，妙极，五百年之谱果能钞寄否？弟于先世旧事，既未能会萃，《海昌文集》之选，又恐识力未逮。校勘三史，已逾十年，亦未有定本，愧为吾兄之弟，如何，如何。近日略读《朱子全书》，觉平日所为，无一为己之学，独坐静思，弥增悔恨，愿兄教以切己体察之方，或不至终身骛外，幸甚，幸甚。壬寅九月廿一日。

道光二十三年(1843)

其一(七月廿八日,8月23日)

五月中,编写《合稿》四卷,先考妣及四水子遗著可见大略,吾兄寄祝女事札及书汤狷庵诗皆已附入,现节两季俸银授梓,秋初或有样本,急于告成,不及请定,实缘我家适当厄运,冷斋之能守与否,亦不可知,所以急急了此,不肖之责耳,若区区浅近之言,则听其存亡可矣。承寄示改定弟文稿序,较前更简括,然终不免有过誉处,所最不敢当而益增隐痛者,"孝子"二字也,能去此,则他或庶几勉励,以副万一。寄先人手札两通已拜领,遗稿中不及刻,留示子孙敬读之。

《墨菊诗》及《澉上读书图诗》,《清芬录》中皆有之,《清芬录》为常都转取阅,擢皖臬,大约秋冬乃行。弟闰月中送试到杭,当索归,儿辈乡试后,即录寄不误。《墨菊卷》似在味根处,《澉上图》则慎宜所藏也。先大夫任瓯宁时,吴澹川有赠诗,见《南野堂笔记》中,当访得全集钞奉。芝城唱和之册已失之,邸舍分韵诗不知《双桥稿》中存否,余亦不可得。宛平明府常州胡公,名逊,有先大夫挽诗,极亲切,小时不知宝贵,未及钞存,胡公若有稿,当访问毗陵人,或可得也。癸卯七月廿八日。

道光二十四年(1844)

其一(三月)

连接冬底来谕,谆谆为后生小子立读书根本,弟细为儿辈开导,并钞一通寄子仁,属其传诵讲解,即不能一一领受,必有闻而愤悔,不自惰弃者，但目前殊难其人耳。弟已无科举之累，亦尚未能潜心义理，总由文字之障未除也，举业代圣贤立言，果能实力奉行，较他文字尤易。近道儿辈，究是根本未立，所以理路不清，专咎墨卷，墨卷岂任咎哉？现且令理经，能熟读正文后，各就性之所近，稍立墙壁，不失为读书种子，足矣。科举得失，弟已淡焉置之，不敢奢望，吃有菜饭，着可补衣，为童子师，先人余泽，或未歇绝也。甲辰三月。

其二（七月廿六日，9月8日）

十弟出塞，非梦想所及，筱珊尚不知如何，家运乖舛，一至于此，兄言清安老人办案细微，而又疏阔，确得老人之用心。弟在山东抚署侍谈时，亦窥见一二，尝于烛下阅幕友所拟奏稿，往往如庐陵之言。

一日，定某县教官狱，其罪名，无禄人当流三千里，职官应出口，老人执笔，沉思久之，曰："若年已老，其为禄甚微，况口舌细故，固执不通，致以诬人罪名，反坐出口，尚能生还耶？仍以流三千里定罪，可也。"若此者，非一端，弟所及见五叔祖、六叔祖、世父艮斋公，叔父恕堂公、益斋公，皆宅心和厚，恕堂公之敬养五、六叔祖，礼意备至，及罢庐州守，两房诸从遂失所依赖，诸老人遗言遗事多有可述者，每欲就所闻见，与先大夫之事类记之，以为居官居家之法，苦无文笔，未能成。闻兄细微而又疏阔之言，不独办案如是，读书为人，亦皆如是，盖四字互为体用，其益无方矣。

《合稿》现在修改，常南陔廉访赠序一首，情意甚厚，不能不刻，已付梓，吾兄有更定之处，即示知，当修改刷印也。甲辰七月廿六日。

道光二十五年（1845）

其一（六月）

五月于吴山书肆见京师坊间排字本《皇清奏议》六十八卷，自署

"仁和琴川居士编",其第五十二卷有伯祖少司寇公《酌筹农忙停讼例》,借钞奉寄,不知吾兄已编入《文汇》否。又前从李金澜处见其大父敬堂先生手录《乾隆三十一年七月二十一日九卿议覆刑部左侍郎钱某某奏擅杀罪人律》,具载少司寇公原奏,弟钞存箧中二十余年矣,不知兄曾见之否。乙巳六月。

其二(九月初六日,10月6日)

吾家文字又值发祥之时,此后仕学各立本根,各成局面,则在诸子弟之善读先世遗书,善守先人家法矣。吾兄及弟廪廪数十年,幸见子孙次第掇取科名,兄之所成就者,可以息肩矣,弟则尚茫然不自知,其何以为子弟法也,如何,如何。二十年来,父子灯下讲论诵读之日却亦不少,儿曹功名若遂,则此乐渺不可得矣。若云财用足则百志成,谈何容易,苟非义之财,亦何足以敬宗收族耶?所钞《济美录》中有考官及评语者,仅有嘉靖乙酉乡试及壬辰会试即所藏临江公乡试卷刻本,得之敦甫叔者亦无之。蓬州公明神宗四年乡试场卷,二十年前见于敦甫叔处,则考官评语皆是场中真本,弟曾详记之,似曾录稿奉寄,不知存箧中否,倘检寻不得,即示知录奉。文颇繁冗,急于寄信,不及写矣。乙巳九月初六日。

道光二十六年(1846)

其一(五月)

子万传言吾兄谢绝乞文者,此后不得以无益之文相溷,惟是四水子之葬也,渴与弟妹诸殇同冢,且与四姊、八妹之生母同壤,今已将五十年,不可迁矣。弟思所以殊异之,且刻数行于墓道前,文笔不足以达心,殊耿耿,望吾兄暇时作一文,想必许也。丙午五月。

道光二十九年(1849)

其一(四月十一日,5月3日)

乐寿老人命玄孙说《学山兄家传》,均已细读。弟时与炳森、应溥言:"伯伯近日之文,愈平淡,愈不可及,即如《学翁家传》,我胸中所欲言者亦如是,而思之数年,未能成篇,今得此篇,学翁可慰矣。"云寿兄文字亦望即成为要。己酉四月十一日。

其二(六月廿九日,8月17日)

两月来点读卫氏《礼记集说》,日十余叶,杭堇浦惟称陆农师能与前人抗论,弟则谓毕竟以长乐陈氏为首推也。卫氏节录孔疏,间有失其本意者,吾兄以为何如。所藏《日知录》,犹是学源先生遗书,近假李香子翁过录敬堂先生评点本,令炳森依式录之。曾闻介石征君《述敬堂遗言》,谓"近人得古人一瑕,辄自喜,如酷吏之得一盗贼也,尽力攻驳,与尽法敲榜何异?"尝叹服以为名言,今观敬翁所评,亦不免是病,而于宋大儒时有不满,因令炳森凡涉此类,悉置不录,庶几不负敬翁平日之言,且不失学源先生读书宗旨耳。《陈其年全集》,炳森之友所赠,顷读《储夫人传》,似尚有繁缛处,不及《陈恭人志》远矣。吾兄本原深厚,非近代文家所能逮,亦犹萚翁之于诗也,前闻静读,时常在顾"諟天之明命"句,近更何如,弟则本体之明,几何息矣。闻炳森之子读《大学》,偶忆及此,然为救荒计,苦无理财之策,而以利为利者,日接于耳目,殊堪慨叹。己酉六月廿九日。

道光三十年(1850)

其一(四月四日,5月15日)

《子寿同居记》及《学源先生墓表》,细读数过,子寿平生大略已具,云寿兄亦得见于此文,妙极。弟所最爱读者《记卖浆者》,事与此文相辅而行,大妙,大妙。学源先生同冢,二兄外,尚有三姊,盖同以丁巳秋没于吴桥,二兄、三姊,先妣所最钟爱,以是数十年来,岁时必附祭于学源先生,不独祭墓为然也。弟主之,则此礼不改,他日炳森能自立门户,则祭学源先生,而附两殇,义所不可,当酌行之耳。大作所定墓祭之礼,实足补变礼之一,则弟年来读《礼记》,略能窥测到此,而不能言也,得吾兄议定,炳森、应溥兄弟可遵行矣。手札云:"管教幼孩,全赖内里有人。"真是至言,弟若非先妣管教之严,岂免下流?居家十年,虽宗党稍有资助,而千万辛苦,抱病支持,曾食半菽以度凶岁,此日念之,犹觉伤心。以绎之目前家计,若好为之,犹可自立,来信付看后,当能感动也。庚戌四月四日。

此信兄不及见,大梁属纩之日,距余作信时仅三日耳,海昌得恶耗,则五月九日也,伤哉。泰吉识。

余受教于衎石兄四十余年,统计相聚之日,不及三年,凡修身读书之方、诗文之矩矱及传述先世遗训以为法守者,多在书问中。我兄弟书问初未有稿,兄手札余谨藏箧中,刻《记事稿》时录寄粤东,因存四首,后兄亦整理余手札,命子增侄录寄,余拟合梓兄弟往还书问,以示家之子弟,力未能也。今编拙稿,外孙沈师济摘存二十余通,谓不独钱氏子弟所当体会也。

呜呼,自岁庚戌四月吾兄下世后,每有论著,请益无从,余亦衰老,于经史之学无所成就,负兄多矣。然余自少至老,承吾兄之教,谨守先世诗书之泽，不敢妄言妄动，以失家规，兢兢微尚，未尝一日有间也，存此以质有道君子，尚其鉴诸。咸丰甲寅正月既望甘泉乡人手识。

州广文钱警石先生为我大母太安人族叔祖，而从学于我舅祖特斋先生，以故早岁即与吾祖游，及官海昌后，舅祖寓吾斋有年，先生过家上冢必来访，我父亦得共谈燕。光熇六七龄即侍闻绪论，迨稍长，抠衣请谒，先生诲之无倦容。尝闻之舅祖，曰："先生少即受诗、古文法于从兄衎石给谏，力学砥行，族党交誉之，一时有'钱氏二石'之称。"及光熇侍谈时，请问诗、古文法，先生亦必述给谏之论议，以为宗主也。给谏次孙元之君娶于沈，我姑之子也，以是光熇时得见给谏与先生往还之书，大都谈文字，商从违，剖析义理，根柢乎经史，禀承乎祖父之训，虽家常琐屑语，皆足以昭世范，垂家诫。又尝于从舅祖味根明府所，得见文端公与萚翁少宗伯公往还书及少宗伯公家书之册，益知先生家法所自来。窃叹一门之中，传授渊源，实大且远，非寻常师友之所能及矣。

今先生编梓文稿，光熇幸以累世戚好之故，得与校字，因记所闻见于《与给谏述家世文字书》后。给谏与先生书及先生未入稿之书，他日当编为一集，以传于世，盖不独钱氏一家之言也。光熇见先生与我舅祖共谈时，舅祖以族祖待先生，先生则执弟子礼惟谨，亦可法者，敬附志之。咸丰甲寅二月朔蒋光熇谨识。

——《甘泉乡人稿》卷二，《清代诗文集汇编》第五七二册影印清同治十一年(1872)重刻本

附　录

钱仪吉、钱泰吉传

钱仪吉，初名逵吉，字衎石，浙江嘉兴人。刑部尚书陈群曾孙，侍读学士福胙子。年十二效《选》体，作《山赋》千言，张河陶见之，击节称赏。嘉庆十三年成进士，改翰林院庶吉士，散馆授户部主事。累迁至工科给事中。寻罢归。

仪吉于学无所不通，其治经先求故训，博考众说，而折衷以本文大义。尝谓欲得经解，必通训诂，而泛滥训诂，未必遽获神解。著《经典证文雅厌》，《雅厌》者，以十九篇之次，写九百四部之文，而以经籍传注推广之。其读史，则《补晋兵志》及《朔闰》诸表，又撰《三国会要》，博采见闻，旁罗散失，期拾遗于正史，不限断以本书，帝系、舆地，或为之图，或为之表，条系字缀，巨细毕赅。尝为会典馆总纂，专办天文、舆地诸图象，复手撰《皇舆图说》四十卷。又仿明焦弘《献征录》为《国朝献征集》，得将相、大臣、循良、忠节、儒林、文苑等凡八百余人。又于《献征集》之外，节录名臣为《先正事略》。官户部时，值现审处，剖决如流。及改御史，吏皆拊掌相告曰："钱公去此，吾属无患矣。"巡城视事，随到随决，无稽留旬日者。尝曰："小民细故，导之使速已，纵不免小有不平，犹愈于久系株累耳。"至有事阋伦纪，不可以穷治，载某氏妇事于文稿中，以见即事穷理，不可不深长思也。主讲粤东学海堂，定诸生读书法四则，至今仍之。晚主河南大梁书院。道光三十年卒，年六十八。他著有《衎石斋记事稿》十卷、《续稿》十卷、《刻楮集》四卷、《旅逸小稿》二卷。

泰吉，字警石，仪吉从弟，兄弟常以纯儒相勉。自弱冠后，远近已盛称"嘉兴二石"。少孤，丁母忧，执丧尽礼，为文述二亲行事，朴实凄怆，族人见之皆感叹。家贫，节布粝，置书四万卷，虽甚烦困，不废。好校古书，假人善本及先辈评点之册，写而注之眉端，如《史记》《前、后汉书》《晋书》《集韵》《元文类》《礼记集说》等编，皆勘校数周，一字之舛，旁求众证。尝著《曝书杂记》以发其凡，其与兄仪吉书问往来，皆咨询学术，或献一疑而诘难十返，或尚论前哲，评骘时流，穷极理趣，动逾数千言。与友人论文，其要必本于性情之真，养之以正，不为偏杂，故气和而体醇。以廪贡生，官海宁训导者近三十年。大府计吏将以知县荐，力辞。然于民生利病，讲求深至，常举民所不便者，断断为州牧言之。谨身教，整士习，临去，为州人攀留。后避粤寇，卒于安庆，年七十有三。著有《海昌学职禾人考》《海昌备志》《甘泉乡人稿》二十四卷。

仪吉子宝惠，泰吉子炳森，皆能以学世其家。

——《清史列传》卷七十三《文苑传》

苏源生《书先师钱星湖先生事》

先生名仪吉，字蔼人，号星湖，浙江嘉兴人，太傅文端公讳陈群之曾孙，安庆同知讳汝恭之孙，侍读学士讳福胙之子也。嘉庆辛酉举人，戊辰进士，选庶吉士，散馆授户部主事，历官云南、山东司主事，贵州司员外郎，云南司郎中，总办八旗现审处，会典馆总纂并提调，升河南道御史，掌贵州道御史，刑科给事中，工科掌印给事中，稽察内仓、丰益仓、户部银库，巡视中城，诰授中宪大夫。庚寅，因公累罢官。道光三十年四月初七日卒，年六十八。

先生之生，有五色文禽见于室，故初名逵吉，后改今名。少读书海宁园花镇外祖家，九岁侍母戚太恭人入都。十二岁遍读十三经，熟精《文选》，背诵不遗一字。初读赋，即拟作《山赋》数千言立就，张船山先生叹赏不置，一日手画桐一梅一以赠，题句曰："钱郎十二已英妙，能读卢仝《月蚀诗》。比似《卷阿》桐一树，露华新长凤皇枝。"先生小字桐，故云。又曰："尚书家世多才子，十叶金貂万首诗。我欲拈毫画梅里，为君点染向南枝。"十七岁侍父学士公入闽学署，十九领乡荐，因学士乞归后小病，遂不赴公车。壬戌三月丁外艰，自是至己巳，奉母里居之日多沈潜经史，纂述极富。

改官之明年，配陈恭人与先生女兄侍母戚太恭人入都。先生同产惟一姊，南北追随，共侍几杖。又尝款族姻子孙，下榻寓庐，具修延致戚太恭人侄某，使更番侍母，笑言瞻视颜色，先意唯谨。家贫累重，陈恭人黾勉有无，甘旨无缺于供。甲戌夏，女兄产亡，戚太恭人遂多病，百计承欢，心力为瘁。丁丑三月，母卒，奉榇归葬。己卯，服阕还京，颜所居曰"定庐"，刘芙初太史见而称之，曰："如子乃足当一'定'

字。”时先生养亲事毕,益淡于功名矣。性清介,事上官岁一投门状,不请谒,落落寡交,一二知己外,无漫与酬酢者,尤不好竿牍。夙苦痔,不能久坐,倚床执卷无倦容,尝黎明起,中夜寝,无分寸功不在书,曰:“吾于此得养心之乐。”作诗文亦如日用饮食,殆安之若性矣。

庚辰,先生补官,英相国倚重,遇事直陈,多所匡补。会察办豁免议蠲赋之法,使实惠及民,不果行。同官或因公事齮龁之,堂见日长官既韪先生言,尽取僚属所上书付先生,某君书在焉。及同归司署,行且读,某惶恐无措,则慰之曰:“公事正当各抒所见,惟诋諆已甚者施之,君子固相忘于无事,不然危矣。”某愧谢。值现审处,剖决如流,与魏春松侍御论事契合,手摘成案若干册,吏不容奸,畏忌甚。及先生改御史,同官朱修撰昌颐闻科吏聚语,皆拊掌曰:“钱公去此,吾属无患矣。”

先生入台后,章数十上,皆焚其草。源生所知者,如陈京师流民不应押送回籍,劾浙抚讳饰粮艘事,劾江南吏治,劾浙江学政,又陈河漕、盐政、南路屯田各事宜。巡城,每四五日一视事,随到随决,无稽留旬日者。尝曰:“小民细故,导之使速已,纵不免小有不平,犹愈于久系株累耳。”事关伦纪,不可以穷治,既轻决,犹矜慎以思,且笔录以访于人。读《记事稿》,书某氏妇文及广州附记祁中丞语,亦足见先生之存心已。在中城,尝以获盗保坊官李德林为令,后遂以为例。西城设广仁所,推广栖流所之意,岁集资以养羸老,又奏请广义冢地。满事日,尝从容问属官许君惇书,曰:“吾治事有失乎?”许肃然对曰:“贫民为小贸易者感公德尤深。”盖无赖子多挟私诬控,先生烛其奸,遇事惩创,不妄传讯一人,吏无可缘为利,久之亦无妄控者矣。

先生稽察银库,不受陋规,为文秋潭先生所知,京师称之曰:“前陈后钱。”“陈”为午桥先生,清节重一时,先生同年,亦同志友也。时先生贫益甚,长子妇主内政,屏当奁具罄,至卖字以给。时亲友官于外者不乏人,或欲寓书代言,峻却之,饔飧不继,啸歌自如。尝见先生辛卯答仲女诗曰:“债券如落叶,薄寒初中人。由来治生拙,昔已在官贫。”又曰：“妇窘炊无米，翁夸笔有神。”又见查春园赠句云：“坐拥图书真足乐，家无儋石不知贫。”李君次白亦有诗曰：“朝衫可典琴可爨，但有书读百不忧。”皆纪实也。

戊子京察一等，己丑内帘监试，庚寅因户部失察假照案，镌一级。初，先生直捐纳房仅数月，以剔弊为己任。一日黎明赴公所，见一人持文逡巡门外，遽取视，则直督催补监照事，且云：“上年咨部未复也。”稽档册，无上年文，阅监簿，又无李珀等三人名，遂代长官草奏，以吏郭坦送刑部治。请托百至，戚太恭人戒门者毋通刺，有馈小罂，云：“南来蔬果也。”呵之去，持益力。自后半年余，部案久不结，会以忧去，事遂解。及再至京师，同人偶及之曰：“奏当吏自承，误以监生名填贡生簿耳，杖郭坦、准、珀等三人给照。”先生一笑罢。至是蔡某事觉，亲友知先生前事者力劝自陈，先生笑曰：“同罪数十人，独哓哓何为？且吾实疏，纵阅监簿，遗贡簿，使得巧脱焉，咎奚辞？升沈有数，吾思之熟矣。”源生闻其事于所亲，尝论：“先生当日若不以忧去，谳狱者或有所忌，不讳饰，涓涓既塞，何至流为江河？而先生泊然，终不自言也。”董琴涵观察前作《五君咏》，有先生，是年复作《后五君咏》，其五云：“给谏志通济，侃侃古遗直。胸中万卷书，论事有特识。侧闻骢马威，清风动京国。吏议来无端，翛然六月息。”周稚圭中丞湘南道中亦有《五君咏》，其四云：“待轩吾畏友，学粹行谊敦。渊渊千顷陂，谁能测其源？白云在天际，玄鹤相与骞。超诣谢尘滓，知希安足论？”源生谓此二诗能道先生高致云。

先生罢官后，留京三年，以广督卢敏肃公聘为岭外游，主学海堂。堂在粤秀山中，与诸友商略经史，颇而乐之。尝器仪墨农克中有用世才，曾勉士钊有经术气，又称林伯桐孝友，吴岳理学，侯康、侯度、陈澧等博览，居溥茹葵、潘继李等词章，时时诱进之不倦。时有人窥先生与大府厚，冀有请而未敢发，先生觉之，遂与卢公约曰：“吾在此，凡涉官场升转及洋盐二事，当缄口不道一字，所不能忘情者，其寒士谋馆谷乎？”卢公笑曰：“诺。”先生出告诸生，使扬言于外，故居粤三年门无杂宾,惟有关利弊之大者,闻见所及,不引嫌缄默,如剿办夷船、招徕吕宋米、开小金河,当事皆就商焉。课诸生为专经之业,定季课章程,颁日程,分句读、评校、著述、钞录四式,每课数十巨册,一一丹黄评骘,粤人之学益彬彬矣。观《羊城录》别册,依依爱慕,情见乎词,非教泽沦浃士心而能致是乎?时朱兰坡侍讲之子鼎元在粤,呈诗曰:"左宦忧时切,南游讲学殷。"且述之侍讲,亦以诗寄怀云:"首数韩门罗籍湜,胸怀杜厦庇单寒。"注云:"儿子书来,言先生具有广厦万间气象。"

先生在粤时,朝廷方罢停升之令,中朝重臣素重先生名,屡书招之,且属宫保卢公劝驾,笑谢云:"江湖浩荡,乐于当官,吾甘以齑盐送老,不复作春明梦矣。"然体素羸,瘴乡多疾,遂于丙申春应河南巡抚桂公聘,来主大梁讲院。先生教士,各就所志而导之,或问性理,或谈诗文,因材教督,不拘一格。颁日程,课读经及语录文字,旬日考定甲乙,随课升降,又属河道张公捐置经史诸籍,励诸生学。辑《赋选评注》,刊刘念台《人谱》,又属方伯张公刊《近思录集注》,颁发书院诸生,游其门者如固始蒋湘南、商丘陈凝远、密县翟允之、洛阳曹肃孙、祥符徐镁龄,皆彬彬有以自见。与中丞牛公交善,不干涉公事,惟民情欲达必以告。道光辛丑,黄河决,水围梁园,绅士皆恃先生以无恐。又如新乡复古墉书院,中丞举诸郡,士民卓行皆力赞成之。先生祖安庆公乾隆朝宰新乡,有生祠于赵村,父学士公兄弟使车经过辄展谒,先生近念祖泽,捐田奉祀曰:"吾祖爱民力甚,数十年享祀,重烦父老,非公心也。"新人感先生意,复祠安庆公于书院,亦欲以慰先生孺慕云。

先生稽察银库,清节甚著,及道光癸卯,银库亏短事觉,时先生去官已十余年,犹与众同受罚,人皆代为扼腕。先生怡然安之,惟与源生邮筒商选《中州诗记事》一书,盖襟怀超旷,不以得失介怀,故从容淡定如此云。

先生于学无不通,其治经先求故训,博考众说,而折衷以本文大义。少日有六言诗曰:"六经自有神解,不在诂字释文。一笑鲁鱼帝虎，何殊陈蚁雷蚊？”间举示子宝惠曰：“若曹诵此，得毋以乃翁薄考据而不为乎？亦听之而已。”诗意盖谓欲得经解，必通训诂，而泛滥训诂，未必遽获神解耳。著《经典证文》《说文雅厌》。《雅厌》者，以十九篇之次，写九百四部之文，而以经籍传注推广之。仿西山法作《洪范衍义》，仿《国语》作《历代史语》，又作《穀梁测义选读》，俱草创未就而先生卒矣。

先生言学，服膺朱子。在粤时，以粤人留心词章者多，特令读《朱子大全集》以培其本。来溆后，亦屡为诸生言之，尝自诵其先世之言曰：“读程朱书，谨身寡过幸矣。其他立说之高妙者，不可自为，亦不可以立教也。”然见子弟口说异同，则又诃止之，恐其务辨争而不从事于实行。近读《易》，悟乾元用事，即一以贯之，又于损益得养生法，皆见道语。

先生喜读史，尤熟于《汉》《三国》《晋书》，补《晋兵志》《朔闰》诸表，辑《十八家逸史》，撰《三国会要》《南北朝会要》。本史外，博采群书，得《浑天象说》《三字石经》《魏吴都城》《金墉城图》之类数十百篇，悉为甄录，尤详于地理，旁行斜上，易稿数四。推步术算，直取李四香，朱筠麓注谓：“专门名家，不可攘美，视徐仲祥、王齐物，精审十倍之矣。”

先生为会典馆总纂，专办天文、舆地诸图象，同馆程春庐、朱筠麓诸先生有所著，皆就商榷，国朝礼乐制度、六部条例因是益习，复手撰《皇舆图说》四十卷，又尝总纂《户部则例》，重辑《台规》，手定《条例》，具有卓识。

先生仿明焦弱侯《献征录》为《国朝征献集》，阅文集千余家，益以直省志乘，得将相大臣、循良忠节、儒林文苑、孝友贞烈，累千百人，积二三百卷，荟粹渊薮，史裁通识，一代文献备于是编。尝言之同乡朱侍郎方增、陆方伯言，朱作《从政观法录》，陆撰《政学录》，皆先生启之。又自节录名臣事状为《先正事略》，尤珍秘焉。

先生于诸子百家，辑录其有用者多不胜记，医家言尤精深。先生辑国朝诗人之有清尚者若干家,曰《冰蔬集》。近又辑《中州十二家文钞》,又辑友朋投赠唱和之作,编年录之,曰《韫氍集》。源生假读一过,因得详先生出处大概云。

先生十五岁以前作诗曰《敝帚集》,朱梓庐先生评曰:“当古者入学之年,已似此斐然成章,岂非天才?”侍闽二年,有《闽游集》,删存一卷,自言:“少年侍下,可乐之境仅此,不忍弃也。”己巳以前里居诗存四卷,曰《北郭集》。安庆公故居北郭秋泾桥,有书室曰静读斋,时从梓庐及舅氏余斋两先生讲诗法,益精进。吴兰雪舍人题《北郭集》曰:“读书能养气,酝酿出清诗。谏果多回味,寒花少媚姿。”又曰:“改官仍澹泊,订史更精研。同社渐余长,名山让汝专。”其惟重至矣。己巳借居缪十二员外澄观廊,用陆士衡《连珠》句也,先生爱之,尝曰:“叔度澄之不清,挠之不浊,诚使挠之不浊,虽澄之,何加于清?”是以居京师,从仕宦,尤不可不澄观,乃自题。己巳至丁丑诗,曰《澄观集》八卷。己卯服阕后至己丑诗,曰《定庐集》八卷,自序曰:“人生得丧忧乐,日接于吾前,定何能也?抑闻之彦和论文,‘心定而后结音’,予偶涉翰墨,未尝鶬鷈于心而强出之,则以之目予诗,其可。”罢官京居三年诗,曰《刻楮集》四卷。癸巳出都后诗,曰《旅逸小稿》,用谢灵运“东方就旅逸”、皇甫冉“无机成旅逸”意也。此二种先刊行,先生屡戒作诗,然所存已二千篇,来汳后曰《旅逸续稿》,别有词集若干卷。

先生古文集,己巳以前曰《画书》,船山先生题曰:“大文合理,小文惬情。情理两得,浩气纵横。如此少年,益以阅历,因文见道,致用可必。”丁小鹤先生序曰:“衎石子成童泛滥于词章,弱冠沈潜于典籍,穷理养气,深究治乱得失之故,洞若观火,无益之文悉为屏弃。每发一议,必合于道,而于人心风俗三致意焉。”两先生之推重于少年时者若此,使及读晚年之作,又不知敬服何如也?又见先生兄子宝甫呈诗曰:“行年二十四,下笔足千秋。”董琴涵观察辛未赠诗曰:“实事必求是,误书独能思。文章重义法,精绝词无卮。丹黄谢朝谒,十日九下帷。”又曰:“英年御长辔,万里堂堂驰。他时定《七略》,名山非子谁?”

甲戌，写成《扬山楼初集》十六卷。癸巳在粤，专取记事之文刻之，曰《衎石斋记事稿》十卷，赋、颂、论议、骈俪之文悉刊落，宝惠私录成帙六十卷，来汳后所作益多，其卷帙与《记事稿》相等云。

康熙中，昆山徐健庵尚书刊宋元诸儒说经之书百四十种，为《通志堂经解》，采摭至广，先生以其未备，复集同人之资，刊宋司马光《温公易说》六卷，张根《吴园易解》九卷，杨万里《诚斋易传》二十卷，徐继干《易传镫》四卷，元黄泽《易学滥觞》一卷，宋郑伯熊《敷文书说》一卷，黄伦《尚书精义》五十卷，赵善湘《洪范统一》一卷，王质《诗总闻》二十卷，吕祖谦《吕氏家塾读诗记》三十卷，戴溪《续吕氏家塾读诗记》三卷，王安石《周官新义》十六卷附二卷，李如圭《仪礼集释》三十卷、《仪礼释宫》一卷，唐陆淳《春秋集传纂例》十卷、《春秋微旨》三卷，宋苏辙《春秋集解》十二卷，朱子《孝经刊误》一卷，明吕维祺《孝经本义》二卷、《孝经或问》三卷，吕维祜《孝经翼》一卷，宋郑汝谐《论语意原》四卷，熙时子《孟子外篇注》一卷，元许谦《读四书丛说》七卷，熊朋来《瑟谱》六卷，共二十五种，名曰《经苑》，缺者补之，讹者正之，日夕丹铅，躬自雠校，自道光乙巳起，庚戌竣事。此外，尚有宋陈经《尚书详解》五十卷、传寅《禹贡说断》四卷、苏辙《诗经传》二十卷、严粲《诗缉》三十六卷、朱子《仪礼经传通解》三十七卷、黄榦《续仪礼经传通解》二十九卷、黄震《读礼记日钞》十六卷、元吴澄《礼记纂言》三十六卷、宋陈祥道《礼书》一百五十卷、陈旸《乐书》二百卷、胡铨《春秋集善》十二卷、高闶《春秋集注》四十卷、朱子《论孟精义》三十四卷、陆佃《尔雅新义》二十卷、贾昌期《群经音辨》七卷、司马光《切韵指掌图》二卷，皆已写清本，未及授梓而先生卒矣。

先生咏颂祖德，钱氏五百年文献集大成于先生之手。少时辑《庐江钱氏艺文略》，列经、史、子、集各数十种，其后时加增订，集部尤夥，乃辑《庐江钱氏文汇》，诗百数十卷，专集则选录之，遗篇剩简则广搜而勘定之，文则分体编次，诗则人自为卷若本集，已佚仅存一二者别录，曰《遗音集》。又以先世仕宦多专祠，在明世太常显忠祠最著，近若施南祀蒲圻，安庆公祀新乡，其附祀名宦乡贤者尤众，乃辑《庐江钱氏祠祀略》二卷，又编次先世投赠诗什，名曰《清风集》，后又辑《庐江年谱》八卷，自元明至今编年系事，书其卓卓大者有纲有目，为一家之《春秋》创例也。事迹采自史乘及诸贤诗文，必著其所出书，慎之至也，尤详于家风旧训，为子孙法戒也。其中所书在前明如太常以言事罢官，侍御以贡生劾客魏，又近百年来政事文章之美皆为人所共知，而源生历溯秦溪世泽，太常而下，如渊甫公之显扬孤忠，西乘公之以跛隐避珰势，西安以耆硕训士，赠光禄之至性达行，实光启太傅之业，又循吏则有临江、永州、德庆、于潜、蓬州，高节则有蒿园、抚松居，理学则有紫云、介亭，至于名德义行，施于宗族，则置义田，赡戍役，重谱系，施于乡则备倭捍患，拯疫瘗旅，乡约有书，淳风有会，其他遗闻轶事，一炉半梳之文，祥莲牡丹之图，小瀛洲十老之社，万苍山之楼，壶天玉露之著书，药圃之种花，笔之于书，声容如在。若夫表章前闻，诵述德美，卖画佐读，卜菜安贫，家风自昔然矣。

源生读钱氏世谱，自明正嘉间临江父子叔侄四进士起家，至国朝太傅、少寇、宗伯子孙科第相继，前后十二世矣。先生父学士公与农部、侍讲三昆弟同官清要，中外仕宦同时十余人，迨先生官京师，从兄裴山、从父润斋相继开府，宝甫亦由翰林历方伯，而先生则惟盛满是惧，常日戒敕子弟，举学士署堂“延泽”之义以训，曰：“君子之泽能久延者，其读书为善乎？”庚子，两子同捷，寓书励以念祖修德，宝惠拓先生家书六册，名言络绎，道德之气盎然，此可以观家法矣。

先生内行淳至，接人严肃而意慈厚，事从父母、奉舅氏敬爱甚。伯母金恭人年九十矣，寓书奉甘旨，极孺慕，友爱从兄弟，敦勉道义。从弟警石广文，博学擅文章，以书质疑问难无虚月。从孙聚仁侍京邸久，受读书法，著作名家，其他成就族子弟甚众。京居极困时，养族姑无父者，为之嫁甥女，复访得某氏弃女，抚之如孙女，济戚党之穷乏，不以无力辞。下榻招游士，贫失所者尽心以教成一艺，使自食其力。曩于西城赈厂遇一士，载归，衣食之，其人背德，置不问。故人子有文行，存问尤至，次白子文贲依侍绛帐，既赡之金，复令写其父所著《服贾遗注辑述》一书，欲为之梓而未果。

先生慎交游，里居与嘉定陈莲夫讲学相善也。庚午岁，与同年刘芙初、董琴涵、朱勋楣、屠琴坞、谢向亭、贺藕耕、周稚圭诸先生为消寒诗会。甲戌，与刘、董、吴及陈石士、朱兰坡、陶文毅、梁茝邻、胡墨庄诸公重举此会，敦励学行，不事声气，诸公皆有专集行世。入台与吴侍郎杰论事相契，与董方立、李次白两孝廉赏析文字，董作《水经注疏》《嘉庆舆地图》，助之考正。又尝集同庚生者为癸卯会，次白与焉，考古人癸卯生，得稽叔夜、王仲淹、洪景卢等十二人，赋诗尚友焉。与朱野云山人、曹玉水评事作清旷游。入粤后，激赏墨农、勉士，折节与交，墨农送先生北归，有"一代史才经采择，累传诗教本和平"之句，勉士赠序则曰："先生通经术，熟史传，藏古今舆图数十家，多识国朝先正事实，故短视，纵言及当世大利病，目光炯炯灼人，盖非忘意天下者。"二子之知先生深矣。

先生家无长物，笔砚器具取适用而已，惟癖嗜书。十四五岁时，为父执拟进御文字得金，学士公遂赐之，以觇所用，则之厂肆，买《水经注》《高青丘集》读之。陈恭人奁中金，尽用以买书，更脱钗珥继之，斗室中连床塞屋无隙地，行役则缄縢自随，累累后车，多费无所吝。尝见《仙蝶斋藏书目》，今分贮南北中三处，犹各数千卷云。

先生平生以文字自娱，有请业者至朴陋，不吝绳削，曰："吾之长技，但可针灸文字耳。"手订近贤诗文集、家集外，有蒋春雨、戚余斋两先生诗，丁小鹤、秋补斋两先生文，皆刊行。又为戴简恪公删定汪畹华诗，在粤选《学海堂二集》，皆斧削成之。来汳后，源生尝请定故友李于潢诗，穷数昼夜力改，存四卷。源生撰《中州文征》，先生为代阅栎园、柳下、山蔚数家之作，源生因此悟选文之旨。辛丑夏，书院被水，先生避居周中丞第，手订沈司勋、申如珪二集归其家，又以中丞牛公属定之《易录》、胡传芬请正之《弢峰集》校阅，竟序而归之，又检集上世诗文书简沾湿者，熨帖以藏，余物概不问，方扰攘间萧然吟咏不少动,非有定识定力,何以能心间手敏若此?

先生初自粤东来汳,源生即受业门下,训诲谆谆,有问即答,凡经史疑义为学门径,无不剖晰详尽,令人恍然,若有所得,故源生虽无所肖似,而得不见弃于儒林者,先生赐也。先生寄源生书甚多,已录其要者入《师友札记》,其文多续集所不载云。

先生既笃嗜读书,陈恭人亦著《历代后妃表》,家人化之,一门儒雅,阅《庚子生春集》,闺秀人人能诗。先生有所撰著,或假书于人,辄命分写,先生之子宝惠曰:"吾家妇稚,皆以读书为可乐。"盖耳目濡染者深耳。

先生子四人,长宝惠,道光丁酉副榜,庚子举人,著《说文义纬》,未成而卒。次尊煌,候选刑部司狱。次鬯醇,道光庚子举人。次彝甫,生员。女三人。孙男三人。长枏,道光甲辰举人,庚戌进士。次元绛,生员。次杞。曾孙炳文。

——闵尔昌《碑传集补》卷十,一九二三年刊本

钱仪吉《妻陈恭人述略》

恭人余杭陈氏，考讳绍翔，字凤翚，官刑部直隶司员外郎，早年告归，居黄回山中，善行称于其乡，妣德清蔡氏。恭人幼端重，刑部公奇爱之，名之曰“尔士”。乾隆五十二年，仪吉从外大父戚公居袁花镇，刑部公来谒戚公，见予以为好，遂以字予，手书恭人“生乙巳三月二十七日戌时”小红笺上，先妣藏之久，今犹存。

时恭人财四岁，公谓戚公曰：“为钱氏妇必读书，两三年间当令就塾也。”已而偕两兄从其舅蔡翁读书。未几，夜侍蔡恭人将寝，命之内室中取物，执烛以往，异而问之，对曰：“孝子不服闇。”恭人既嫁，蔡恭人为予言之以为笑，然恭人平生言语行事，常恐畏而谨于礼多此类。

恭人来归数月，先考卒，执丧尽哀，事先妣十有六年，左右寝食诚挚不稍苟。居京师七年，先妣每冬辄病，视衾裘，调药饮尤谨，虽大寒鸿雪，或身有疾，未尝见惰容。先妣尝畏雷，中夕有声，辄走寝室以侍，每夏夜暴雨，必俟霁乃退以为常。吾姊始从其夫宦，同居京师，甲戌春别去，先妣思之，恭人不知所为，日侍先妣为笑语以解。尝谓予曰：“子非公事勿它往，大人常默坐，结轖于中，我欲宽譬而口拙，奈何？”姊归财数月，骤卒，恭人益悲忧以病，然日夕趋走先妣前。先妣强慰之曰：“修短有数，且女已嫁，是它人家事耳，我自能达观，汝勿忧。”后三年丁丑，先妣弃养，恭人恸曰：“我姑爱我如女，我不能以女事我姑，是我之不孝以及此也。”予性卞急，居平不称意，辄谯让恭人，恭人亦时有辨语，其后乃言曰：“我常记娘病中言：‘常愿汝夫妇和睦以慰予也’，我不忍复答子一言也。”予为怆然，不能终语。

恭人始生女天孙、男衎徽，俱殇。次女饴寿，恭人殁后，适桐乡沈氏。恭人视庶子女教育尤至,予尝自课宝惠兄弟,有不暇,辄以属恭人。及先妣弃养,予奉柩归葬,儿女辈尽从恭人授书,恭人尝课宝惠写《春秋左氏》五十凡一篇,间点定所为策论,予还京师见之,知恭人善教,大慰。自其子女殇后,渐识医药,其后儿女有病,必察知其然,医至,使人详语之,治辄效。及恭人殁,幼生儿女复多夭折,以是知恭人用心为难能也。道光元年五月廿七日感时疫,六月二日时加申卒,年三十有七。从孙聚仁时在予舍中,慰予曰:"人皆有一死,叔祖母力尽于治家,而亲党称之,虽不寿,何憾?"

恭人性好书,始嫁,蔡恭人与之金二千,多为予买书。及将北上,犹余五百金,奉先妣为道里费。京居日用不继,典钗珥,鬻衣物,拮据家事常少暇,暇则执卷以读《春秋左氏传》《贞观政要》,吾里朱氏《乐府广序》其所尤习者,录经史中训诫妇女者为一编,又次弟历代后妃事以为表。其殁也,予删存其诗及杂文随笔等为《听松楼遗稿》四卷,镌之木。黄尚书左田先生及陈硕士侍郎卿滋圃学士见之,屡从予索本以赠人,曰:"是有益于妇教也。"予尝读曾子固所为《关职方妻周夫人东玉之志》,谓"夫人之学出于天性,而言行不失法度",笑谓恭人曰:"如其言,子可以当之邪?"恭人读之一过,怵然曰:"我何能尚配古人?""尚配古人",即曾铭中语也。

恭人殁至今二十有二年矣,数欲记恭人行事,附之家乘,不果,冬夜述此,付宝惠兄弟,它日葬后,同予所自为《扬山樵传》刻而陷之墓屋壁间,岁时子孙来祀可看读之。道光二十有二年冬日。

——《衎石斋记事续稿》卷八

曾国藩《海宁州训导钱君墓表》

君讳泰吉，字辅宜，号警石，先世本何氏，明洪武中有依海盐钱翁鞠育者，遂承钱姓，厥后徙居嘉兴，代有闻人，至文端公而益大。文端公讳陈群，以侍郎予告，特加刑部尚书，晋赠太傅，君曾祖也。祖汝恚，早卒。本生祖汝恭，安庆府同知。父复，大兴县知县。

君少而苦学，潜心孤往。从兄曰仪吉者，字衎石，博通群籍，早有高名，君事之师友之间，兄弟常以纯儒相勉，盖自弱冠后，远近已盛称"嘉兴钱氏二石"云。衎石以翰林改官户部，擢御史给事中，久处京师，其后客游广东、汴梁，君则以廪贡为海宁州训导者，近三十年，与给谏君离多合少，而书问丛沓，咨询学术，动逾数千言。自周秦诸子、马班群史、许郑诂训、杜马典章、洛闽之渊源、唐宋名贤之诗古文辞，以及目录、校雠、金石、书画、方志、杂说，一孔半枝，无所不询，盖亦无所不辨，或献一疑，而诘难十返，或尚论前哲，评骘时流，杂以嘲诙鄙谚，穷极理趣，故二石家书，蔚然天下之至文也。给谏晚而搜刻经说，刊正讹谬。君自中年即好校古书，假人善本及先辈评点之册，写而注之眉端，如《史记》《前后汉书》《晋书》《集韵》《元文类》《礼记集说》等编，皆勘校数周，一字之舛，旁求众证，尝著《曝书杂记》以发其凡。

嘉庆中，海内犹尚考据之说，尊汉而黜宋，先博览而后躬行，独桐城姚氏鼐恪守程朱，孤行不惑，宗主义理，不薄考据，而二石风指乃与姚氏相近，其论文亦颇法姚氏，尝称"以为字体故训者，汉儒之小学也；曲礼少仪者，宋儒之小学也。二者皆扶植基本，而宋重明伦，于道为尤尊"。兄弟相与修饬人纪，诵述先德，给谏辑《庐江钱氏艺文略》，君则纂《清芬世守录》，皆表一门之懿行，以播芳馨，而诒典则。先是，文端公尝进呈其母画册，高宗赐题十诗，发还原册，并书“清芬世守”四字，逮文端公致仕还乡，高宗寄赐册卷，诗篇累数千首，君纂辑此录，具载君臣赓和，旷古无伦，又纪钱氏十余世翰墨及名公巨儒题咏，上以著祖宗文献之盛，下以勖后人孝友于弗替。其叙轶事，述彝训，恳恳乎惧来叶之遗堕，有味哉，其言之也。

咸丰庚申、辛酉之际，粤贼纵横浙中，君展转播迁，最后由江西以达安庆，国藩乃获与相见，以飘泊兵间，偷得骨肉完聚也，则为之破颜一喜，语及世事沧桑，丘墓成毁不可知，则又尽焉以悲，其明岁同治二年十一月廿日卒于安庆旅舍，将殁，犹以先世文字之责未能及身整理为恨，足以知其志之所存已。

君配胡氏，诰封恭人。子二，长炳森，道光甲辰举人，出为冢兄学源后，前卒。次应溥，以拔贡官吏部主事、军机处行走，加四品卿衔。君以子贵，累封朝议大夫。女六人，孙七人，孙女三人。君所著又有《学职禾人考》《海昌备志》《甘泉乡人稿》，乱后板毁，仅有存者。古今才智之士，常思大有为于世，其立言常雄骏自喜，若文章不求雄骏，而但求平澹，德业不求施于世，而但求善于一身一家，此殆非智者愉快事也。具无所不能之才，敛之又敛，弥晦焉而弥愉快，则其自得于中者必大矣，夫自得之学，惟君其庶几哉！

——《曾文正公文集》卷四(《甘泉乡人稿》卷首)

薛福保《诰封朝议大夫海宁州学训导钱先生墓志铭》

先生姓钱氏，讳泰吉，字辅宜，自号警石，太傅文端公曾孙也。祖汝恭，赠中宪大夫，早卒。祖妣冯恭人，守贞来归。本生祖汝恭，安庆府同知，以子复后中宪，官大兴县知县，赠朝议大夫。娶陈恭人，继娶沈恭人。四子，先生其季也。

先生素行高，然不为畸节以骇俗，与从兄衎石给谏以学行相磨，为诗文原本情性，读其辞，知其于孝友最深也。年三十七，以廪贡生得海宁州学训导，居闲务养性益读书，自六经诸史百氏，下逮唐宋元以来诗文集，靡不博校，钩精讨疑，不赦只字，充然意餍，汪洋以穷年，然未尝以枝官自放旷，以其学语诸生，诸生之贤且文者大附。尝修学宫以费所羡，修《海昌备志》既，又得民间节孝行千余事为旌之，曰："吾职也。"再三请，必得乃已。大府尝属以开浚备塘河事，先生知不便，为书晓州牧罢其事不行。学使者之先后至浙江者，争引重先生，惟大府亦以为才，欲以知县荐，先生力辞，官训导几三十年，咸丰三年求罢归，州人争留，主讲安澜书院又八年。粤寇连陷浙东西郡县，子应溥自京师归省，时今相国曾公建幕府安庆，招应溥往，遂奉先生适安庆，一时士大夫从曾公游者，皆天下豪俊，闻先生至，则大喜，争往候先生论议，先生亦以为故乡无此乐也。同治二年十一月二十日，以疾卒于安庆，年七十三。以应溥官主事，再遇覃恩，封朝议大夫。配胡恭人，子炳森，为先生长兄后，道光甲辰举人，前卒。应溥，道光己酉拔贡，吏部文选司主事、军机处行走，加五品卿衔。女六人，长适某，次适某，其余幼。孙七人。所著《海昌备志》《曝书杂记》《甘泉乡人稿》行于世,《清芬世守录》《钱氏族谱》藏于家。

昔邓禹自许官胜郡文学,而恭俭岂弟,乃发见于事功者弥盛,先生质行不愧于其文,其诚心达识,宜亦有以大济于物而遐其施,乃矻矻图书中,徜徉海隅以自老,是岂于彼有歉邪?呜呼,此可为知者道也。应溥以某年月日归葬先生某乡某原,以所次年谱授福保铭,因撮其大略如此。恨晚出,不及侍先生余论,然闻其去浙西,航海适安庆也,平生手所校古今文字皆无恙,比疾,犹雠书不少休,类精博,非世所多觏也。呜呼,倘得从应溥读之?

铭曰:靡所不蓄,有所不施。朝斯夕斯,于古娱嬉。先生不惠,胡不百年?古俊日徂,人师允艰。翩其归旐,宅此终古。子孙聪贤,自先生多祜。

——《青萍轩文录》卷二,《清代诗文集汇编》第741册影清光绪八年刻本

孙衣言《苏菊村墓表》

道光戊戌，予应廷试至京师，菊村方主汪户部孟慈，予因孟慈识菊村，时时见菊村独坐斗室，案上图史错杂，仅留隙地置笔研，心窃好。菊村既而出，示所为杂文，尤简古有法，予二人游日密。既黜于廷试，予留京师，而菊村以母老思归，来就予别，予辄为诗四章以处其行。菊村既行，绝不通音问，咸丰三年六月菊村书来，则知自庚子试后不复应举，而奉母著书甚乐。后一月，又得菊村书，以母丧告，予既羡菊村奉母之久，而闻其失母之遽也，又为文表母之节以慰菊村而未能寄也。

同治八年，予在金陵，同官孙君育均其乡人也，问菊村则无恙，甚喜。既而得菊村书，则自言抱羸疾已二年，日益加剧，冬寒恐不得活，而以所著《记过斋书》五种及其门人王心所为《言行略》见寄，属为铭墓之文，其言甚哀切，己巳九月十四日也。读其书，则前所赠诗及母墓表皆在。呜呼，如我菊村者，方超然于势利之外，以自乐于名教之中，内则无疚于志，外则无慕于人，其不见知而无闷，固无取于后世之名，而名亦不足为重也，而顾汲汲焉，欲有托于文字者，殆以平生所学，既自得之，又欲世之皆能得之，以同趋于圣贤之归。古之君子著书，自见其意，往往如此，其为世甚重，而其自为甚轻也，而岂知予之不肖，不足为菊村身后之托哉？

菊村苏氏，讳源生，字泉沂，世为鄢陵人。祖泰，妣某氏、某氏。父立诚，妣王氏。菊村自能读书，即有志于圣人之学，幼丧父而事祖母刘孺人、母王孺人，尤以孝称。年二十二，刘孺人卒，菊村居丧，务守古礼，不苟徇世俗，既而王孺人病，菊村不解衣带者二月，复刺血为文以祷,母寻愈。咸丰壬子,王孺人卒,菊村几不胜哀,自治丧至毕葬,一如刘孺人时,鄢陵人始知有丧祭礼。

是时,嘉兴钱先生仪吉主大梁书院,通经大儒也,尤喜与菊村论学。其后,菊村亦主鄢陵书院,教人一以朱子法,又刻陈北溪、吕新吾、薛文清、陈确庵诸家之书以授学者,学者多化之。菊村名既益重,诸公贵人下至守长,人人倾慕菊村,而菊村守己严甚,未尝轻于一见,有干以非礼,即拒弗纳。咸丰元年,诏举孝廉方正,郡邑将以菊村应,力辞之,其后又有荐者,诏以教谕用,亦不赴也。而事或关系民间风俗利害,必尽言之,不为苟止,有所筹划建置,常可垂后为法,盖菊村之行义其大者如此,其它事弟子记之甚详。又其所自为书已备,天下后世必当传之,无待于予言也。盖后世儒者之学,莫粹于程子、朱子,而自程朱在时,世之浮慕之徒已有窃其似以为利者,世因以此为道学病。中州风气朴厚,又承宁陵、容城、睢州之遗教,士往往好学自立,胜于他州。道光、咸丰间,李文清公、倭文端公尤称贤者,予不及见文清,而与倭文端同直书房者二年,其暗默自信,世莫得而窥也。其后二公相继为宰相,位益高,望亦益重,而世之言宋学亦弥众,然大抵与浮慕程朱无异,呜呼,必如我菊村,始可谓之儒者欤?

菊村与予别久,所居又绝远,徒以虚名有取于予文,使其日与予处,亲见其衰惰无憀,与言行之不相顾,且将摈弃之不暇,其肯以身后之事为托哉?顾予私念与菊村为三十年之交,以数千里之外,承其疾病垂绝之言,而竟不能少有论著,以见菊村之志事,则予之负疚也深矣,故因循六年,迟之又久,卒为之文以报菊村,使菊村而无恙,文之有当与否,菊村自能命之,如其不然,则其平时道义之交与高第弟子如李君浚、翟君允之、王君心、王君汝霖,皆当健在,幸与菊村二子,持予之文,诣其墓下,焚以告之,以明予之无负菊村而已,而非谓不敏之辞,果足为菊村身后之托也。

菊村与予同为丁酉拔贡,后尝一中庚子副榜。娶同邑王氏,先卒。继室以长葛张氏,生子志善,侧室亦张氏,生子志和。其所为书曰《中州文征》五十四卷，《鄢陵文献志》四十卷，而所谓《记过斋书五种》者，曰《省身录》十卷、《大学臆说》二卷、《文稿》二卷、《贞寿堂赠言》一卷、《师友札记》四卷，皆已刻。未刻者曰《记过斋札记》若干卷，《书目》三卷，而最后所著《中州学案》盖未成云。光绪改元正月十八日瑞安孙衣言表。

——《逊学斋文钞》卷五，《清代诗文集汇编》第 662 册影清同治十二年刻本

钱仪吉、钱泰吉主要事迹编年

清高宗乾隆四十八年(癸卯,1783)　钱仪吉一岁

三月二十三日,钱仪吉生,初名逵吉。钱氏家族为嘉兴世家,曾祖钱陈群累官至刑部侍郎,乾隆朝著名诗人,与沈德潜齐名。陈群母曰陈书,著名画家,乾隆皇帝曾为其画册题识。祖钱汝恭,陈群次子。父福胙,汝恭第四子。母,德清戚氏,康熙朝翰林院侍读学士戚麟祥之后。

本年,族父钱载致仕归。钱载号萚石,累官至礼部侍郎,是著名秀水派诗人、画家,为钱陈群族孙,幼尝从陈书学画,从陈群学诗。

乾隆四十九年(甲辰,1784)　钱仪吉二岁

乾隆南巡,钱仪吉父福胙献诗行在,以病未及预召试。

乾隆五十年(乙巳,1785)　钱仪吉三岁

三月二十七日,妻陈尔士生。尔士,余杭陈绍翔之女。

乾隆五十一年(丙午,1786)　钱仪吉四岁

从父钱复再署瓯宁知县。钱复,钱泰吉之父。

福胙中乡试第九十一名举人,后计偕京师,母戚氏携子至舅家以养以教。钱仪吉大病几死。

乾隆五十二年(丁未,1787)　钱仪吉五岁

从父钱豫章登进士第。钱福胙考取咸安宫教习。

陈绍翔来园花镇来谒外祖戚朝桂，见仪吉，遂以女字之。

乾隆五十三年（戊申，1788）　钱仪吉六岁

仪吉剧病，赖母戚氏精心调养以存。

乾隆五十四年（己酉，1789）　钱仪吉七岁

春，始业《礼记》，得外祖褒扬。

从父钱开仕、从兄钱楷登进士第，选庶吉士。

乾隆五十五年（庚戌，1790）　钱仪吉八岁

钱福胙会试中式，选庶吉士。

乾隆五十六年（辛亥，1791）　钱仪吉九岁，钱泰吉一岁

十月初六日，钱泰吉生。钱泰吉为钱复第四子。钱复寻北上直隶候补。

乾隆五十七年（壬子，1792）　钱仪吉十岁，钱泰吉二岁

九月，族父钱载重赴鹿鸣宴。

乾隆五十八年（癸丑，1793）　钱仪吉十一岁，钱泰吉三岁

钱仪吉侍母戚氏入都，寓京师土地庙下斜街。钱福胙授编修。

九月，钱载卒，年八十六。

乾隆五十九年（甲寅，1794）　钱仪吉十二岁，钱泰吉四岁

钱仪吉遍读十三经，精熟《文选》。学辞赋于江阴王苏。本年作《山赋》，为前辈张问陶称赏，特赋诗表彰之。拟《汉贤良诏》、司马相如《谏猎书》，得到伯父钱复奖许，赐以钱陈群庚子元日诗卷。另有诗句“一片炊烟绿”，为伯父钱开仕激赏。钱福胙充顺天府乡试同考官。

钱泰吉随母至直隶,途中见名人扁联,默识而书之,人以为异。

乾隆六十年(乙卯,1795)　钱仪吉十三岁,钱泰吉五岁

三月,武威张澍见钱仪吉所作《水赋》千言,欣赏之,即订交。本年,钱仪吉从西麓许镐学举业。钱福胙充江南乡试副考官。族兄钱世锡卒,世锡为钱载之子。

钱泰吉入塾读书。

仁宗嘉庆元年(丙辰,1796)　钱仪吉十四岁,钱泰吉六岁

钱仪吉父福胙充会试同考官。

嘉定陈令华公车来京师,钱仪吉获识之。令华,嘉定钱大昕弟子。

钱复知吴桥县,钱泰吉随父之任。

嘉庆二年(丁巳,1797)　钱仪吉十五岁,钱泰吉七岁

七月,钱友泗误服地黄卒,年甫十九。友泗,号四水子,有《训弟遗言》传世。友泗,为钱泰吉长兄。

嘉庆三年(戊午,1798)　钱仪吉十六岁,钱泰吉八岁

钱福胙典试湖南,钱仪吉族兄钱楷同日命典四川乡试,都下传为盛事。

八月十七日,伯父钱开仕卒于滇南学政任。

秋,钱仪吉从季麟学。季麟,江阴人,有子芝昌,字仙九,道光末曾充军机大臣。

嘉庆四年(己未,1799)　钱仪吉十七岁,钱泰吉九岁

二月,钱福胙提督福建学政。冬,钱仪吉侍父入闽。本年,更名为仪吉。钱仪吉有诗百篇,曰《敝帚集》。

钱泰吉父钱复擢升大兴知县。

嘉庆五年(庚申,1800)　钱仪吉十八岁,钱泰吉十岁

钱仪吉与姊婿李培厚从福建归浙江应省试。钱福胙擢翰林院侍读学士,御试翰詹列二等。

钱泰吉随侍大兴,从沈澍读书。

嘉庆六年(辛酉,1801)　钱仪吉十九岁,钱泰吉十一岁

钱仪吉乡试中浙江第二十二名举人,因故不赴公车。冬,妻陈尔士来归。钱仪吉此年之前诗结集为《闽游集》二卷。

钱泰吉侍父大兴。

嘉庆七年(壬戌,1802)　钱仪吉二十岁,钱泰吉十二岁

三月三十日,钱福胙卒于家,年四十,钱仪吉丁忧里居,遂沉潜于经史、著述。

钱泰吉在大兴,从徐景淳读书。

嘉庆八年(癸亥,1803)　钱仪吉二十一岁,钱泰吉十三岁

钱仪吉葬父于洙泾桥之原。

钱泰吉在大兴,从沈荫喧读书。

嘉庆九年(甲子,1804)　钱仪吉二十二岁,钱泰吉十四岁

三月,钱仪吉之青江南河督署省世父,下榻憺园中,与友人吴显德(台卿)、元凯(杜卿)、彭蕴辉(远峰)、沈中翰(崇斋)诸人觞咏旬日,合写五人诗为一卷。冬归,钱仪吉通录少作就正于同里前辈诗人朱休度。休度,朱彝尊之后。

钱泰吉随父在京师,从沈方镬读书。

嘉庆十年(乙丑,1805)　钱仪吉二十三岁,钱泰吉十五岁

春,钱仪吉赴京应礼部试,不第,返里。冬,始辑《庐江钱氏文汇》。

十二月,钱泰吉父钱复卒于京师。

嘉庆十一年(丙寅,1806)　钱仪吉二十四岁,钱泰吉十六岁

二月二十九日,张澍自京师来嘉兴访钱仪吉,遂诗酒相乐。三月,同游西湖,谒于谦祠等名胜,赋诗。七月,长女天孙生。十二月,子衍淳殇。本年,陈令华主鸳湖书院,乃日相从讲经旨。

四月,钱泰吉侍母扶父丧归,七月归里。此后遂从钱仪吉学,兄弟二人文誉日起,号"嘉兴二石"。

嘉庆十二年(丁卯,1807)　钱仪吉二十五岁,钱泰吉十七岁

钱仪吉撰成《庐江钱氏艺文略》二卷。

钱泰吉得父所藏书及吴氏黄叶村庄藏书。

嘉庆十三年(戊辰,1808)　钱仪吉二十六岁,钱泰吉十八岁

四月八日,张问陶题诗盛赞仪吉文采。本月,钱仪吉会试中第二十四名,殿试第二十二名,选庶吉士。又谒见前辈法式善,请观伯祖《东麓诗钞》。假归。钱仪吉嘉庆七年至本年诗结集为《北郭集》四卷。

钱泰吉入县学,从同族钱尔琳学。

嘉庆十四年(己巳,1809)　钱仪吉二十七岁,钱泰吉十九岁

正月十八日,北上,三月抵京师,遂题所居曰"澄观"。六月十四日,法式善、吴嵩梁等来澄观居所,观荷听雨,文燕极欢。散馆,以户部主事用。

钱泰吉娶妻胡氏。

嘉庆十五年(庚午,1810)　钱仪吉二十八岁,钱泰吉二十岁

钱仪吉妻陈尔士与李氏姊侍母戚氏入都。秋,移居永光寺中街,扁之曰“苏雨”。冬,与同年友刘嗣绾、董国华、朱棨、屠倬、谢阶树、贺长龄、周之琦等人为消寒诗会。

钱泰吉仍从钱尔琳学。钱尔琳号特斋,钱氏族人。

嘉庆十六年(辛未,1811)　钱仪吉二十九岁,钱泰吉二十一岁

立夏后二日,钱仪吉偕金宗衍、从兄钱棫、族孙钱聚仁游枣花寺看牡丹,金宗衍用朱彝尊《一峰草堂看花歌韵》赋诗见示,有诗相和。复与宋湘酬唱。

十一月八日,从父钱豫章卒于嘉兴凤池坊之居,年六十二。

嘉庆十七年(壬申,1812)　钱仪吉三十岁,钱泰吉二十二岁

二月,钱仪吉拟创读史会。七月,从兄钱楷卒于安徽巡抚任所。

钱泰吉在浙学以经义列高等。其诗学朱休度。其古文以《史》《汉》为根柢,以唐宋大家推之,归有光、方苞为义法,尤推崇乡贤王元启。手录《东坡诗集》评本,有跋。

嘉庆十八年(癸酉,1813)　钱仪吉三十一岁,钱泰吉二十三岁

正月二十七日,太常仙蝶集于寓斋,钱仪吉有诗。八月十九日,复至,重纪三首,二十四日送至天坛柳间。

钱泰吉手录朱彝尊《韩诗》评本。

嘉庆十九年(甲戌,1814)　钱仪吉三十二岁,钱泰吉二十四岁

从子钱宝甫出守云南澄江知府,假还浙江,将之官,钱仪吉念其远行,为绘《之滇行程图》。七月五日,于海岱门外万柳堂祭祀郑玄,蒋廷恩、陈用光、朱琦、胡承珙、徐璈、光聪谐、冯启蓁、张成、孙益阳、魏源、陈焕、陈兆熊、胡培翚等与会。冬,再与刘嗣绾、董国华、吴嵩梁及陈用光、朱琦、陶澍、梁章钜、胡承珙等重举消寒诗会。本年，钱仪吉集己巳以后古文为《扬山楼集》十六卷。

钱泰吉所为古文颇得时誉，或以为逼近眉山。

嘉庆二十年(乙亥,1815)　钱仪吉三十三岁，钱泰吉二十五岁

钱仪吉《庐江钱氏文汇》十易寒暑，本年乃成，其后有陆续增定。

十二月，钱泰吉母沈氏卒。

嘉庆二十一年(丙子,1816)　钱仪吉三十四岁，钱泰吉二十六岁

本年，钱仪吉表兄戚嗣曾以舅氏戚芸生命，奉《笔记》一卷，属为序。

钱泰吉畏友吴载和劝其居丧期间习小楷，专心经义与诗古文词。冬十月，钱泰吉长子炳森生。

嘉庆二十二年(丁丑,1817)　钱仪吉三十五岁，钱泰吉二十七岁

三月，钱仪吉母戚氏卒，年五十六。八月，奉母丧出京，十一月还里。妻陈尔士率子女留京师。是年冬，葬母于父窆圹中，筑墓堂五间及左右厢房。

钱泰吉与友人至富阳，有诗存集中。

嘉庆二十三年(戊寅,1818)　钱仪吉三十六岁，钱仪吉二十八岁

二月，钱仪吉泝富春江，游览山川。历二十日至南昌，省世父钱臻于江西巡抚署，留半月而归嘉兴。

钱仪吉、泰吉兄弟相得，肆力于经史。

嘉庆二十四年(己卯,1819)　钱仪吉三十七岁，钱泰吉二十九岁

钱仪吉服阕还京，颜所居曰“定庐”，刘嗣绾称之。仲冬，同人饮于兰坡，前辈新斋出王审知《德政碑》索赋，诗不能成，乃书跋以酬之。本年冬，长子宝惠娶妇。嘉庆十四年至本年诗作结集为《澄观集》八卷。

钱泰吉编定《香树斋诗集精华录》，分类抄读。

嘉庆二十五年(庚辰，1820)　钱仪吉三十八岁，钱泰吉三十岁

夏，钱仪吉长孙棓生。秋，宣宗即位，以户部主事加四级。仪吉遇事直陈，多所匡补，得到同僚认可，胥吏畏之。本年，总办八旗现审处、总纂会典馆并提调，得见珍藏文献，萌生修《碑传集》之意。

钱泰吉省亲从父山东巡抚钱臻。秋至京师，寓钱仪吉处，冬归嘉兴。

宣宗道光元年(辛巳，1821)　钱仪吉三十九岁，钱泰吉三十一岁

三月，钱仪吉补户部云南司主事。六月二日，妻陈尔士卒，年三十七，有《听松楼遗稿》四卷传世。八月，奏调山东司主事。

钱泰吉浙省乡试败北，援例以训导候选。

道光二年(壬午，1822)　钱仪吉四十岁，钱泰吉三十二岁

三月二十三日，钱仪吉四十生日，钱泰吉奉钱陈群手书《良吏传》寄京师为祝。

冬日，钱仪吉招集乾隆癸卯岁生者数人，举昔贤癸卯生者，得嵇康以下十二人，相与咏歌其行事。

道光三年(癸未，1823)　钱仪吉四十一岁，钱泰吉三十三岁

三月三日，太常仙蝶三至，钱仪吉题其子书斋曰“仙蝶斋”。其后，仪吉所藏书书目亦以“仙蝶”名之。四月十五日，钱仪吉以畿内旱灾，赴赈所。

道光四年(甲申，1824)　钱仪吉四十二岁，钱泰吉三十四岁

钱仪吉考选河南道御史。四子彝甫生。或于本年始撰《三国会要》。

五月八日,钱泰吉次子应溥生。

道光五年(乙酉,1825)　钱仪吉四十三岁,钱泰吉三十五岁

钱仪吉奉命巡视中城,识坊官李德林,越日德林获邻境盗且倾其巢,钱仪吉特疏保为令,后遂为例。

钱泰吉秋闱再次败北,遂弃举业。

道光六年(丙戌,1826)　钱仪吉四十四岁,钱泰吉三十六岁

钱仪吉元日得孙,名之曰绛,作四诗志喜。后绛孙更名为"瑭"。瑭孙保护遗著得力,《碑传集》《三国会要》得以在苏州书局刊行,瑭之功也。四月,奉命监视廷对诸贡士。

《钱氏家谱》修成,钱泰吉出力颇多。

道光七年(丁亥,1827)　钱仪吉四十五岁,钱泰吉三十七岁

钱仪吉以言事夺俸,蒯氏姑善绘,病中闻之,肖鹰以赐,振其志。七月,姑卒,哭之为志墓。八月,十女亥寿生。从子钱宝甫卒,官终山西布政使。

钱泰吉出任海宁州学训导,号书室为"可读书斋"。

道光八年(戊子,1828)　钱仪吉四十六岁,钱泰吉三十八岁

钱仪吉得京察一等,由贵州道擢刑科给事中,旋转工科掌印给事中。

钱泰吉始纂《清芬世守录》。

道光九年(己丑,1829)　钱仪吉四十七岁,钱泰吉三十九岁

春,礼部试,钱仪吉奉命外帘监试。十月十二日,太常仙蝶又至。嘉庆二十四年至本年诗作结集为《定庐集》六卷。

钱泰吉始校录《汉书》。

道光十年(庚寅,1830) 钱仪吉四十八岁,钱泰吉四十岁

钱仪吉因户部失察假照案,镌秩。

五月,钱泰吉校修德堂本《元文类》,历七月始成。十月,纂成《清芬世守录》二十六卷。

道光十一年(辛卯,1831) 钱仪吉四十九岁,钱泰吉四十一岁

钱仪吉居京师贫甚,尝答仲女远苓诗,有云:"债券如落叶。"姊婿李培厚卒。或于本年编成《冰蔬集》不分卷。

钱泰吉春始校《后汉书》,至十月乃毕。

道光十二年(壬辰,1832) 钱仪吉五十岁,钱泰吉四十二岁

正月,女亥寿殇,才五岁。九月,题罢官京居三年诗曰《刻楮集》,乃道光十年至本年诗,凡四卷。闰九月,发京师归里。十一月,至嘉兴郡城。

泰吉归嘉兴省兄。本年钱泰吉再以它本校《汉书》《元文类》。

道光十三年(癸巳,1833) 钱仪吉五十一岁,钱泰吉四十三岁

二月,钱仪吉应广督卢坤聘,决计赴广州,主讲学海堂。表兄戚嗣曾特来送行。四月二十四日到广州。卢坤以《两广盐法志》相托,嘱重修。道光十二年至本年诗作结集为《旅逸小稿》二卷。本年《衎石斋记事稿》十卷刊行。

钱泰吉再借它本校两《汉书》。

道光十四年(甲午,1834) 钱仪吉五十二岁,钱泰吉四十四岁

朝廷罢停升之令,朝中故旧召之,钱仪吉皆谢绝。

钱泰吉撰成《海昌学职禾人考》,为学政陈用光赞赏。陈用光看重钱泰吉古文辞,每有所作,辄与商榷,并撰《清芬世守录序》。

道光十五年(乙未,1835)　钱仪吉五十三岁,钱泰吉四十五岁

正月,钱仪吉尝与中丞祁埙言事。本年,应河南巡抚桂良聘北还。广州友人仪克中、曾钊等纷纷相送。道光十四年至本年诗作结集为《旅逸续稿》二卷。

钱泰吉校成《隶续》《西汉会要》诸书。

道光十六年(丙申,1836)　钱仪吉五十四岁,钱泰吉四十六岁

夏,钱仪吉至开封,遂主讲大梁书院。院生苏源生相从甚密,日后编《中州文征》《鄢陵文献志》多得乃师指点。友人梁章钜开府桂林,途经开封,索诗赠行。

钱泰吉在海宁数辞荐举,然于民生利弊多有关注,颇得大吏信赖。钱泰吉再校《元文类》,录归有光评《史记》。编次所作诗古文辞十二卷,钱仪吉为之序。

道光十七年(丁酉,1837)　钱仪吉五十五岁,钱泰吉四十七岁

八月,钱泰吉至访金衍宗于临安学舍。刻《甘泉乡人迩言》二卷,又校《元文类》《西汉纪年》《南宋文鉴》《衎石斋记事稿》等书。因钱仪吉正修《庐江钱氏诗汇》,每有所得,必寄开封。

十月七日,钱仪吉师许镐卒于嘉兴莲花桥之居,年七十四。本年冬,长子宝惠携家来汴。

道光十八年(戊戌,1838)　钱仪吉五十六岁,钱泰吉四十八岁

正月,新乡民担负果蔬来开封省钱仪吉。钱仪吉之祖钱汝恭曾为新乡令,民众感其遗爱,故来相饷。

钱泰吉校成《乾道临安志》《淳祐临安志》,赠与桐城姚元之。遇钱泳于杭州,嘱校《写经楼金石目》。撰成《曝书杂记》二卷。

道光十九年(己亥,1839)　钱仪吉五十七岁,钱泰吉四十九岁

钱仪吉四女叔琬适宛平史致昌。史致昌字平叔,后为彝山书院院长。七月,仲女远苓卒。孙杞生。钱仪吉在开封与巡抚牛鉴相厚。牛鉴后擢两江总督,第一次鸦片战争爆发后,在与英军的斗争中进退失据,遂遭严谴。

钱泰吉《曝书杂记》刊刻。本年秋,从邵懿辰借得明刻本《尚书蔡氏传》。钱泰吉与陈奂订交。

道光二十年(庚子,1840)　钱仪吉五十八岁,钱泰吉五十岁

正月三日立春,钱仪吉用元稹韵作《生春》二十首,子婿辈纷纷唱和,卒成《庚子生春诗》二卷,一时间闻人达士纷纷唱和,如顾太清、邓廷桢、李星沅皆有和章。

钱仪吉子宝惠、鬯醇同举顺天乡试,并中式。十月,钱泰吉五十生辰,钱仪吉寄之以邵雍画像,并录康节《清风吟》于上。本年,钱泰吉校勘《史记》。

道光二十一年(辛丑,1841)　钱仪吉五十九岁,钱泰吉五十一岁

六月,黄河决口,水围梁园,书院被淹,钱仪吉避居同年周之琦家,手订先贤文集若干,并参与策划赈灾事宜。伯母金太恭人闻耗惊惧,几废寝食。十月,撰成《闽游集序》。是年《庐江钱氏诗汇》六十卷成书,并编成《韫甋集》十卷。

钱泰吉再校《史记》,在鸦片战争中协助知州守城。

道光二十二年(壬寅,1842)　钱仪吉六十岁,钱泰吉五十二岁

正月十九日,钱仪吉曾孙炳文生。门生苏源生中副榜贡生。冬日,撰《妻陈恭人述略》。本年,《碑传集》略具规模。

钱泰吉与陈奂同访胡培翚于杭州。

道光二十三年(癸卯,1843)　钱仪吉六十一岁,钱泰吉五十三岁

春,阮元八十生日,钱仪吉赋诗八首为贺。本年银库亏短事觉,与众同受罚。六月一日,长子宝惠以仪吉负官钱巨万,乞贷周之琦于桂林。

钱泰吉为其父母、兄长编订文集《颐和室合稿》四卷。

道光二十四年(甲辰,1844)　钱仪吉六十二岁,钱泰吉五十四岁

本年,钱仪吉长孙钱梠乡试捷于京师。钱梠,钱宝惠之长子。冬,钱仪吉自题书斋名曰"征旮斋"。

钱泰吉之子炳森举本省乡试。

道光二十五年(乙巳,1845)　钱仪吉六十三岁,钱泰吉五十五岁

钱仪吉长子宝惠会试落第还汴。本年,始辑《经苑》,并亲自校雠刊刻。

钱泰吉始修《海昌州志》。

道光二十六年(丙午,1846)　钱仪吉六十四岁,钱泰吉五十六岁

钱仪吉四女叔琬卒。后五十四日,长子宝惠卒于嘉兴,哭之以诗。冬,有与苏源生论校刻《经苑》书。

钱泰吉撰《采访日记》四卷,属稿寄开封,就正于钱仪吉。

道光二十七年(丁未,1847)　钱仪吉六十五岁,钱泰吉五十七岁

五月,钱仪吉友人张澍没于西安城中和乐巷之居,十月为之铭。

六月,钱泰吉刻《海昌备志》五十二卷附录二卷,钱仪吉为序。

道光二十八年(戊申,1848)　钱仪吉六十六岁,钱泰吉五十八岁

正月十六日,伯母金太恭人卒,年九十七。

钱泰吉继续校勘《史记》。钱泰吉子炳森、应溥科举相继有成。

道光二十九年(己酉,1849)　钱仪吉六十七岁,钱泰吉五十九岁

钱仪吉撰《续良吏述》。时虽衰病,仍一意治经。

钱泰吉父子校书,自得其乐。重次《甘泉乡人稿》,文十六卷,诗六卷。钱泰吉参与筹办荒政。

道光三十年(庚戌,1850)　钱仪吉六十八岁,钱泰吉六十岁

春,钱仪吉孙枬会试中式第一百八十二名。

四月七日,钱仪吉卒于大梁书院,年六十八。钱仪吉道光十六年至本年诗作,是为《浚稿》八卷。至此年,《经苑》陆续刊刻二十五种。

钱枬以祖父丧,不得参加殿试。

钱泰吉校卫氏《礼记集说》,收录归有光文。钱应溥应廷试第一,以七品小京官用,分吏部文选司学习。

文宗咸丰元年(辛亥,1851)　钱泰吉六十一岁

续纂《曝书杂记》。二月,录查慎行评《瀛奎律髓》。五月至六月,校《苏舜钦集》。夏秋之交,校录钱仪吉纂《庐江钱氏年谱》六卷《续谱》二卷。完善《海昌备志》。

咸丰二年(壬子,1852)　钱泰吉六十二岁

春初,大病几殆。病起,校雠《老子》。编次道光三十年以后诗文,名曰《深庐寤言》,自为序。

咸丰三年(癸丑,1853)　钱泰吉六十三岁

春校录钱仪吉所辑《钱氏诗汇》。本年致仕,主讲海宁安澜书院。

咸丰四年(甲寅,1854)　钱泰吉六十四岁

蒋光焴刻钱仪吉《衎石斋记事续稿》十卷成,钱泰吉乃刻《甘泉乡人稿》二十四卷。十月,长子钱炳森以疾卒。十二月,移居海宁陈氏清草堂。

咸丰五年(乙卯,1855)　钱泰吉六十五岁

以肆书遣日,以摩挲古帖、佳砚自娱。

咸丰六年(丙辰,1856)　钱泰吉六十六岁

校读《梅尧臣集》。

钱仪吉孙钱桕承重忧后,始与殿试,以知县分发山西。

咸丰七年(丁巳,1857)　钱泰吉六十七岁

补钞左氏《百川学海》。

咸丰八年(戊午,1858)　钱泰吉六十八岁

校读《晋书》。

钱应溥考取军机章京,钱桕充山西乡试同考官。

咸丰九年(己未,1859)　钱泰吉六十九岁

仍以校读古籍为事。

咸丰十年(庚申,1860)　钱泰吉七十岁

战事起,避地海盐北乡墓庐。

咸丰十一年(辛酉,1861)　钱泰吉七十一岁

正月,次子钱应溥从京师归来,在北乡与父相见。海盐陷落,父子又走余姚、慈溪。五月,在余姚参加笃庆九老会。后以土匪蜂起,辗转奔波,十二月至江右。

穆宗同治元年(壬戌,1862)　钱泰吉七十二岁

九月,钱应溥入曾国藩幕府,十一月迎父至安庆。曾幕中英俊豪杰之士,多乐与钱泰吉问学议论。

同治二年(癸亥,1863)　钱泰吉七十三岁

十一月二十日钱泰吉卒,年七十三。曾国藩为撰墓表,薛福保为撰墓志铭。

——原载《中国诗学研究》2021年第2辑

后　记

这本小书无足轻重，但是有些话还得说出来。

本书中的几种材料，以《衎石斋日记》最为难得。它在清末已经是残稿，现保存在邵章搜辑的《衎石斋杂著》中，排列凌乱，需要仔细辨别。然而该书深藏馆中，且已经被制成了电子版，无法见其原貌。每次只能对着屏幕抄录，蝇头小字，又龙飞凤舞，往往难以尽识，望屏兴叹，却又无可奈何。这一部分肯定有失误之处，期待将来订正。《衎石先生致弟书存稿》是本书的主干，因被收入《清代诗文集珍本丛刊》，免去了很多麻烦。

钱仪吉的字难以辨认，夫人陈尔士在读其家书时也吃尽苦头。今日幸有各位友人伸出援助之手，万能的朋友圈也展示了强大的威力，解决了不少难题。成书后，承张剑老师、徐雁平老师、彭国忠老师不弃，本书被纳入《中国近现代稀见史料丛刊》第九辑予以出版。在此一并谢过。

最后，感谢家人为我付出的一切，感谢安徽师范大学中国诗学研究中心提供了较好的研究环境，感谢凤凰出版社莫培老师辛勤的编辑工作。

2022 年 6 月 1 日

《中国近现代稀见史料丛刊》已出书目

第一辑

莫友芝日记
汪荣宝日记
翁曾翰日记
邓华熙日记
贺葆真日记
徐兆玮杂著七种
白雨斋诗话
俞樾函札辑证
清民两代金石书画史
扶桑十旬记(外三种)

第二辑

翁斌孙日记
张佩纶日记
吴兔床日记
赵元成日记(外一种)
1934—1935中缅边界调查日记
十八国游历日记
潘德舆家书与日记(外四种)
翁同爵家书系年考
张祥河奏折
爱日精庐文稿
沈信卿先生文集
联语粹编
近代珍稀集句诗文集

第三辑

孟宪彝日记
潘道根日记
蟫庐日记(外五种)
壬癸避难日志　辛卯年日记
嘉业堂藏书日记抄
吴大澂书信四种
赵尊岳集
贺培新集
珠泉草庐师友录　珠泉草庐文录
校辑民权素诗话廿一种

第四辑

江瀚日记
英轺日记两种
胡嗣瑗日记
王振声日记
黄秉义日记
粟奉之日记
王承传日记
唐烜日记
王锺霖日记(外一种)
翁同龢家书诠释
甲午日本汉诗选录
达亭老人遗稿

第五辑

袁昶日记
吉城日记
有泰日记
额勒和布日记
孟心史日记·吴慈培日记
孙毓汶日记信稿奏折（外一种）
高等考试锁闱日录
东游考察学校记
翁同书手札系年考
辜鸿铭信札辑证
郭则沄自订年谱
庚子事变史料四种（外一种）
《申报》所见晚清书院课题课案汇录
近现代"忆语"汇编

第六辑

江标日记
高心夔日记
何宗逊日记
黄尊三日记
周腾虎日记
沈锡庆日记
潘钟瑞日记
吴云函札辑释
新见近现代名贤尺牍五种
稀见淮安史料四种
杨懋建集
叶恭绰全集
孙凤云集
贺又新张度诗文集
王东培笔记二种

第七辑

豫敬日记　洗俗斋诗草
宗源瀚日记（外二种）
曹元弼日记
耆龄日记
恩光日记
徐乃昌日记
翟文选日记
袁崇霖日记
潘曾绶日记
常熟翁氏友朋书札
王振声诗文书信集
吴庆坻亲友手札
画话
《永安月刊》笔记萃编
浙江省文献展览会文献叙录
杨没累集

第八辑

徐敦仁日记

王际华日记

英和日记

使蜀日记　勉喜斋主人日记　浮海日记

翁曾纯日记　瀚如氏日记(外二种)

朱鄂生日记

谭正璧日记

近代女性日记五种(外一种)

阎敬铭友朋书札

海昌俞氏家集

师竹庐随笔

邵祖平文集